JN026276

# 永遠と横道世之介

下

吉田修一

毎日新聞出版

# 永遠と横道世之介　下

## 目次

# 永遠と横道世之介 ―上―

目次

装幀　岡 孝治
写真　©BLOOM image/amanaimages

# 永遠と横道世之介　下

# 三月　世之介　桜

なんというか、冬が終われば必ず春は来るんだなーと、そんなことを思いたくなるような一日である。窓を叩く北風はまだ冷たいが、それでもあの底冷えするような寒さはない。

先週よりも少し薄着になって、食堂で無駄話をしているのは世之介と大福さんで、ついさっきまで、今月の三月場所ではやはり朝青龍と白鵬の優勝争いとなるだろうという話を大福さん主導でしていたのだが、世之介が「中華街で買ってきた肉まん、温めようか？」と中座したあたりから、なぜか話題は湘南のカフェの女の子に一目惚れした谷尻くんの話にスライドしている。

「結局、谷尻くん、カフェの女の子に写真集をプレゼントしたみたいなんですけど、それがわりと好印象だったらしいんですよね」

食堂から聞こえてきた大福さんの言葉に、「え！　嘘！」と、自分で勧めておいたくせに驚きを隠せない世之介である。

「だって、横道さんが提案したんでしょ」

世之介は湯気の立つ肉まんを運びながら、

「好印象だったって、どういうこと？　まさか南郷さんの写真集が好印象？　じゃないよね？　ってことは、まさか谷尻くん本人が？」

と、いよいよ失礼な世之介である。

「私もよく知りませんけど、嬉しそうに写真集を受け取ってくれたって」

「そりゃそうだよ。さすがにいくら気がないからって、『いりません』って突き返すのも悪いじゃん」

「じゃなくて、今度、一緒にごはんに行く約束もしたって」

「ええ！　谷尻くん、ファインプレー」

「それで谷尻くんサーフィン始めるって」

「そりゃ急展開。でも、谷尻くんって泳げんのかな」

「二十五メートルがギリだって」

「その記録ってプールでしょ？　無理無理無理。海って、波あるからね。まあ、だからサーフィンできるんだけど」

肉汁滴る肉まんに、呑気にかぶりつく世之介である。

「そう言えば、あけみさんが湘南でサーフィンしたいんだったら、世之介に聞いてみればって谷尻くんに言ってましたけど、横道さんって見かけによらずサーフィンやってたんですね」

猫舌の大福さんはまだ肉まんに手も触れない。

「ちょっとだけね。だって俺、ここに来る前、鎌倉で暮らしてたから、海近かったし」

「えー。意外」

「こう見えて、わりと湘南ボーイよ、俺」

　実際、世之介がここドーミーに来る前に、鎌倉で暮らしていたのはたしかである。もちろん二千花（にちか）の家に近かったからというのが理由だが、湘南のようにオシャレではなかったにしろ、長崎の海の近くで生まれ育っていたこともあり、かっこよく言えば、湘南の潮風は肌にあったのである。

　その上、借りたアパートが貧乏サーファーたち御用達の海近物件で、右隣の住人に中古のボードを、さらに左隣の住人には中古のベスパを譲ってもらって、気がつけば、ちょっとした湘南のサーファーになっていたのである。

「長崎の小さな漁港だろうが、湘南のオシャレなビーチだろうが、海は海だからね。根っこのところでなんか通じ合うんだろうね」

「そのわりに谷尻くんのこと脅してたじゃないですか。あの女の子の元カレはきっとサーファーだよとか」

「ほら、海は誰でも受け入れてくれるけど、女の子となるとまた別だもん。入念に準備運動させとかないと。……それより、その肉まん、そろそろ食べないと冷たくなっちゃうよ」

　この辺りで、さすがに気になってくる世之介である。

　エバから「ちょっと話があるので会えないか」という、どこかもったいぶった連絡が入ったのは、大福さんとそんな無為な午後を過ごしたあとである。

「家にいるからいつでもどうぞ」とメールを送って、あけみに頼まれていたブロック塀の苔を高圧洗浄機で落としていると、メールの返信より先にエバ本人が現れた。

「この洗浄機、気持ちいいくらい落ちるよ」と世之介。

「俺、父親になることになりました」

「え?」

思わずノズルがエバの足元に向かい、高圧噴射にエバが逃げ惑う。

慌てて世之介は高圧洗浄の水を止めたが、エバは片足を上げたまま固まっている。

「父親になることになりました?」

世之介はエバの言葉を繰り返した。自分で声にしてみると、誰が誰に宣言しているのか、丁寧語なのか、ふざけているのか、ますます分からない物言いである。

「片付けるから、ちょっと待ってろよ」

世之介が泥まみれのホースを巻き始めると、待てないらしいエバがそのあとをついてくる。

「子供ができたんですよ。咲子のお腹に赤ちゃん」

「ええ?」

エバが父親になるのだから、それ以外考えられないのだが、世之介はホースを逆巻きにして、また伸ばすほど混乱している。

「二人でずっと話し合って、決めたんです。結婚しようって」

「そりゃ、そうなったら応援するけど……。でも、なんでもっと早く言ってくれないんだよ」

「いや、相談しようと思ったんですけど、発覚したのがちょうどタシさんが来てる時で、話しそびれたっていうか、いや、でもタシさんのおかげで気持ち決めたっていうか」

「タシさんとエバの子供に何の関係があるんだよ？」

「ほら、輪廻転生とか、タシさんにそういう話をずっと聞かされたでしょ。あれってなんかの天啓っていうか、授かった命を大切にしろよっていう誰かのお告げだったのかもとか」

「で？　咲子ちゃんは？」と世之介は尋ねた。

「咲子はもう、決めたら決めたで、妊婦でも着られるウェディングドレス探したり、胎教にいい音楽聴いたり」

「咲子ちゃんのご両親は？」

「それがまだ言えてないんですよね」

「いやいや、先にそっちだろ。妊婦でも着られるウェディングドレスの前」

「それは咲子も分かってるんだろうけど、現実逃避？　だって、俺との同棲を許してくれたのだって、『同棲すれば、相手の嫌な面が見えて咲子も愛想を尽かすだろう。そして自分たちのお眼鏡に適う御曹司と結婚してくれるだろう』って目論見からなんですから」

　世之介は高圧洗浄機を抱えたままである。エバも居心地が悪いのか、代わりにホースを巻いてくれる。

「さすがにまだ寒いですねー」

「そろそろ桜の開花予想なんか出てましたけどねー」

「この寒さの中、焚き火囲んで淹れ立てのコーヒーを飲むのがキャンプの醍醐味じゃないですかー」

秩父である。キャンプにはうってつけの渓流沿いである。キラキラと日を浴びた河原で、パチパチと爆ぜる焚き火を囲んでいるのは世之介と礼二さん、そして今回がキャンプ初参加となるムーさんである。

キャンプ場ではなく、世之介と礼二さんが見つけたとっておきの場所であるため、山道をかなり歩いてくるのだが、他に人もおらず、さらに運が良ければ鹿も見られる。

着膨れした世之介は布張りの椅子から、「よっこらしょっと」と体を起こすと、焚き火の薪を混ぜる。

「横道くんって、こういう景色に馴染むねえ」

感心したように呟くのは淹れ立てのコーヒーの香りを楽しむムーさんで、

「それ、同感です。その辺に落ちてる流木とか、ちょっと変わった形の石とか、横道くんの親戚じゃないかと思いますもん」とは礼二である。

世之介も世之介で、「やめてくださいよ。それじゃ、うちの親戚が怒りますって」とかなんとか反論すればいいのだが、実際に気持ちよく景色の一部になっているものだから気にもならない。

「あ、そうだそうだ。お二人に聞いてもらおうと思ってた話あったんでした」

火かき棒を置いた世之介は、また深く椅子に沈み込んだ。

「……エバっていう後輩がいるんですけど、それが今度結婚することになったらしくて。子供がね、できちゃって。まあ、それだけならいいんですけど、相手のご両親がけっこうな金持ちで、許してくれそうにもないらしくて」

「二人でやってくって決めたんなら、なんとでもなるよ」

ムーさんの言葉に、「子供かぁ。俺なんか一生、持たないんだろうなぁ」と礼二が続き、そこから会話が広がるかと思ったが、すぐに渓流のサラサラだけになってしまう。

世之介としては、多少複雑なところもある二人のことを人生経験豊富なムーさんたちにゆっくりと相談しようと思って取っておいた話なのだが、結果、二十秒で終了である。

「ムーさんは晩メシ用に何持ってきたんですか？」と礼二。

「ちょっと変わったソーセージ。ほうれん草入りとか、白ソーセージとか色々」

完全にエバの結婚話は流れたらしく、

「ほう、そりゃ美味（うま）そうですね」

「うちでは夕食にパンなんて洒落（しゃれ）たもん出ないからさ。こういうときはカリカリのフランスパンに熱々のソーセージ挟んで」

と、夕食の話の方が盛り上がる。

「……でも悩んだんだよ。さて、夕食を自分で作るとなると、一体何がいいんだろうって。横道くんがキャンプ道具はこっちで用意しますけど、夕食だけは自分が食べたいものを自分の分だけ勝手に買ってきて下さいなんていうから」

そんなムーさんの言葉に、

「でも、結局それが一番なんですよ。キャンプで何が面倒臭いって、人の分の料理の買い出しですから」

とは礼二で、

「で、お二人は？」

とのムーさんの質問に、「僕は最近究めてきたドライカレー作ります」と礼二さんが答えれば、「僕はポトフ的な」と、結局世之介もエバのことは忘れて仲間入りする。

さっきまでキラキラしていた河原の石に、パラパラと雨が落ちてきたのはそんな時である。

「あれ、雨？」

三人同時に空を見上げると、渓流の方はまだ明るい日が差しているが、背後の山の向こうがいつの間にか真っ暗になっている。

「今日、雨予報だっけ？」

雨脚も弱く、のんきに空を見上げた礼二に訊かれた世之介も、

「さあ、夕方になって曇るとは出てましたけど、雨は？」と首を捻る。

「どうする？」

焚き火を心配し出したムーさんに、

「とりあえず、テントの中に荷物だけ運びましょうか。濡れちゃうとあれだから」

と、まずは率先して世之介が椅子やコンロを運び始めた。

この一週間、雨続きだった。冬が去るのを嫌がるような冷たい雨で、それがやっと上がってのキャンプだった。

「やむよね？　やみそうだね」

テントから顔を出して空を見上げるムーさんだったが、あいにくこの楽観的な予想は当たらないことになる。

雨が本降りになったのは、それからすぐだった。あっという間に渓谷の空が雨雲で覆われ、テントを叩く雨の音が耳を塞（ふさ）ぎたくなるほど強くなる。

「これ、やばいやつだね」

ムーさんと入れ替わりにテントから顔を出していた礼二が、その濡れた顔を引っ込める。

世之介は携帯をいじってみたのだが、あいにく圏外でこの後の天気を調べようにも手段がない。

「早めに退散した方がいいかもね」

礼二の言葉に、「そうしましょうか」と世之介は頷（うなず）いたのだが、

「ええ？　せっかく来たのに？」とムーさんが口を尖らせる。

「ずっと雨続きだったから、川が増水するかもしれないし」

礼二の説得にムーさんも頭で納得はしているようだが、重い荷物を背負って降りてきたあの山道を、また登る気力がまだ出ないようで、

「ただの通り雨ってことないのかな」

と引き止めようとするのだが、その間にもテントを叩く雨音はさらに強くなっている。

キャンプ慣れした世之介と礼二はすでに荷物をどんどんバッグに詰めており、

「じゃ、思い切ってテント畳んで帰りましょう」

と言うが早いか、土砂降りの外へ飛び出すと、手分けしてテントを折りたたむ。

ムーさんも、となればチームの一員なので、三人分のリュックを手早く雨脚の弱い木陰に運び込む。

テントを畳んでリュックを背負った三人はすでにずぶ濡れである。幸い三人ともレインコートは着ているが、顔を濡らす春の雨は思いのほか冷たい。

「じゃ、一気に行きましょ！」

先頭を切ったのは世之介だったが、濡れた石と重いリュックでバランスを崩し、二歩目でドタッと転んでしまう。

「危ないなぁ」

引き起こしてくれる礼二の腕を引いた途端、その礼二まで足を滑らせる。

重いリュックも一緒になって、河原でもつれ合う二人の姿に笑うしかないムーさんである。

さて、来た道を三人が戻り始めても、雨脚は全く衰えない。衰えないどころか、一週間分の雨を含んだ土壌が、まるでスポンジのように三人の足に負担をかける。

三人が登るのは、獣道である。晴れた日ならば、ちょっと危ない程度だが、土砂降りで薄暗い中だと、遭難への入口にしか見えない。

それでも斜面をまっすぐに登っていけば、車を停めた県道に出られるので、道に迷うことはないのだが、運悪く、その道を塞ぐように来るときにはなかった大量の湧き水が三人の行く手を阻んでいる。

「足滑らせると大変だから、ちょっと遠回りして行きましょうか」

世之介の提案に、「そだね」と礼二は気楽なものだが、すでに息の上がったムーさんからは返事もない。

「ムーさん、大丈夫ですか？」

「遠回りって、どっち？」

よほど体力を消耗したらしく、ムーさんの機嫌が悪い。

「一回、渓流まで降りるんですけど、車を停めたところより少し先に出る道があるんですよ」

「ええ！　また渓流まで降りるの？　だったら最初からそっち行けばよかったのに」

ムーさんは明らかに不服そうであるが、それ以外、道もない。

「まあまあ、とりあえず行きましょう。下に降りたら、僕らが少し荷物持ちますから。僕らこういう山道慣れてますから」

礼二になだめられ、肩で息をしながらもやっとムーさんの足が動く。

だが、そんな三人をさらなる災難が襲ったのは、一旦戻った渓流からその別ルートに入ってしばらく進んだころである。

こちらは先ほどの斜面と違って、人が作ったとみられる細い道がある。ただ、あるにはあるのだが、その道がずっと崖沿いで、落ちれば真っ逆さまに渓流なのである。

唯一の救いといえば、崖には背の高い草が生い茂っていて眼下の渓流が見えないことである。

「でも、川の音は聞こえるから、実際より怖いよ」

世之介たちの説明を聞いても、全く安心できないらしいムーさんはさらに機嫌が悪い。

雨脚はさらに強くなる。霧も出てきたようで、景色の遠近がおかしくなる。

「あっ」

礼二の悲鳴が響いたのはその時である。枝に摑まりながらも世之介が振り返れば、たった今までそこにいたはずの礼二さんの姿がない。

ズズズ、ズズズと、不穏な音がしたのはその時で、崖の下を見下ろせば、途中の枝葉に摑まった礼二の足が、ズズズ、ズズズと地面を滑っていく。礼二は無表情である。その無表情が切迫した状況を如実に伝える。

「礼二さん！　そのまま！　そのまま動かないで！」

世之介もその場から手を伸ばしてみるが、如何せん距離がありすぎる。

礼二の下は渓谷である。河原からずいぶん上がってきたから相当の高さである。

「ああっ！」

無表情で雨に濡れていた礼二の顔が歪んだ次の瞬間、摑んでいた雑草が地面から抜けて、腹這いになった礼二の体がズズズ、ズズズと崖を落ちていく。

「あっ、ああっ！」

思わず悲鳴を上げたのはムーさんで、まるでその声に応えるように、

「あっ、ああっー、あああっー」

と、礼二が斜面を滑っていく。

礼二の体が草むらに呑み込まれたのと、その声が消えたのが同時だった。

世之介たちの耳には森を激しく叩く雨音と、不気味に響いてくる渓流の音だけが残る。あとはもう濁流に呑み込まれていく礼二の姿しか浮かばない。

「礼二さん！　礼二さーーーん！」

世之介は叫んだ。顔面蒼白である。口に入ってくる大量の雨で溺れそうである。

「礼二さ……」

世之介がまた叫ぼうとしたその時である。

「ここ！　ここにいる！　なんか草に引っかかってる！」

すぐそことというより、崖の下の方から礼二の声が聞こえてきたのである。

「礼二さん！　礼二さん？」

世之介は這うように崖に近づいた。

「危ないっ、危ないって！」

ムーさんの悲痛な声が背中に聞こえる。

「礼二さん？」

「なんか、たぶんだけど草がネットみたいになってて、そこに引っかかってる……のかな？」

「のかな？　って、大丈夫なんですか？」

「大丈夫じゃないよ！」

「今、そっちまで行ってみますから」

世之介がそう告げた途端、

「アーーー！　危ない！　危ないって！」

ムーさんが雷鳴のように叫ぶ。

それでも世之介は恐る恐る崖に足を伸ばした。急斜面ではあるが、足場となる木々の根っこも多い。

「礼二さん？」

「ここ！」

相変わらず声は遠い。世之介は草むらをかき分けた。見下ろすと、自身の申告通り、崖の途中で草のネットのようなものに礼二が引っかかっている。

もし牧歌的な状況であれば、大空に浮かんだ雲に気持ちよさそうに寝転んでいるハイジのようでもあるのだが、あいにく状況は危急的で、さらに雲の下は羊たちが草を喰む草原ではなく、濁流うず巻く渓流である。

「いやいやいや横道くん危ないって。とりあえず戻ってこいって！　君まで落ちたら大変だって。誰か呼びに行こうって！　手伸ばしてなんとかなる距離じゃないって！」

普段はわりとダンディーなムーさんが、まるで人が変わったようにヒステリックな声を上げている。

世之介はさらに草むらから顔を出した。手を伸ばしても届かないが、タオルを二、三本結んで伸ばせば届きそうでもある。幸い、リュックにはそのタオルがある。

世之介は濡れた木にしがみつくようにしてリュックからバスタオルを出した。運よく、去年エバに誘われて巨人―ヤクルト戦を見に行った時に買ったヤクルト応援用タオルで「東京音頭」も踊れるように普通より長い。

世之介は固く結び目を作ると、

「行きますよ」と礼二の方に垂らした。

礼二も腕を伸ばそうとするのだが、動くと草のネットが揺れて、さらにタイミングが合わない。

「あーー、もう、無理だって！」

背後ではムーさんがヒステリックな悲鳴を上げている。

礼二がタオルの先端を握ったのはそのときである。

「外れないように一回手首に回して！　引きますよ！」

世之介はぐっと力を込めた。草のネットから礼二の体が起き上がる。

ミシミシと嫌な音がする。「あっ」と世之介が声を漏らしたのと、握っていた枝が折れたのと、さてどちらが先であったか。

世之介の異変に、礼二も慌ててタオルを手放すが、時すでに遅し。ズズズ、ズズズと自分と同じように世之介まで崖を落ちてくるのである。

世之介も懸命に腕を伸ばし、足を踏ん張ったのだが、如何せん雨を含んだ足元は緩く、結局、ズズズ、ズズズと、なんとも中途半端な速度で崖を落ちた。

落ちた先は礼二と同じ草のネットである。礼二と同じように仰向けに倒れてしまい、あとはもう、二人して危急時の雲の上のハイジ状態である。

「すいません……。面目ない……」

あまりにも見事にシンクロしてしまった世之介はとりあえず礼二に謝った。もちろん礼二が命の恩人になりかけた世之介を非難するわけもない。

ただ、実際にハイジ状態になってすぐに世之介にも二つのことが分かった。一つは一旦この体勢になってしまうと、風呂上がりのマッサージチェアくらい、物理的にも気持ち的にも動き出せないのである。

そしてもう一つ、背中に聞こえる濁流の音がシャレにならないのである。

「横道くん、ごめんね。なんか道連れにしちゃったみたいで……」

「いやいや大丈夫ですって。頑張りましょうよ」

「うん、それはそうだけど。正直、この草のネット、二人は無理じゃないかなって。あくまでも体感としてだけど。ほら、一人の時を知ってるから」

ここにきて妙に冷静な礼二の分析に、言葉のない世之介である。

「横道くーん！　礼二さーん！」

そこに聞こえてきたのはムーさんの声である。

「ここでーす。礼二さんと同じように引っかかっちゃって」

「だから言っただろ！　だから！」

大声を出すだけでも草ネットにダメージを与えそうで、世之介は返事を控えた。

「誰か呼んでくるから！　待っててよ！　頑張って呼んでくるから！」

おそらくムーさんは懸命に山道を登り始めたのだろうが、その足音は強い雨の音に消されて聞こえない。

その代わりに世之介の頭にぼんやりと浮かんでくるのは車を停めたら寂しい山道のカーブで、ムーさんがそこにたどり着いたところで、すぐに屈強な助っ人など見つかるはずもなく、となれば、携帯の電波が入りそうな麓(ふもと)までムーさんは小一時間、山を下ることになるということである。

ムーさんの気配がなくなると、世之介は改めて命を預けている草ネットの感触を背中で確かめた。

すでに礼二も試していたようで、「あまり期待できないでしょ?」と、無理に笑う。

この下、濁流ですよね。

という言葉を、世之介は呑み込んだ。ただ、せっかく呑み込んだのに、

「下、濁流だから、落ちたら死ぬよね」

と、あっさりと礼二が口にする。冗談で返そうかとも思ったが、さすがに世之介も声が出ない。

何度も言うが、もしここが晴れたアルプスの空の上で、二人が乗っているのが白い雲ならば、

こんなに気持ちのよい体験はない。ただ、あいにくここは土砂降りの秩父で、二人の下では濁流が轟音（ごうおん）を立てている。

「横道くんって、肝据わってるよね」

「いやいやいや。据わってませんて」

「そう？　普通はさ、ムーさんみたいにパニクるよ」

「ああ、そういうことなら、僕、昔からパニクると冷静になるっていうちょっと変わった体質で、本気で怒ると、『私は絶対に許しませんぞ！』なんて妙な敬語になっちゃうし」

「相手を笑わせようとして？」

「違いますよ。本気で怒ると、自然とそういう言葉遣いになっちゃうんですよ」

世之介の言葉に礼二が笑い出す。不気味な森の中ではあるが、人の笑い声というのは不思議と人心地がつく。

「不謹慎なこと言っていい？　横道くんが落ちてきてくれてよかった。死ぬにしても、一人なんて耐えられないもん」

礼二がふとそう口にしたのは、二人にしては長めの沈黙が続いたあとである。

「やめてくださいよ！　大丈夫。ムーさんがすぐに誰か連れてきてくれますって」

慌てふためく世之介を、「分かった分かった。分かったから激しく動いちゃダメだって」と、礼二がたしなめる。

状況が好転する兆しはないが、ほんの少しだけ雨脚が弱まってくる。

「……でもさ、万が一ってこともあるじゃない。やっぱり万が一落ちたら死ぬよね」

「またぁ、礼二さん、そういうこと言う。なんか考えるんだったら、生き残る方向で考えて下さいよ」

二人の体がズルッと沈んだのはその時である。草ネットを支える木の一本が、心なしか傾いている。

人間というのは本気で死を感じると、声が出なくなるものらしい。

二人の体重に耐えかねた草ネットがズルッと沈んで以来、二人は瞬きするのも恐る恐るである。

自分の一呼吸が草ネットにダメージを与えかねないと思えば、自然と呼吸も浅くなる。

「あのさ……」

同じように浅い呼吸の礼二が囁(ささや)くような声を出す。

「……あのさ、もしかすると、本当にダメかもね。俺たち」

弱気な礼二を世之介も力づけたいのだが、にしては背中に感じる草ネットが弱すぎる。

「……死ぬ時は一瞬だよね？」

見れば、礼二が合掌している。

「……岩に激突して即死か。水に呑み込まれて、すぐに気失うよね？」

「大丈夫ですって……」

世之介もそう答えはするが、その声は雨に消されて隣の礼二にも届かない。

「俺、最後一緒なのが横道くんでよかったよ」

いやいやいや、と言い返したいのだが、奥歯が震えて声にならない。

「死ぬってなんなんだろうね？」

「え？」

冗談ではないらしく、礼二の目から涙が溢れている。

「礼二さん……」

「ごめん、横道くん。俺、親父のこと、大声で呼んでもいい？　ありがとうって言ってもいい？」

「れ、礼二さん……」

その時である。またズルッズルッと草ネットが沈み込む。

「死ぬって！　死ぬってほんとなんなんですかね！」

と、世之介が悲鳴代わりに叫んだ。

「……俺、未だに二千花が死んだと思えないんですよね！　死んだのと会えないのと、いったい何が違うんだろうって！　だから、会えないだけじゃないかって。だったらいつか会えるまで待ってればいいやって！」

恐怖のあまり、世之介の叫びが止まらない。叫べば叫ぶほどその振動で、草ネットは不安定になる。

「ごめん、横道くん！　こんな時に悪いんだけど、誰？　その二千花って！」

礼二もまた恐ろしくてたまらないのか、涙だけでなく鼻水まで垂らして叫ぶ。

「二千花って、俺の一番大事な人です！　礼二さんがここでお父さんの名前叫ぶんだったら、俺は二千花の名前を叫ぶ！」

「じゃあ、叫ぼう！　一緒に叫ぼう！」

二人を包み込む草ネットに、いよいよ張りがなくなってくる。

「おやじーー！　ありがとう！」

「二千花ーー！　会いたいよーー！」

もう落ちるはずだった。それほど草ネットは頼りにならなかった。叫びながら濁流に呑み込まれるはずだった。それほど二人は最期を感じていた。

しかし叫び終えても、なんとか草ネットが耐えてくれているのである。二人の荒い息だけがそこに残っているのである。

見ての通り、強靱（きょうじん）なスーパーヒーローからは程遠い二人である。これほどの緊張と恐怖にそうそう耐えられるはずもない。

先に気を失ったのは世之介だったか、礼二だったのか、気がつけば、崖に宙づりの草ネットの中、二人は目を閉じていたのである。


ときおり強い春風が吹く。風が満開の桜の花びらを舞い上げ、そのたびに弁当を囲む多くの花見客たちから歓声が上がる。

ここは天下の井（い）の頭（かしら）公園である。タイミングよく満開を迎えた週末である。正直、桜の花よりも見物人の方が多いのではないかと思えるほどの賑わいは、やはり天下の井の頭公園である。

「谷尻くん、そっちのお重にも卵焼きと唐揚げ入ってるから、勝手に開けて食べてよ。大福さん、その黄色いタッパーにタルタルソース入ってるからね。玉ねぎ多めの特製」

大きなシートを広げたドーミー吉祥寺の南チームを張り切って取り仕切っているのは、当然あけみである。

十人を超える参加者たちのための弁当を今朝は四時起きで準備してきたのである。

「去年は手の込んだ料理作ったのに評判悪かったから、今年は甘い卵焼きに、カリカリの唐揚げに、梅干し入りのおにぎり。とにかく、ザ・王道の弁当にしましたー」

あけみの言葉通り、次々とふたが開けられるお重には、部活終わりの野球部員たちが泣いて喜びそうなものばかりが並んでいる。

「あけみさん、この卵焼き美味(おい)しい」

早速、そのふっくら卵焼きをつまむのはムーさんの奥さんである。

「ちょっと奥さんには甘すぎません？」とあけみ。

「そんなことないよ。美味しい。お父さんもほら」

奥さんから受け取ったムーさんも、おにぎりを頰張りながら欲張って卵焼きも口に入れ、

「合うねえ。ちょっとしょっぱいおにぎりに甘い卵焼き」などと満悦である。

そんな三人の横では、大福さんがまるで一人で来ているように文庫本を読んでいる。さらにその横では谷尻くんが欲張って両手に唐揚げを持っているし、野村のおばあちゃんやおばあちゃんのお友達たちもおり、こちらはシャケの昆布巻きなどをつまみながら、携帯で撮った桜の写真を

見せ合っている。

「あけみさん、去年は手の込んだ料理だったって、何作ったの？」

とのムーさんの奥さんの質問に、

「ちらし寿司」とあけみ。

「あら、美味しそうじゃない」

「美味しいんですけど、花見にちらしって柄物に柄物合わせたみたいで騒がしいって言われちゃって」

そう言ったあけみが恨めしげに向けた視線の先、シートの端っこに、まるで別グループのようにちょこんと座っているのが世之介と礼二である。

「それにしても本当に良かったよねぇ。あと少し消防団の人たちの到着が遅れたら、お二人ともどうなってたことか……、私、考えただけで血の気が引くもの」

今度はタコ型ウィンナーに手を伸ばしたムーさんの奥さんがしみじみと呟く。

「いやいや本当だよ。俺も消防団の人たち引き連れて現場に戻る時、生きた心地しなかったからね。もし落ちてたらどうしようって」

まるで消防団の団長のような顔でムーさんが口を挟んでくる。

「……いくら呼んでも声がしないし。てっきり落ちたと思ったからね」

また手振り身振りで秩父遭難事件の再現を始めたムーさんにみんなの注目が集まる。

急に雨が降り出して、ああでこうで、急斜面で礼二がまず落ちて、こうでああで。

現場を知る者であれば、ムーさんなんかパニクってヒステリックに叫んでいただけなのだが、結果的に消防団を呼んできたという話になるので、現場を知らぬ者にとってはムーさんの武勇伝なのである。

もちろん現場を知っている世之介と礼二としてはムーさんの武勇伝を訂正したい気持ちはあるのだが、落ちてすぐにそれぞれが気を失ってしまったという話になっているので口が挟めない。

では、なんでそんなことになっているかといえば、事情はこうである。

実際は世之介も礼二もずっと意識はあった。あったどころか、てっきり死ぬのだと覚悟までしていたので、

「おやじーー！　ありがとう！」

「二千花ーー！　会いたいよーー！」

と、恥ずかしげもなく秩父の渓谷で叫んでしまっている。

要するに、ずっと気を失っていたと言っておかないと、礼二は礼二で気恥ずかしいし、世之介は世之介であけみに面目が立たないのである。

ということで、

「怖かったでしょうね。ずっと二人で励ましあってたの？」

「死を感じながら、二人でどんな話をしてたんですか？」

などという質問を浴びながら、世之介と礼二はずっと気を失っていたと、口裏を合わせることにしたのである。

「……それで『必ず助けを呼んでくるから待ってろよ』って叫んで、俺は急な斜面を登ったわけ。それこそ何度も何度も足を滑らせて崖に落ちそうになったからね」

満開の桜の下ではムーさんの武勇伝が続いている。

「……やっとの思いで県道に出たら、本当に運よく軽トラが走ってきてさ。それが地元の人だもん。ついてたよ。俺がわりとずっと冷静でいられたから、まー、今回はなんとかなったけど、三人が三人とも冷静さを失ってたら、今ごろ、こんなところで桜見物なんてできてないだろうねー」

このあと、ムーさんの武勇伝は消防団を引き連れて世之介たち救助のために再び山に戻る場面になり、そこで偶然にも野生の鹿が道案内してくれたという、ちょっとしたファンタジーまで加わってくる。

世之介は一番近くにあったお重を引き寄せておにぎりを一つ手に取ると、

「桜、きれいですねー」

と隣の礼二に声をかけた。

同じようにおにぎりをつまんだ礼二も、

「きれいだねー、桜」と微笑む。

「ビールどうですか？」

世之介が缶ビールを手渡そうとすると、

「いや、俺は腹が冷えるからこれで」

と、礼二は焼酎のお湯割りを作る。

背後ではまだムーさんの武勇伝が続いている。

「なんか肩身狭いよね」と礼二。

「仕方ないですよ。ムーさんがいなかったら本当に俺たちどうなってたか分からないんだし」

「とにかくさ、こうなったらあの時のことはお互い棺桶（かんおけ）まで持っていくってことで」

小声で確認する礼二に、小さく頷く世之介である。

世之介はビールを一口飲むと、満開の桜を見上げた。また春風が立ち、賑わう公園に桜吹雪が舞う。

春になれば桜が咲き、こうやって花見に来る。一年に一度当たり前のようにやっているが、改めて考えてみれば、その年々で見物に行く場所も違えば、隣にいる人たちも違う。

世之介は改めて同じシートに集うみんなを見回した。

こうやって美味い卵焼きやおにぎりをみんなで食べていると、来年も再来年も、いや、もっといえばこの先ずっと春になれば、このメンバーで井の頭公園にやってきて、今日と同じように満開の桜を眺めているのではないかと思う。

そうなったら幸せだなーと。

ただ、すぐに気づきもする。こんな風にいつも思ってたなーと。

十八歳で東京に出てきて以来、本当にいろんな場所で、いろんな人たちと満開の桜を眺めてきた。今ではもう覚えてない年の方が多いが、それでもなんとなく覚えているのは、その都度都度、今日と同じように、

「ああ、桜きれいだなー、来年もこうやってみんなと眺められたらいいなー」

と思っていたということである。

通っていた大学の近くには桜並木が有名なお濠があった。池袋のラブホテル街で、友達と飲んだ帰りに夜桜見物したこともあれば、小岩の河川敷で大宴会をしていた時期もある。

そして、そんな楽しいこれまでの記憶の中でも、世之介にとって桜といえば、やはり二千花と見ていた鎌倉の桜なのである。

考えてみれば、世之介が二千花と過ごせたのはたったの二年間である。

出会いは、一九九九年、世之介三十一歳、二千花二十九歳の秋である。

その年のクリスマスに宝徳寺の真妙さんのところでサンタクロースのボランティアを一緒にやったのが初デートといえば初デートで、以来、決して順風満帆ではなかったが、なんだかんだで付き合いを深め、二年後の二〇〇一年の秋に、世之介は最愛の人を看取ったのである。

そう。たったの二年である。

花見だって二回だったし、楽しい夏だってたったの二回である。

ただ、それでも世之介にはその二年がまるで二十年も一緒にいたように濃密な時間として残っている。

ずいぶん後になって分かることだが、世之介と出会った時、二千花はすでに余命宣告を受けていた。

「私たち医者としては、こういう場合、余命一年だって患者に告げて、実際にはそれ以上に長生きをしてもらうっていうのが、セオリーなんだけど、二千花は勘がいいし、そんなおためごかしが嫌いだって知ってるから、先生、正直に伝えるよ。二千花ちゃん、残念ながら君の命は持ってあと二年だ」

子供のころからの付き合いだったという担当医師にそう告げられた時、二千花はただ一言、「分かった。ありがとう、先生」と礼を言ったらしい。真実を伝えてくれたことに対するありがとうにも聞こえたし、子供のころからずっと世話になったことに対するありがとうにも聞こえたと先生は言う。

そして正直なところ、先生は少し拍子抜けしたとも言った。

「二千花のことだから、『このヤブ医者め！』とか『二年しか生きられないんなら、銀行強盗してやる！』とか、今までみたいにそんな冗談を言うんじゃないかと思ってたから、ただ『ありがとう、先生』って言われた時には涙を堪えるのが大変だったんだよ」と。

世之介が二千花と出会ったのは、この残酷な宣告からさほど時間が経っていないころになる。

出会いは宝徳寺の真妙さんのボランティア活動を紹介する雑誌の取材で、その写真を世之介が担当したのだが、子供たちのために働くボランティアスタッフにしては、驚くほど愛想のなかった二千花に、なぜか世之介は一目惚れしてしまったのである。

さて、世之介が一目惚れしていたその時、当の二千花には世之介がどう見えていたかと言えば、こうなる。

いやいやいやいや、あんたが真妙さんの話をそんなに真剣に聞いてどうすんのよ？　と。

真妙さんのこれまでの活動について、記者よりも前のめりになって聞いているカメラマン。これが二千花の世之介に対する第一印象だったのである。

真妙さんの話はさ、記者の人が聞いてるんだから、あんたはほら、写真撮らないと、時間なくなっちゃうよ、と。

実際、世之介は真妙さんの話を、そこにいる誰よりも真剣に聞いていた。

感心したり、興味のある話となれば、「へぇ」「ほう」と撮影そっちのけで聞き入ってしまい、さらに興味が増してくると、「それはご立派ですねぇ」とか「へぇ、そんなことがあったんですか」と、いよいよ記者の横に座り込んでしまうのである。

最後には真妙さんも、どちらかといえば世之介の方に体を向けていた。

二千花が世之介と初めて言葉を交わしたのは、それでも記者による真妙さんのインタビューがなんとか終わり、境内でのポートレート撮影も無事に終了したあとである。

二千花がパイプ椅子を片付けていると、世之介がなぜか境内の桜を見上げている。

十一月なので、もちろん裸木である。

二千花は無視して後ろを通り過ぎようとしたのだが、

「あの、すいません、お寺の方ですか?」

と、世之介に呼び止められた。

「いえ、違います」

二千花は手短に答えて歩き出した。しかしすぐに、

「これ桜ですよね？」

と訊いてくる。

「そうだと思いますけど」

さらに手短に答えて、二千花が歩き出した時である。

「これ、ちょっと弱ってますよね」

そんな声が背中に聞こえ、二千花が振り返ると、世之介が桜の木を撫でていたのである。

そこで二千花はふと思い出した。

その年の桜の花が満開だったころ、真妙さんが言っていたのである。庭師から伐採したほうがいいと言われている桜の木が一本あると。

二千花はパイプ椅子を持ち直すと、なんとなく世之介の背後に立った。裸木なので、他の境内の桜と比べても、さほど違いはない。

もしこれで違いが分かるのであれば、相当な目利きである。

「植物に詳しいんですか？」

と、二千花は訊いた。

第一印象は仕事のできないカメラマンだったが、もしかすると、本来は植物撮影のプロだったりして、たまたま今日は誰かの代理で来たのかもしれない、などと勝手なストーリーを作ったのだが、期待に反して当の世之介から返ってきたのは、

「いえ、全然詳しくないです。ただ、ちょっと弱々しく見えたから」

という なんとも頼りない言葉で、さらに、

「でも、なんか冬の桜の木って、よくよく見ると、全部弱ってるように見えますね」と笑い出す。

二千花もなんとなくつられて他の桜の木も見比べてみた。

呑気なものだとは思いながらも、確かに冬の桜の木がどれも弱々しく見えるのは間違いない。

二千花は、植物専門プロカメラマンまで想像した時間を返せ、と内心思いながらも、またパイプ椅子を持ち直した。

「まぁ、桜は春に元気そうに見えればいいんでしょうね」

二千花はそう告げると、その場を離れた。ただ、離れながらもなんとなく気になって振り返ると、世之介が弱っている桜の木を抱くように撫でている。

なんかこう、リズムの合わない人だなー。

そしてこれが、世之介に対する二千花の第二印象となる。

その時、ちょうど真妙さんが寺から出てきた。

「真妙さん、切らなきゃいけない桜って、どれでしたっけ?」

二千花が訊(たず)ねると、真妙さんも、「何よ急に?」と驚きながらも境内の桜を見渡し、

「あれよ、あれ、ほら、今、あのカメラマンさんが抱きついてる。……え? なんで抱きついてんの?」と、二度見である。

「さあ?」と、二千花は首を傾(かし)げた。

しばらく見ていると、抱き心地が悪かったのか、世之介が左右の腕の位置を変え、改めて桜の

木を抱く。

本堂の屋根からカラスもまた、そんな世之介の姿を見下ろしている。

「ほんとに何してんのかしらね？」

カラスが気になるのだから、人間なら尚更である。少し薄気味悪くなったらしい真妙さんが、

「……ちょっと、何やってるのか訊いて来てよ」と、二千花に頼む。

「ええ？」と顔をしかめながらも、やはり気になるのは二千花も同じで、結局パイプ椅子を抱えて世之介の元に戻った。

「あのー、さっきから何してんですか？」

二千花の声に驚いたように抱いていた桜の木から世之介が離れる。

「いえ、何って別に……、ただ、なんとなくですけど」

実際、明確な理由もないようで、逆にきょとんとされて、これではまるで二千花の方が変わったことを聞いてしまったようである。

「その桜の木、ほんとに弱ってるみたいですよ。切らなきゃいけないみたい」と二千花。

「え！　ええ！」

自分でも弱っていると言っていたくせに、大層な驚き方である。

「……切るって、ここをこう切るんですか？」

世之介がまるで切腹でもするように、自分の腹と桜の幹に手刀を入れる。

「真妙さーん。切るの、枝じゃないですよね？　この辺りからバッサリですよね？」と二千花は

真妙さんに尋ねた。

「そうよ、バッサリ」

容赦ない真妙さんの言葉に、「ええ！」とさらに世之介が悶絶する。

「なんか俺が選んじゃったみたいで嫌だなー。責任感じちゃうなー」

「別にあなたのせいじゃないですよ。前から庭師の人に言われてたみたいだし」

「でも、なんかタイミング悪くないですか？　っていうか、本当にダメなのかな。いや、もちろん弱ってるようには見えるけど、自然界のものって、ものすごい回復力あるじゃないですか。植物だって人間だって」

なんでこの人がこんなに力説しているのかよく分からないのだが、二千花にもその熱意だけは伝わってくる。

「……切らずに見守ってたら、万が一ってことってないのかなー」

「いや、そりゃそうかもしれないですけど。私に力説されても」

「じゃあ、誰に言えばいいんですか？」

「だったら、真妙さん？」

とつぜん注がれた二人の視線に、真妙さんが何事かと目を丸める。

「真妙さーん、このカメラマンさんがこの桜の木、切らなくてもいいんじゃないかって」

二千花の言葉に、真妙さんもいよいよ二人の元にやってくる。

「だって庭師の原さんが『元気ないし、持って数年だろうから、もう切ってもいいんじゃないか』って言うんだもん」

「いやいや、ってことは、数年は持つんですよね？　それに切ってもいいんじゃないか、くらいで、絶対に切らなきゃダメ、なわけじゃないんですよね？」

真妙さんの言葉尻を捕まえて、世之介がまくし立てる。

「そ、それはそうなんだけど……」

「だったら、もうちょっと様子見てみましょうよ。もし本当にダメになるとしてもですよ、それまで精一杯みんなで眺めてあげましょうよ。最後の最後までお花見してあげましょうよ。……あ、そうだ。この桜なんて呼んでるから愛着が湧かないんですよ。名前つけてやりませんか？」

「名前？」

真妙さんも完全に世之介の勢いに呑まれている。

「なんでもいいです。花子でも太郎でも。名前があったら、なかなか言えないですよ。『今年、花子切っちゃおうか』なんて」

「まあ、そりゃそうだけど……」

二千花としては、なぜこのカメラマンが初めてきた寺の桜伐採問題について、ここまで必死になっているのかいよいよ分からなくなっているのだが、二人のやりとりを聞いているうちに、なんとなく彼の味方についてやりたいような気持ちにもなってくる。

「カメラマンさんの名前は？」

そこで二千花は口を挟んだ。

一瞬きょとんとしたが、「僕ですか？　横道ですけど、横道世之介」と素直に教えてくれる。

「じゃ、世之介ってどう？　世之介桜」

まるで一本締めでもするように二千花が言い放つ。

「ちょ、ちょっと待って下さいよ。自分の名前なんてつけられたら、ますます伐採反対！」と世之介が唾を飛ばす。

「ね、真妙さん、いいでしょ。世之介桜、ちょっと粋な感じするし」

「私はいいけど」

真妙さんがすでに慈しむような目で世之介桜を見上げている。

二千花がこの出来事を、改めて思い出したのは、その当日の夜、さて寝ようかとベッドに入ったときである。

真妙さんの取材は午前中だったので、それが終わってしまえば、いつもと変わらぬ一日で、午後は財団法人となっているボランティア団体の手伝いに明け暮れ、帰りに行きつけのクイックマッサージで首を揉んでもらい、夕食の買い物をして帰宅すると、母を手伝って天ぷらを揚げながら父の帰宅を待っての夕飯となった。

その後、テレビを見ている時も、風呂に浸かっている時も、まったくといって良いほど思い出すこともなかったのだが、なぜかベッドに入って、さて寝ようと目を閉じた途端、

「なんでもいいです。花子でも太郎でも。名前があったら、なかなか言えないですよ。『今年、花子切っちゃおうか』なんて」

と必死になっていたカメラマンの姿が浮かび、気がつけば、

なんだったんだ、あの人は。

と声を上げて笑っていたのである。

なんであの人にはあの桜の木が弱って見えたんだろう？

そしてその時になってふと、そんな疑問が浮かんだのである。専門家というわけでもなかった。他の木とさほど見かけも変わらない。でもあの人はあの木に抱きついて、

「最後までお花見してあげましょうよ！」

と必死だったのである。

「あはは、ほんとにヘンな人」

二千花はもう一度声に出して笑って目を閉じた。なんだか今日はいい夢を見られそうだった。

さて、そんな二人が再会したのは、それから二週間ほど経ったころである。

いつものように財団の経理仕事を終えた二千花は、みんなに紅茶でも淹れようかと背伸びをしていた。

ふと外へ目を向けると、石段を埋める落ち葉を踏みながらその世之介が上がってきたのである。

格子戸の隙間から眺めていると、世之介は誰もいない本堂に、「ごめんくださ～い」と連呼したあと、やっと諦めて真妙さんの住まいになっている建物に向かう。

二千花はお湯を沸かした。まさか桜の木伐採反対運動で来たのなら面白いが、逆にそこまでの人だと、さすがに関わらない方が良いとも思いながら。

いただきものらしい鳩サブレーを二千花が一枚ずつ人数分取り分けていると、自宅から真妙さんがやってきて、

「あら、二千花ちゃん、お紅茶？　ちょうどよかった。この前のカメラマンさんの分もお願い」

と声をかけてくる。

振り向けば、そのカメラマンが立っており、

「こんにちは」と頭を下げる。

「もしかして、桜の木が切られてないか確かめに来た？」と二千花はからかった。

「違うわよ。この前撮ってくれた写真をわざわざ持ってきてくれたのよ。見て、これ」

嬉しそうな真妙さんが額装された自身のポートレートを二千花に見せる。

「わー」

二千花は思わず声を漏らした。

これまでにもいろんなカメラマンが撮った真妙さんのポートレートは見てきたが、なんというか、こんなに真妙さんが真妙さんのままに写っているのはこれが初めてのような気がしたのである。

なんというか、美しい弥勒菩薩（みろくぼさつ）のようというか、真妙さんが一番なりたい姿がそこに写っているようなのである。

「ねぇ、素敵でしょ。綺麗に額装までしてくださって」

真妙さんがニコニコしながら世之介用の客皿に鳩サブレーを大盤振る舞いで二枚載せる。

事務所のみんなにも見せに行くと真妙さんがいなくなると、二千花はぼけっと突っ立っている世之介に、

「わざわざ持ってきてくれたんですか？」と尋ねながら鳩サブレーをすすめた。

「いえ、ちょっと海に来たもんだから」

「海に？　こんなに寒いのに？」

「たまに海が見たくなることがあって」

言っていることはカッコいいのだが、あいにく手に鳩サブレーだと響いてこない。

「へぇ、ロマンティックな方なんですね」

明らかに嫌味なのだが、本人には伝わっていないようで、「いえいえ、ロマンティックなんてとんでもない。波を眺めてると、すぐにおしっこしたくなるし」と、なぜか慌てる。

そして今度は慌てて食べた鳩サブレーを喉に詰まらせ、生死に関わるような咳き込み方まで始める。

二千花は水を渡した。

胸を押さえながら飲み干した世之介が、

「あー、死ぬかと思ったー」と、涙目を白黒させている。

二千花はみんなの分の紅茶セットを盆に載せて本堂へ向かった。誘ったわけではないが、世之介もあとをついてくる。

本堂では、来月のクリスマスイブに子供たちへ配るプレゼントが所狭しと広げられ、手伝いの

おばさんたちが目録を作っている。

「紅茶どうぞ！」

　二千花が声をかけると、

「ちょうど体が冷えてきてたのよ」

「二千花ちゃん、鳩サブレー出した？」

　などと、おばさんたちが仕事の手を休めて集まってくる。

「あのぉ」

　背後からの声に、二千花は振り返った。

「この大量のおもちゃ、なんですか？」

　本堂を見渡す世之介に真妙さんが、

「全国のおもちゃ会社から寄付してもらってるのよ」

「寄付？」

「シングルマザーのご家庭の子にね、サンタがプレゼントして回るのよ。そうか、この前の取材ではこの話は出なかったものね」

　そこまで話を聞くと、世之介が本堂のおもちゃを見て回る。

「こんなにたくさん、自分たちで配るんですか？」

「そうよ。ボランティアのサンタさんたちが大活躍よ」

「ボランティアのサンタさんって、ちゃんとサンタの衣装着て回るんですか？」

「そうよ。トナカイの衣装もある」

「へぇ、すごいなあ。じゃあ、クリスマスの夜はこの辺、サンタさんだらけだ」

二千花はみんなの分の紅茶を注ぎ終わると、一人、台所に戻った。そしてこう思う。きっと、このカメラマンもすぐに言うんだろうなーと。サンタのボランティア、僕にもやらせてもらえませんか？　と。で、真妙さんもいつものように答える。もちろん。助かるわ、と。

これまで何度となく見てきた光景である。この活動を知った誰もが、「自分も参加したい！」と簡単に口にする。

ただ、面倒な準備や当日のスケジュールを送った途端、そのほとんどは何かしらの理由をつけて参加を辞退するか、ひどい人になると当日ドタキャンなんてこともある。

二千花は台所でひとり鳩サブレーをかじった。久しぶりに食べると、やはり素朴で美味しい。

二千花が二枚目のサブレに手を伸ばそうとしたとき、「お邪魔しました」と本堂を出てくる世之介の声がした。

ぜひ僕にもサンタやらせてください！　って言わないんだ。てっきり言うタイプだと思ってたけど。……でもまあ、ノリが軽くないだけいいか。

顔を上げると、その世之介が立っている。

「紅茶、ごちそうさまでした」

「いえいえ、お粗末さまでした」

会釈して玄関を出ていく世之介を二千花はなんとなく見送った。

その世之介が再び境内への石段を上がってきたのは、それから一時間ほど経ったころで、冬の西日も山の向こうに落ちようとしているときだった。

てっきり忘れ物か何かだと思った二千花は玄関で出迎えたのだが、舞い戻ってきた世之介が口にしたのは、

「あのぉ、クリスマスのサンタ、僕にもやらせてもらえませんか？」

という、なんとも時間差のある言葉だったのである。

「え？」と、二千花は思わず訊き返した。

「今、駅でしばらく考えてたんですけど……」

「駅で？　何を？」

「いや、だから、自分にサンタが務まるかどうか。いや、もちろん最初から完璧なサンタは無理だと思うんですけど、ただ、以前付き合ってた彼女に男の子がいて、わりとクリスマスは盛大にやってた方なんで、素地はあるのかなぁと」

「素地って、サンタの？」

「は、はい」

二千花は改めて目の前の男を眺めた。自分にちゃんとサンタのボランティアが務まるか、駅で一時間も悩むような男である。

誠実な人、と右へ行くか。

こいつ、やばっ、と左へ行くか。

ある意味、運命の分かれ道である。

タイミングよく真妙さんが現れたのはその時で、「この人、サンタやりたいんですって」と二千花はその選択を丸投げした。

事情を知らない真妙さんはもちろん、

「あら、助かるわ」と大歓迎である。

「……じゃあ、今年は二千花とこのカメラマンさんで一号車ね」

真妙さんの手には鳩サブレーの缶である。ちなみにまた食べるのではなく、こちらは輪ゴム用に使っている缶である。


「横道さーん。そろそろ片付けて帰りましょうって、あけみさんがー」

桜吹雪の中を遭難者のように近寄ってくるのは、谷尻くんである。

花見客でごったがえす広場からは少し離れた所にある鉄棒で、どちらが長くぶら下がっていられるかを勝負しているのは、世之介と礼二である。

ちなみに、すでにかなり長くぶら下がっており、声を出すと落ちそうなので、谷尻くんが目の前に立っても二人とも無反応である。

「横道さん、礼二さん。あけみさんが……」

その辺りでするりと礼二の手が鉄棒から離れる。地面に尻餅をついた途端、世之介も同じように限界を迎えて尻餅をつく。

「ごめんごめん。すぐに戻るよ」と世之介。

立ち去ろうとした谷尻くんを、

「あ、そうだ。谷尻くん、サーフィンどうなった?」と呼び止めた。

振り向いた谷尻くんが、

「やる気はあるんですけど、何から始めていいか分からないし、誰かに相談しようにも大学の友達にネット以外のサーフィンしてる奴いないし」と暗い顔をする。

「だから俺が教えてやるって」

世之介は尻の泥を払った。

「ほんとに横道さんサーフィンできるんですか?」

「谷尻くんも疑(うたぐ)り深いね」

「だって、イメージできないですもん」

「俺もかじった程度だよ。でも谷尻くんをボードに立てるまでにはしてやれるよ」

「でもなー。海に入るどころか、サーフショップにも怖くて入れないんですよね」

「サーフィンっておしゃれなイメージあるからなー」

「おしゃれどころか異世界ですよ」

「大丈夫だって、湘南ボーイが波乗りするのも、田舎の子が素潜りしてサザエ取るのも、同じ海なんだから」

この辺りでやはり尻の泥を払った礼二が、

「横道くん、サーフィンなんてやってたんだ？　意外」と口を挟んでくる。

「三十過ぎて、ちょっとかじっただけですけどね」

「三十過ぎて？　なんでまた？」

「恥ずかしながら、始めた理由は谷尻くんと一緒です。鎌倉の女の子に一目惚れ」

でへへ、と笑う世之介に、「ああ、例の二千花ちゃんかぁ」と、納得の礼二である。

「でも、サーフボード買う金をまずバイトで貯めないと」

ポツリとこぼす谷尻くんに、

「ボードなんて俺が知り合いに古いの借りてやるよ。続けられるかどうかも分からないのに、もったいない」と世之介。

「ほんとですか？」

「今度、連れてってやるよ。凜子さんって俺のサーフィンの師匠がいて、そこに行けば板なんていくらでもあるから」

桜吹雪の中を歩きながら、そう胸を叩く世之介に、

「今度、連れてってやるって、まだ寒いじゃん」と礼二。

「いやいや、もう四月だから大丈夫ですよ。今ごろから始めて、ちょうど夏には谷尻くんも一端のサーファーですよ」

お調子者の世之介が調子に乗って話しているだけなのだが、満開の桜の中にいるせいか、なんだか谷尻くん自身もすでに自分が颯爽と波を乗りこなしているような顔つきになっている。

「もう！　何やってんのよ！」

みんなの元へ戻ると、すでに片付けもあらかた終わり、大きなシートをたたんでいるあけみから早速苦情である。

「ごめんごめん。礼二さんと鉄棒の耐久レースしてたら……」

「荷物、全部ムーさんたちに運んでもらったのよ。早く駐車場に行ってよ。待ってるから」

「はいはい」

尻を叩かれるように世之介は駐車場へ走った。駐車場に着くと、みんなが手分けして荷物を車に詰め込んでいる。

酒を飲んだ世之介の代わりに、運転は大福さんに任せてある。

「じゃ、僕らは駅に。またね、横道くん」

「私たちもバスで帰るから。またね」

ムーさん夫妻や野村のおばあちゃんたちと手を振り合う。

遅れてきたあけみと礼二と谷尻くんが肩をすぼめて後部座席に乗り込み、運転席では大福さんがシートやサイドミラーの位置を確認している。

世之介は助手席に乗り込む前に、ふと広場を振り返った。

まだまだ花見の宴もたけなわの広場を見渡す。

「ああ、今年もいい花見だったなー」

ふとそんな言葉が溢（こぼ）れる。

「ほんとに行くの？」

ここは楽しかった花見からすでに数日が経ったドーミーの食堂である。

台所で大鍋を洗いながら、水音に負けないように声を上げているのはあけみで、声をかけられている世之介の方はすでに玄関に立っており、「谷尻くん！　早く！」と、二階を覗き込んでいる。

「いくら晴れてるからって、まだ海、冷たいでしょ？」

結局、台所から出てきたあけみも濡れた手をエプロンで拭きながら二階を見上げていると、谷尻くんではなく、トイレから出てきた一歩がそんな二人を見下ろす。

「一歩。谷尻くんに早くって。湘南の波が君を待ってるよって」

世之介を無視して自室に戻りかけた一歩が、ふと立ち止まり、

「湘南の波って、なんですか？」と、戻ってくる。

「これから谷尻くんとサーフィンに行くんだよ」

一瞬、「一歩も行くか？」と、世之介は誘おうかとも思ったのだが、つい先日など、せっかく奢ってやるという駅前の焼肉屋にもついてこないのだから、遠い湘南になど来るはずもないと思い直し、

「一歩。早く谷尻くん呼んで」と繰り返した。

しかしその時である。

「俺もついてっていいですか？」

一歩がそう言うのである。

「え？　もしかして、一歩って、サーフィンやるの？」

「いや、やったことないですけど、ダメですか？」

「いいよいいよ。谷尻くんも初心者だし、一人教えるのも二人教えるのも一緒だし。じゃ、行こ行こ」

だったら早くしろとばかりに、世之介は急かしたのだが、

「別に俺は見てるだけでいいんで」

と、ここにきて、一歩がカッコつける。

「見てるだけなんて、無理無理。焼肉屋で見てるだけなんて無理だろ？」

先日の焼肉屋の恨みからまだ離れられない世之介である。

そうこうしているうちにやっと谷尻くんが現れる。サーフィンに行くというよりは、どこからどう見ても、どこぞの良家に家庭教師のバイトに行くような格好である。

まだ三月とはいえ、湘南の海は夏を今か今かと待ち受けるように輝いているはずである。

幸い、戸塚からの国道一号線の渋滞にも巻き込まれず、順調に海沿いの道を走り出している世之介の機嫌も上々で、

「帰りに、昔、俺が住んでたアパート見せてやるよ。安アパートだったけど、ベランダから三十センチくらい海が見えたんだよ」

などと、あまり反応のない若者二人を相手に、さっきからずっと喋っている。

そんな世之介が車を停めたのは、海沿いから少し入った路地にある小さなサーフショップの前である。

「さぁ、着いた着いた」

早速、世之介が車を降りると、店先に店主らしき女性が出てくる。この人が世之介がサーフィンの師匠と呼ぶ凜子さんらしく、なんというか、太陽の日差しと深呼吸で育ちました、というような女性である。

「凜子さん、ご無沙汰です」

「世之介、会いたかったよ。こっち来てなかったの？」

「二千花の墓参りくらい」

「じゃ、寄ってよ」

懐かしそうに会話を弾ませる二人の背後で、谷尻くんと一歩がのそのそと車を降りてくる。

「二人？」と凜子さん。

「急遽、一名追加。ほら、自己紹介」

世之介が促すと、

「初めまして。谷尻です。よろしくお願いします」

と、挨拶する谷尻くんの横に立った世之介が、

「サーフィン始める目的は好きになった子がサーファーだからですッ」

と付け加え、「ほら、次」と一歩を押し出すと、

「初めまして。別に僕は見てるだけなんで」

と、この期に及んで一歩がまだそんなことを言うので、

「武藤一歩です。趣味は周りの人たちのテンション下げることです」

と、世之介は付け加えた。

そんな様子に、「アハハ」と笑った凜子さんだったが、「世之介も若い子と並ぶと、すっかりおじさんだねぇ。嫌われるよー、そういう無神経で笑いのポイントのズレたおじさん」との手厳しい意見に、若い二人も「その通り」とばかりに頷いている。

自分で手入れするなら、どれでも好きなボードを使っていいよ、と凜子さんに言われ、早速、裏の倉庫に向かおうとしたのだが、ふと世之介は足を止め、

「ボードより、まず海だろ」

と、若い二人の背中を押した。

「世之介、朝ごはんのおにぎりが残ってるけど、持ってく？　ちょっと固くなってるけど」

凜子さんからおにぎりのつまった大きなタッパーを受け取り、世之介たちは海へ向かった。

路地を出て海沿いの道に出ると、一気に潮の香りがする。車から眺めるのと、実際に目の前に立つのでは全く別物で、海が風景ではなく、命を持った何者かとして世之介たちに迫ってくる。

若い二人も車内での世之介の湘南薀蓄には興味を示さなかったが、目の前の海には若い血潮がたぎったらしく、階段を下りると、波打ち際まで競うように走っていく。

世之介は砂浜の途中で息が切れて、立ち止まった。

おにぎりの入ったタッパーを抱きしめ、水平線から逗子葉山、そしてまた水平線に戻って江の島までを、まるで深呼吸するように眺める。

春の日差しが世界をキラキラと輝かせている。

海にも、山にも、ウェットスーツを着たサーファーたちにも、砂浜に流れついた海藻にも、そして谷尻くんにも一歩にも、みんな平等に降り注いでいる。

「横道さーん！」

波打ち際の谷尻くんに呼ばれ、

「何？」と世之介は叫び返した。

気分は、昔の学園ドラマの先生役である。

「あの凜子さんって何歳くらいですかー？」

「ハァ？　……なんで？」

無粋。うちの生徒は無粋すぎる。せっかくの青春ドラマが台無しである。

「一歩くんと賭けたんですー」

無粋で、さらに失礼である。

「幾つに見えたー？」

「僕は三十代に見えたんですけどー、一歩くんは五十代だってー」

「昔から年齢不詳なんだよー、あの人ー。俺も昔知り合いと賭けたことあるけど、結局、年齢分からないままー」

生徒たちが無粋なら、先生もまた同類なのである。

# 四月　ビッグチャンス

「横道くーん、お客さんだよー」

自室で写真の整理をしている世之介の耳に聞こえてくるのは、風呂上がりらしい礼二さんの声である。ついでにプシュと缶ビールを開ける音もする。

「お客さんって誰よ？　こんな時間に」

ソファに寝転がって「ＳＭＡＰ×ＳＭＡＰ」を見ているあけみが顔だけ廊下へ向ける。

「さぁ、誰だろ？」

世之介はゴムの緩くなったスウェットを引き上げながら部屋を出た。すでに廊下に礼二の姿はなく、暗い玄関に誰かが立っている。

世之介は明かりをつけた。

点滅する明かりの下、眩（まぶ）しそうに目をしばたたかせているのは亮太（りょうた）である。

「ん？　亮太？　どうした？」

「ごめん、急に」

「そりゃいいけどさ。どうした?」

世之介の質問に亮太が顔をしかめる。

ああ、桜子と親子ゲンカしたな。

直感する世之介である。

さて、この亮太、ざっくりと説明すれば、世之介が二十四、五歳の頃に付き合っていた桜子の一人息子である。

その辺りの事情は、この物語の二作目に当たる『おかえり横道世之介』に詳しいのだが、当時の亮太はイヤイヤ期も落ち着いて、それは可愛らしい男の子で、世之介にもよくなつき、天気が良ければ、よく肩車をして江戸川の土手を散歩したものである。その後、当の桜子とは別れてしまったのだが、小学校、中学校と成長していく亮太との付き合いは続いており、陸上の有望選手として活躍する姿をつい数カ月前にも撮影に行っている。

「どうした?」

世之介は改めて訊いた。

「泊めてよ」と、亮太は仏頂面である。

「うちに来るくらいだから、よっぽど行き場がないんだろうな。友達の家にもそう長くはいられなかったんだろ?」

「いいから泊めてよ」

すでに亮太は靴を脱いでいる。

「もしかして亮太くん？」

二人の声が聞こえていたのか、振り返ると、あけみが立っている。

「ほら、あけみさん、覚えてるだろ？」

世之介に促された亮太が、

「ご無沙汰してます。急にすいません」

と頭を下げる。

「びっくりした～。最後に会ったのがまだ中学生になったばっかりだったから。……男の子って、こんなに急に成長するんだねー。もう世之介より身長大きいんじゃない？」

無遠慮に亮太の肩や背中をベタベタと触るあけみに、

「どうやらお母さんと喧嘩（けんか）して家出してきたみたい。今夜泊めてやるけどいいよね？」

と、世之介は笑いながら説明した。

「そりゃいいけど。家出って……、じゃあ亮太くん、晩ごはん食べてないんじゃない？」

と、あけみが早速腹の心配をする。

「腹は？」と世之介。

「大丈夫」と亮太。

しかし、見計らっていたように、その腹がグゥと鳴る。

早速あけみが具沢山のちゃんぽんを作っている間、世之介はさっさと亮太の母である桜子に電話を入れた。

「亮太、うちにいるよ」

開口一番そう告げると、安堵しつつ腹も立ったようで、

「『お前のことなんか、もう知るかって。一生、そこにいろ！』って言っといて！」

と、さすが元ヤンのドスの利いた声が返ってくる。

「何？　どうしたの？」

とりあえず落ち着かせて話を聞けば、

「タイムが思うように伸びないから、陸上やめたいなんて甘っちょろいこと言うからさ、だったらいつでもやめろって。お前の代わりなんていくらでもいるって、そう言ってやったのよ」

と、さらにヒートアップする。

亮太に陸上の才能があることに気づき、小学生の頃から二人三脚で応援してきた母親である。どこどこの陸上クラブに優秀なコーチがいると聞けば、安月給のシングルマザー生活の中、高い月謝を払ってそのクラブに通わせてきた母親である。

何も亮太としても、まさか本気でやめようなどとは思ってはいないのだろうが、それでもそんな弱気に腹が立つくらい、息子を応援してきた母親なのである。


さて、そんな一夜が明けたドーミーのいつもの朝である。礼二さん、大福さん、谷尻くんと順番に出かけていくと、あけみが叩きつけるようにかける掃除機の音が響き渡る。

若さの何が素晴らしいといって、この騒音の中でも鼾をかいて眠れることである。

「おい、亮太。起きろ」

世之介は見事な大の字で寝ている亮太に声をかけた。急遽、カーテンもない空き部屋に泊まらせたため、すでに全身に日を浴びているのだが、それでも眠りは深そうである。

「亮太お前、しばらく帰らないんだったら、俺の仕事について来るか？　どうせ春休み中なんだろ」

と、世之介は窓を開けた。

隣の畑では野村のおばあちゃんが今日も元気にトラクターを乗り回している。

「もうずっと帰らないよ、あんな家」

振り返ると、大あくびの亮太で、よほど熟睡していたようで、枕カバーの結び目が蝶の形で頬にくっきりと残っている。

「まあ、たまには陸上のこと忘れてのんびりした方がいいんだよ」

世之介は窓際で背伸びした。

「世之介兄ちゃんの仕事って？　スタジオ？」

ついて来る気はあるらしく、亮太が同じように背伸びしながら訊いてくる。

「いや、出張」

「出張？　どこ？　行く行く」

「東北」

「東北？」

「新幹線で八戸まで行って、レンタカーで海岸線走りながら写真撮るんだよ。週刊誌のグラビア取材」

「行きたい！　っていうか、もう完全に旅行じゃん。陸上の遠征以外で旅行なんて全然してないよ。最後に行ったのなんて、……あ、そうだ。中学ん時、世之介兄ちゃんが大阪に連れてってくれたじゃん。俺とじいちゃんを。あれ以来」

よほど嬉しいのか、飛び起きた亮太が早速布団をたたみ始める。

「行ったなあ。大阪。おじさんが新喜劇見てみたいって、なんば花月とか」

「ＵＳＪも行った」

「行ったなー、スパイダーマン」

「とにかくあれ以来だよ。旅行なんて」

とにかく嬉しいらしく、布団をたたみ終えた亮太がタオルを持って洗面所へ向かう。


ということで、ここは八戸へ向かう東北新幹線の車内である。先ほど仙台駅を出た列車の窓には、豊かな東北の山々の緑が流れていく。昼ごはん用にと、東京駅で買った駅弁などすでに大宮に着く前には食べ終えている二人は、ワゴン販売が近づいてくるたびに、

「何か買おうか？」

「いや、我慢して八戸で海鮮丼を食おう」

「でも、サンドイッチあるぞ。一つだけ買って半分ずつ食べようか」

「いや、やっぱり我慢しよう」

と同じ会話を繰り返している。

「それにしても、亮太お前、向こうに着いたら、なんか洋服買えよ」

世之介が引っ張った亮太のジャージの背中にはデカデカと○○高等学校陸上部という文字がオレンジ色で入っている。

「……学校ジャージ以外、何か持ってないのかよ？」

「持ってないよ。いいよ、これで」

「なんか悪目立ちするなぁ」

「そう？」

「普通、亮太くらいの年だったら、おしゃれに目覚めたりしないの？」

「別に興味ないもん」

「好きな子とかいないの？」

「いるよ」

「え？　いるの？　どんな子？」

「どんな子って？」

ここに来て亮太が珍しくはにかむ。

「だから、その子の雰囲気だよ」

「雰囲気？　見かけってこと？」

「まあ、そうかな」

「じゃ、ショートヘア。背は高い方。痩せ型」

「いいじゃん。趣味は？」

「プロレス鑑賞」

「え？　男の子？」

「女の子だけど」

「まあ、いいや。で、告白したの？」

「してない」

「なんで？」

「なんでって、遊んでる時間ないもん。練習忙しいから」

「またまたカッコつけちゃって」

二人が座っているのは三人席である。通路側に座っているのはスーツ姿の女性なのだが、さっきから「親子ではなさそうだし、かといって友達には見えないし、とはいえ叔父と甥（おい）にしては仲が良すぎるし」とお隣さんを横目でチラチラと眺めている。

結局、もうすぐ八戸駅というところで、世之介たちは我慢できずにワゴン販売のサンドイッチを買った。

同じように我慢できなかったらしい隣の乗客から、「ご旅行ですか？」と声をかけられたのもその時で、

「ええ、仕事半分遊び半分で」

「お父さまと息子さん？」

「いえ。ちょっと話すと長くなるんですけどね……」

から始まった世之介の説明が終わると、隣の女性はまるで短編のミステリー小説でも読み終えたような顔で聞き終えた。

八戸駅に降り立つと、吹き抜けた寒風に世之介たちは身震いした。日差しはあるが、暖かかった東京に比べると風が冷たい。

「とりあえず、先にレンタカー借りよう」

「先に昼メシ食べようよ」

「だって予約した時間があるからさ」

「よかったー。さっきサンドイッチ食べといて。食べてなかったら、倒れてるよ、レンタカー屋の受付で」

とかなんとか言いながら、どこか懐かしい雰囲気のある八戸駅前を歩く。懐かしいというよりも、ホッとするというか、料理で言えば、湯気の立つ鍋のような街並みである。

「あ、世之介兄ちゃん、見て見て。あそこに美味そうなラーメン屋ある！」

今にもガードレールを飛び越えていきそうな亮太である。

「おお、確かに美味そう。でもラーメンでいいのか？　海鮮丼って選択もあるよん」

「あー、悩むー」

大げさに頭を抱えて蹲ろうとした亮太が、「あ、そうだ。今、ラーメン食って、夕方海鮮丼っていうのはどう？」と、すっと立ち上がる。

「贅沢すぎ」

「うーん、悩むな」

とかなんとか言っているうちにレンタカー店である。予約したレンタカーの手続きをしながら、世之介がオススメの食べ物屋がないかと尋ねると、たった今、亮太が見つけたラーメン屋を勧めてくれる。

「海鮮丼より？」と世之介。

「これから二泊三日で仙台まで向かわれるんですよね？　だったら海鮮丼は海沿いにいくらでもありますよ」

スタッフの言葉に強く頷き合う世之介たちである。

八戸駅前から走り出したレンタカーは、高速には乗らず、うみねこラインと呼ばれる海岸線沿いの道を気持ち良く南下した。

途中、展望台があれば車を停め、漁港があれば立ち寄って、昼寝をしている野良猫に餌をやったり、岸壁で釣り糸を垂らす釣人に何が釣れるのかと聞いたりするものだから、なかなか距離は進まない。

世之介が漁港や海景を撮影している間、亮太は物珍しそうにテトラポッドに登ったり、停泊する漁船を眺めたりと、最初こそは楽しげにしていたのだが、さすがに立ち寄る漁港が三つ目、四つ目となった辺りで、その似たような景色に飽きてきたのか、誰もいない岸壁で、日ごろ欠かさずやっているらしいストレッチやスクワット運動などをするようになっている。

「世之介兄ちゃん、今日どこに泊まるか決めてるの？」

亮太は開脚屈伸中である。

「釜石辺りまで行ってビジネスホテルに泊まるつもりだったけど、このテンポだと釜石は無理だな。宮古か、もしかしたら、久慈までで夜はのんびりかもな」

「夜はのんびりって、今だって充分のんびりじゃん」

呑気な会話を交わす二人の頭上を、カモメたちが賑やかに旋回している。

「世之介兄ちゃん、腹減った」

「もう？」

「だってもう五時過ぎだよ。普段だったら夕飯前のお好み焼きかたこ焼き食ってる時間だもん」

人影のない漁港の岸壁から小さな食堂が見えた。営業中の幟（のぼり）旗は海風にはためいているが、出しっ放しのものらしい。

「あそこ、まだやってんのかな？」

世之介は堤防から飛び降りた。亮太も漁協ビルの方へ目を向ける。いわゆる漁港の食堂で、観光客相手というより地元の人たちが使う店らしい。

岸壁を歩いて行くと、ちょうど食堂のおばあちゃんが出てきて、「営業中」の札を「準備中」にくるりと変える。

「あっ」

思わず声を漏らした世之介たちに気づいたおばあちゃんが、

「観光の人？　いらっしゃい、いらっしゃい」と手招きしてくれる。

食堂というよりは、おばあちゃんの家といった雰囲気である。やはり地元の人向けらしく、メニューにはカツ丼、ラーメン、そば、うどんに、カレーと郷土色は一切ない。

少し落胆した世之介たちの表情に気づいたのか、

「今朝アワビもらったから、アワビ丼作ってあげようか？　あったかい団子汁と一緒に」と、おばあちゃん。

世之介と亮太はバンザイである。

窓際の飾り棚に、細々とした置物が埃をかぶって並んでいる。

こけしに、東京タワーの模型に、熊本城のステンドグラスに、七福神の人形と、おそらくおばあちゃんがこれまでに旅行した先々で買い求めたものに違いない。

そして、それら置物の向こう、窓の外には東北の海が広がっている。

「どうしたの？」

ふいに亮太に声をかけられ、「いや、別に」と、世之介は視線を店内に戻した。

「コーラ飲んでいい？」と亮太が訊くので、「いいよ」と答えながら、なぜかまた世之介は海の方へ視線を向けた。

静かな海である。

さっき外で撮影していた時にもそう思った。そしてこうやってあたたかい食堂の中から眺めても、やはり静かな海なのである。

厨房（ちゅうぼう）のおばあちゃんに断って、冷蔵庫から瓶のコーラを持ってきた亮太が、喉を鳴らしてラッパ飲みする。

「亮太って、二千花のこと、覚えてるか？」と世之介は訊いた。

「覚えてるよ。世之介兄ちゃんの彼女だった人でしょ。子供のころ、鎌倉の世之介兄ちゃんのアパートに遊びに行ったとき、何回か会ったこともあるもん」

「ああ、そうだよな」

「誕生日プレゼントに、ナイキのジョギングシューズ買ってもらったこともあるし」

「ああ、あったなぁ」

「どうしたの？」

「いや、海見るとさ、なんか思い出すんだよ、二千花のこと」

世之介は素直に告げた。

にきび面の高校生男子が何か気の利いたことを言ってくれると期待したわけでもないのだが、返ってきたのはコーラの早飲みによる盛大なゲップで、まったくもって期待以下、身内とはいえ、情けないにもほどがあるのである。

「世之介くん、また来てんのか？」

「ここ最近、仕事で東北の海を撮影に行ったり、ドーミーの子たちにサーフィン教えたりしてるみたいで、二千花のことを思い出しちゃうんだって」

「なんで？」

「海、見ると、思い出すらしいのよ。ほら、しょっちゅう二人でそこの海に行ってたじゃない」

おそらく内緒話である。当の世之介には聞こえないようにコソコソと話しているのは間違いないのだが、風向きか、単なるドアの閉め忘れか、日の当たった縁側でお茶を飲んでいる世之介の耳には、二千花の両親の声がはっきりと聞こえている。

いや、もちろん二人も世之介の訪問を迷惑がっているわけではない。このあといつものように、晩ごはんを食べていけ、なんなら泊まっていけと、しつこく誘ってくるのは間違いないのだが、さすがに二週も続けて、亡くなった元恋人の実家に通ってくる若者が少し心配でもあるのである。

「おう、世之介くん、いらっしゃい」

台所から何食わぬ顔で縁側に出てきた二千花の父親、正太郎（しょうたろう）に、

「お邪魔してます。天気が良くてゴルフ日和ですね」と、世之介も何食わぬ顔で迎える。

「ゴルフったって、そこの打ちっ放し練習場だよ」

「この青空に向かって打ちっ放すんでしょ。気持ち良さそうじゃないですか」

「まぁ、そりゃそうだけど」

世之介の隣に座布団を投げ置いた正太郎が、

「お、マリーゴールドそろそろ咲きそうだな」

と、嬉しそうに腰を下ろす。

「お父さん、仕事どうなったんですか？」

「ああ、結局、取締役になって二年延びたよ、定年」

「そりゃ、お母さんも喜んでるでしょ。だって、言ってましたもん、『お父さんと朝から晩まで毎日一緒かと思うと、一日に六食作らなきゃいけない夢見るのよ』って。お父さん、定年に備えて少しは料理の勉強しといた方がいいですよ。嫌われますよー、家事のできない定年男は」

世之介の軽口になど慣れた様子で、正太郎は呑気に足の爪を切り始めている。

世之介は庭に下りると、背伸びした。春の日差しがシャツの捲(めく)れた白い腹に心地良い。

「世之介くんは最近仕事どうなの？」

正太郎に声をかけられ、世之介はずり上がったシャツを戻した。

「機嫌よくやってますよ。ありがたいことに仕事も増えてきたし。前に世話になってた先輩が戻ってきたんですよ」

「海外から？」

「じゃなくて、会社の金を横領して逃げてたんですけど、熱(ほとぼ)りが冷めて。この前の東北の海岸線の撮影もその先輩がくれた仕事で」

「なんか、いい人なんだか悪い人なんだか分かんないな」

「いい人ですよ」

「いや、そうだろうけどさ……」

二人の笑い声に誘われるように、きな粉餅を食べながら二千花の母、路子も縁側に出てくる。

世之介はなんとなく二階を見上げた。こういう時、よく二階の窓から二千花がこちらを見下ろしていたのである。

「世之介くん、また写真見せてよ。仕事以外で撮ってるやつ」

正太郎に言われ、「じゃ、今度持ってきます」と世之介。

「いい写真ばっかりなんだから、賞とかに応募したりすればいいのに」

路子が二つ目のきな粉餅に楊枝を刺す。

「いやいや、そういうのは僕はいいんですよ」

「どうして？」

「若い頃はそういう賞とかに色気もあったんですけど、なんだろう、写真が好きになればなるほど、そういうのがどうでもよくなってきたんですよね。カッコつけて言わせてもらえば、僕はもう写真に出会えただけで、人生勝ち組なんだなあって」

「カッコつけすぎじゃない？」

「それにほら、僕には悪い例が目の前にいますからね。大きな賞をとったばっかりにモンスターみたいになっちゃった先輩」

世之介は背伸びしながら二階を見上げた。

世之介の視線に気づいた路子が、

「なんだか、こうやってると、二千花の機嫌悪そうな声が今にも二階から聞こえてきそうね」と笑う。

この家の二階からは海が見える。ただ、見えるには見えるのだが、家々の間にほんの少し見えるだけで、もしもここが「鎌倉の海見え物件」として売られていたら、シウマイが一個しか入ってないのはシウマイ弁当じゃないだろ！　というのと同じ理由で、間違いなく苦情が来るはずである。

体調が良くない日、二千花はこの二階の自室から階下の笑い声をよく聞いていたものである。余命宣告された娘が二階で休んでいるというのに、世之介相手に両親は楽しげな笑い声を上げ、笑ってもらえるのが嬉しいものだから、世之介もまた興に乗る。

「崎陽軒（きようけん）のシウマイ弁当って、シウマイが五個入ってるでしょ？　これが三つになると、中華弁当になっちゃうんですよ。でもどっちも他の惣菜は充実してるでしょ？」

大好物らしいシウマイ弁当について庭先で世之介が力説している。もう一度言うが、二階には余命宣告された恋人が休んでいる。

「崎陽軒の弁当はシウマイ以外も美味しいからね」と正太郎。

「そうなんですよ。鮪（まぐろ）の漬け焼、筍（たけのこ）煮、唐揚げ」

「中華弁当のエビチリだって美味しいよ」

「でしょ。でもシウマイ五個だとシウマイ弁当なんですよ。で、三つになると中華弁当」

「じゃ、四つだとどうなるのかしらね？　シウマイ弁当で行くのか、別名にするのか？」

いよいよ路子も参戦である。

「そうなんですよ。気になるでしょ？　だから僕ね、電話で聞いたことあるんです、崎陽軒に電話して。そしたら、昔は四個だったんだって。四個でシウマイ弁当だったんですって」

「へえ」

「ほう」

大げさな声を上げる両親に、さすがの二千花も舌打ちである。そんなことで電話がかかってきた崎陽軒の人も気の毒である。五個ならシウマイ、三つなら中華、ならばもし四個なら？　なんて気味の悪い電話、きっと新手のクレーマーだと思ったに違いない。

あーあ、なんでこんなことになってしまったんだろうか。

と、寝返りを打った二千花の耳に、さらにシウマイ話で盛り上がる三人の笑い声が聞こえてくる。

反省すべきところは反省しなければ。

と、二千花はこうやって世之介が自宅に遠慮なくやってくるようになった経緯を思い出すのである。そもそもの失敗はクリスマスのボランティアサンタとトナカイを思いのほか楽しんでしまった自分が悪いのである。

子供たちにプレゼントを渡し終える頃には、「あー、楽しかった。来年も一緒に回ろうよ」と言ってしまった自分が悪いのである。

あのクリスマスが終わり、慌ただしい年末から新年を迎えるあいだも世之介は、真妙さんの宝徳寺に入り浸っていた。

本人はバレていないと思っていたようだが、「世之介くん、二千花ちゃんに会いたいのねえ」とか、「世之介くん、まだ告白しないのかしら」などと、みんなが噂していたくらいなので、当の二千花自身もその気持ちに気づかないわけもない。

ただ、素直に付き合ってくれとかなんとか言ってくれれば、「ごめん、他に好きな人がいて」とか、「ごめん、タイプじゃないので」とか、硬軟織り交ぜた断り方ができるのだが、こうやって毎週東京から会いに来る積極性はあるくせに、鎌倉に入ると磁場でも変わるのか、来た途端に国会の牛歩戦術みたいになってしまうのである。

ボランティアのおばさんたちは、「お似合いじゃない」「好青年じゃない」などと世之介を勧めてくるのだが、彼女たちは二千花の余命のことを知らない。

もちろん誰かに好意を持たれるなんて嫌な気持ちはしないし、それがまああのサンタなら尚更である。

ただ、まあ、自分でこんなこと言いたかないが、「好きです。付き合って下さい」と言われて、「いいけど、あと二年だけね」なんて時間制限付きの答え、誰が聞きたいだろうかとも思うのである。それこそ、「あと二十分ね」なんて、売れっ子のキャバ嬢じゃないんだからと。

もちろん、かと言って真実なんて告げられるわけもない。

「ごめん、私、余命付きなんだよね」

なんて言われたら、きっと相手は、「やっべ。……でも、ここで今の告白なかったことにして下さいなんて言えねぇし」と、引くに引けなくなるに違いない。

そしてこの世之介という人に限って言えば、絶対にそうなるタイプの人にしか見えないのである。

なので、早めに言おうと二千花は思った。告白される前に言ってしまえばいいと。

ただ、ここが余命宣告された者の微妙なところで、まだ告白されたわけでもない人に、「実は私、余命宣告を受けてて」

なんて話をしたくないのである。

そんな周りの雰囲気を壊すような、というか、誰かの同情を買うようなことを自分からはしたくないなー、と思ってしまうのである。

そんな二千花がいよいよ世之介に告白されたのは、テレビや新聞などで桜の開花予想が出始めたころである。

いつものように宝徳寺でボランティアの仕事をしていると、サーフボードを抱えた世之介が境内への石段を機嫌良さそうに上がってくる。

「どうしたの？　サーフボードなんか持って」

二千花は窓からぬっと顔を出した。まさかそこから誰かの顔が出てくるなど思っていなかったらしい世之介が、

「ワァ！」と大げさに驚く。

「ワァー」

あまりの驚きように二千花まで悲鳴を上げるほどである。

とりあえずお互いに呼吸を整えると、

「それ、どうしたの？」と二千花は改めた。

「ああ、これ？　凜子さんの店で貸してもらった。今週からサーファー。凜子さんの店の初心者レッスンコースも申し込んだし」

「サーフィンなんかに興味あったの？」

「ないよ。でも、ここに通うようになって、しょっちゅう鎌倉の海見てると、なんか自分だけサーファーじゃないみたいな気がして」

「いやいや、鎌倉だってほとんどの人はサーファーじゃないけどね」

世之介はさも思いつきでサーフィンを始める風な口ぶりであるが、実は二千花はすでに凜子からその辺りの事情も聞いていた。

ちなみに二千花にとって凜子は幼馴染であり、血の繋がっていない姉のようなものである。その凜子が教えてくれたのである。

「あんたの歴代の彼氏の話をしたのよ、あの世之介くんって子に。ほら、この前のボランティアのあと、帰り道が一緒だったもんだから……」

ちなみに凜子が歴代と言うほど数が多いわけではない。

小学校の交換日記や中学の遊園地デートなどを除けば、高校時代に付き合った同級生が一人、大学の終わりから付き合い始めて、就職後の超多忙な時期に、「ああ、もう結婚して仕事やめちゃおうかな」と婚約寸前までいったのが一人で、計二人しかいない。

自分で言うのもあれだが、どちらもいい人で、きっとうまくいかなかったのは自分の方に非があるのだろうと思う。

そしてもう一つ共通点があるとすれば、どちらもサーファーだったのである。

「……って話を世之介くんにしたのよ。要するに二千花の歴代の彼氏はみんなサーファーだったって。そしたらその翌日、早速うちの店に来て、サーフィンを始めたいって。何から手をつければいいのかって。……かなり分かりやすいタイプだよね。私、嫌いじゃないわ」

凜子からそう報告を受けた二千花は、正直なところ、ちょっとほろっと来てしまったのである。もちろん世之介と付き合うつもりなどないのだが、それでもやっぱりそのまっすぐな気持ちが嬉しかったのである。

なので、二千花は決心した。あまり根つめてサーフィンの練習をしないように、自分が不治の病であることをちゃんと告げようと。

事務仕事に区切りをつけると、二千花は本堂へ向かった。本堂ではまだサーファー以前のくせに、世之介が真妙さんやスタッフのおばさんたちにボードのことを自慢している。

「横道くん」

二千花は声をかけた。

「……ちょっと話あるんだけど、いいかな」

「話？　うそ、俺もあるんだけど」

「じゃ、じゃあ。ちょっと外で」

「うん」

若い二人の気配を察したおばさまたちが、「ほら、頑張って」と無粋な応援で世之介を送り出す。

境内に出た二人がなんとなく足を止めたのは、初対面の時に世之介がなぜか懸命に切るのを止めた桜の木の前である。

「あのさ」

二千花は早速口火を切った。こういうものは自分のためにも相手のためにもさっさと済ませた方がいい。

「ちょ、ちょっと待って」

しかし世之介がそれを遮る。

「……悪いんだけど、今回だけ俺に先に言わせてくれないかな」

「いや、でも……」

「分かってる。いや、だってその二千花さんの顔見たら、何言おうとしてるかくらい、さすがに俺にも分かるからさ。だから、だから、先に言わせてよ」

珍しく世之介が我を通そうとする。

「分かった。じゃあ、先に言ってよ」

二千花も珍しく折れた。

「うん。じゃあ、言うけど、本当は、本当はね、もし俺がサーフィン上達して、ビッグウェーブに乗れるようになったら、付き合って下さいってお願いするつもりだったんだけど……」

どこまで本気なのか、はたから見れば冗談にしか聞こえないのだが、当の本人の声は緊張で震えている。

「……そのつもりだったんだけど、なんか、二千花さんのその顔見ると、どうもそんなに待ってもらえるような雰囲気でもなさそうだし、いや、だから、あの、あ、そうだ！　この桜……。切られそうだったこの桜の、この今にも枯れそうな枝あるでしょ。これ、この枝だよ。もしさ、もし、この枝に今年、花が咲いたら、チャンスくれないかな」

どこまで本気なのか、当の本人はどう見ても腐り始めている枝を震える手で愛おしそうに摘んでいる。

「咲くわけないいじゃん」

二千花は言った。他にも枝はいくらでもあるのに、よりによってこんな弱り切った枝に桜の花なんか咲くわけないじゃんと。

●

海である。

ここ最近、この物語にもたびたび登場する、おなじみ鎌倉の海である。

真っ白な砂浜に青い波、とは言えないが、少し灰色の砂浜でも、少しくすんだ色の波でも、海というのはやはり雄大なものなのである。

ちなみにどこか牧歌的に見えるのは、この海が今から数十年ほど遡った日本の高度成長期、七〇年代の鎌倉の海だからである。

七〇年代の湘南といえば、石原慎太郎の『太陽の季節』で吹き荒れた太陽族の荒々しさも一段落し、この後おしゃれ雑誌の『POPEYE』などで「カリフォルニアと地続きの街、それが湘南！」とばかりに紹介されるようになる少し前に当たり、太陽族とおしゃれサーファー天国の間にぽっかりと生まれた中休み、本来の漁師料理のような湘南である。

「おばさーん。大潮丸のお兄ちゃんがイワシ持ってきたよー！」

急な階段を器用にぴょんぴょんとピンク色のホッピングで上ってくるのは、まだ小学生になったばかりの凜子である。

そう、将来サーフショップを開く彼女である。

「はーい」

凜子の声に坂上の家から返事があり、顔を見せたのは二千花の母、路子で、

「栄ちゃん、いいの？　こんなにもらっちゃって」

と、早くも栄吉が抱えた木製のトロ箱でまだ跳ねているイワシを値踏みする。

ちなみにこの栄吉、腰越漁港の漁師で路子の従弟に当たる。

「いいよいいよ。長谷のレストランに配達に来たついでだからさ」

活(い)きのいいイワシを覗き込む二人の横にホッピングを置いた凛子が、

「二千花ちゃんは？　寝てる？」

と、勝手に玄関を上がっていく。

「やっと寝たんだから、起こさないでよ！」

「分かってる！　ほっぺた触るだけ！」

路子も声はかけるが、視線はトロ箱のイワシから逸(そ)らさない。

「俺もちょっと覗いていこうかな」

男やもめの栄吉が廊下の奥へ首を伸ばす。

「あら、じゃあ、お茶出すわよ。あ、そうか。栄ちゃんたちはもうビールか？」

「いいよいいよ。二千花の顔ちょっと見たらすぐ帰るから」

「そうね、どうせこのあと魚昌(うおまさ)かどっかで飲むんでしょ？　うちでビールだけ飲まされても味気ないか」

「また正太郎のアニキがいるときにゆっくり来るよ」

そう言いながらも栄吉がいそいそと奥の部屋へ向かえば、縁側の座布団で寝かされている二千花を、きちんと正座した凛子が覗き込んでいる。

「寝てんの？」と栄吉は囁いた。

「うん、寝てる。ほら」と、振り返った凛子がさらに小さな声で教えてくれる。

栄吉は音を立てないように凜子の隣にしゃがみ込んだ。替えたばかりらしい青畳の匂いがする。

「寝てるね」

「うん、寝てる。ほら」

栄吉は二千花の顔を覗き込んだ。

凜とした眉に、ぷっくりとした唇。まるで仏様が眠っているようである。

「かわいいね」

二千花の頰にそっと触れる凜子に、

「かわいいね」

と、栄吉も目尻が下がる。

飽きもせずに二人で二千花の寝顔を眺めていると、イワシを台所に下げた路子がやってきて、

「そうだ、栄ちゃん、おじさんたちにミカン持ってってよ。甘いミカンをいっぱい頂いたのよ」

と、また台所に戻っていく。

栄吉は名残惜しそうに二千花の頰を指先で撫でると、

「またね」

と声をかけて台所に向かった。

「とにかくびっくりするくらい甘くて美味しいの」

しゃがみ込んだ路子が大きなダンボールから、色づきのよいミカンを次から次に紙袋に移していく。

「そんなにいらないぜ」

「甘いのよ。おじさんたちに持ってってよ」

「路子姉さんたちが食べればいいのに」

「もうたくさん食べて、ほら、指まで黄色くなっちゃってんだから」

作業を中断した路子が指を広げてみせる。

実際、黄色いのかどうか分からないが、ここまで薦めるのだからよほど甘いミカンなのであろう。

「どうしたの、そのミカン」と栄吉は訊いた。

「ほら、この前の人が送ってきてくれたのよ。ご迷惑おかけしましたって」

「この前の人って？」

栄吉はミカンを一つ持って、居間の座布団に座り込んだ。

冷たいミカンを鼻に寄せると、まるでとれたてのような匂いがする。

「ほら、栄ちゃんにも話したじゃないの。うちの人と梅月寺（ばいげつじ）に法事の相談に行ったら、たまたま来てた観光の人が具合悪くなっちゃって」

「ああ。そんなこと言ってたね。結局、大丈夫だったの？」

「なんか牡蠣（かき）だかサバだかが当たったとか、よく分からないらしいけど、そのあとはもうなんともないんだって。大変お世話になりましたって、このミカンと一緒にお手紙頂いて」

「へえ、よかったたね。でもさ、そこの鈴木医院も診てやりゃいいのにね。休みだからって門前払いして。いたんだろ？　どうせ奥のお屋敷に」

「ほんとよ。診察料ばっかり高くてね。情ってもんがないんだから」

　さて、話は少し遡るのである。

　すでに桜は散っていたが、天気の良い日で、鎌倉界隈は多くの人出であった。

　正太郎と路子が梅月寺へ法事の相談に向かったのは、昼を少しすぎたあたりで、諸々の相談が終わると、たまには蕎麦でも食べて帰ろうかと境内からの石段を下りていた。

　すれ違ったのは、元気な男の子を連れた夫婦で、見るからに遠方からの観光客らしく、よそ行きの服を着せられた男の子は、蝶ネクタイまでつけている。

　石段を駆け上がってきた男の子が、勢い余って路子にぶつかりそうになる。

「あら、可愛らしい」

　路子は思わずその頭を撫でた。

「すいません。横道者で」

　と、九州訛りのある言葉で母親が謝りながら駆け寄ってくる。

「おうどもん？」と、路子は訊き返した。

「あら、恥ずかしか。東京じゃ、なんて言うんやろ」

　顔を赤らめる母親の隣から、

「すいません。横道者って言うたら腕白というか、そういう意味で」

　と、父親が口を挟んでくる。

見れば、こちらの父親もいかにも遠方からの旅行者らしく、肩には大きなカメラをぶら下げている。

その父親の顔がとつぜん歪んだのがその時で、「ん？　んん？」と、腹のあたりを押さえたかと思うと、

「アタタ、アイタタタッ」

と、その場にしゃがみ込む。

「ちょ、ちょっとお父さん！」

慌てて奥さんもしゃがみ込むが、旦那さんの顔からみるみる血の気が引いていく。

「だ、大丈夫ですか？」

路子も思わずしゃがみ込んだ。すでに石段を下りていた正太郎も、何事かと駆け戻ってくる。

「アタタ、アイタタタッ」

腹を押さえた旦那さんがさらに苦しそうに歪めた顔には玉のような脂汗である。

「と、とりあえず、救急車。お父さん、ほらうちに戻って救急車に電話して！」

慌てた路子がそう言うと、

「いや、大丈夫だと……、ちょっと休めば、なんとか……」

と、旦那さんが血の気のない顔で止める。

「いや、でも」

「ちょっと様子見ます」

口ではそう言うが、血の気は引いたまま、さらに脂汗である。

「じゃ、じゃあ、うちでちょっとお休みになってください。もうすぐそこですから」

路子がそう声をかけると、すぐに正太郎が肩を貸した。石段をみんなで肩を組むようにして下りる。

路子はとっさに蝶ネクタイの男の子を抱いた。とつぜん苦しみ始めた父親に目を丸めて驚いているので、

「大丈夫よ。ほら、お父さんも大丈夫って言ってるでしょ」とその頭を撫でてやる。

ほんの一、二分で家に着くと、腹を押さえる旦那さんを縁側から家へ上げた。

路子が水を持ってくる間に、正太郎が座布団を並べて横にさせる。しかし横にさせた途端、急に吐き気がしたらしく、激しくえずき出す。

「便所、こっちです！　こっち！」

と、正太郎が慌てて案内すると、心配した奥さんや男の子も列になってついていく。

激しい嘔吐(おうと)を終えると、少し容態は落ち着いたようだった。

相変わらず脂汗をたらりたらりと垂らしていたが、荒かった呼吸は整っている。

見知らぬ旅先でのことで、どうぞどうぞと言われるままに他人の家に上がり込んでいたことに今になって気づいたらしい奥さんが、

「本当にもう、何食べたとやろか」

と、夫を心配しながらも、

「本当にすいません、ご迷惑をおかけして」

と、路子たちに平謝りする。

「すぐそこに病院がありますから、もうちょっと落ち着いたら行ってみますか？」

正太郎の提案に、路子はすぐ鈴木医院に電話を入れた。

休日だとは分かっていたが、急病人なんです、という路子の訴えに、相手は「本日は休診日です」と繰り返すのみである。

「ああ、腹が立つ。どんなにひどい病気になっても、絶対にあの病院にはいかないんだから！」

自分でも大人げないことは分かるのだが、急病人がどんな様子かも聞かない医者の態度に、路子の怒りは収まらない。

ただ、幸いにも路子が鈴木医院相手に押し問答を繰り返している間に、さらに病人の顔色も良くなっている。

まだ腹は痛むようだが、路子が用意した水も飲み干し、ゆっくりとなら体も伸ばせるようになったらしい。

このあたりで路子は部屋の隅にちょこんと座っている男の子に気づいた。よほど驚いたのか、これまで一言も喋らず、心配そうに父親の様子を見守っていたのである。

「しばらくここで横になっていって下さい」

路子は奥さんにそう声をかけると、

「ボク、お父さんね、もう大丈夫だから、こっちでサイダーとお菓子食べようね」

と、男の子を呼んだ。

「すいません、ご迷惑かけて」

奥さんも恐縮はするが、夫のことで手一杯である。

路子は男の子の手を引いて、台所に連れて行った。冷蔵庫からサイダーを出してやり、菓子箱にあった鳩サブレーも手渡す。

男の子はサイダーを一口飲むと、隣の父親の様子から目を離さないようにしながらも、その小さな口でボソボソとサブレーを齧る。

「美味しい？」と路子は訊いた。

「ううん」

男の子が首を横に振る。

「あら、美味しくない？」

路子が慌てて自分でも食べてみると、確かにすっかり湿気っている。

他に何かないかと探してみるが、こういう時に限って何もない。

「ごめんなさいね。今度来るときは、たくさんお菓子用意しておくからね」

思わずそう言ったが、近所の子が遊びに来ているわけでないことに気づいて苦笑いの路子である。

そうこうしているうちに、お隣に預けていた二千花を、おばさんが抱いてやって来た。

路子は急な訪問客たちのことを手短に伝え、ぐっすりと眠っている二千花を受け取った。

ふと気配を感じて振り返ると、男の子があとをついてきている。

「赤ちゃんよ」

と、路子が教えると、男の子がそっと爪先立ちして覗き込む。

「お父さん、きっともう大丈夫だからね」と、路子は男の子に微笑んだ。

男の子が二千花の頰に触れようとして、ふとその手を止める。「いい？」と尋ねるので、「いいわよ」と路子は二千花の頰を男の子に寄せてやった。


「路子姉さん、このミカン、ほんとにびっくりするくらい甘いねー」

台所でさやえんどうの筋を取っている路子の耳に聞こえてきたのは、結局、居間でくつろいでいる栄吉の声である。

「食べた？　うそじゃないでしょ。ほんとに甘いでしょ」

「うん、甘い。こんなに甘いミカン食ったことないよ。それこそ、ほら、姉さんたちの披露宴で出たメロンくらい甘いよ」

むき終えたさやえんどうをざるに入れ、路子は居間を覗いた。

さっきまで二千花の顔を撫で回していた凜子も、並ぶように昼寝をしている。

「あら、凜子ちゃんも寝ちゃったの？」

「ついでだから、俺が抱いて帰るよ」

「いいわよ。寝かせといて」

「それより、さっきの話。このミカンの送り主さん、よかったね、大事にならず」

「ほんとよ。結局、三十分くらいだったかしらね。ここで休んだらケロっとして、旅館に帰ってったわ」

「さて、俺もそろそろ帰ろうかな。いいの、ミカン、こんなにもらって」

「だからいいって。たくさんあるんだから」

ミカンがいっぱいの紙袋を提げた栄吉を玄関に送りながら、

「あ、そうそう。この前のお見合いの話、本当に断っていいの？　いい縁談じゃないの」

と、路子はふと思い出して尋ねた。

「いいや、俺、まだ結婚は」

「また、そんなこと言って」

「俺さ、いつか世界中回るような船に乗りたいんだよね」

「え？」

「いや、もちろん単なる夢だよ。俺がいなくなったら親父も船出せなくて困るしさ」

どこまで本気なのか、栄吉はそう言うと、さっさと靴を履いて出ていく。

トロ箱を抱えて坂道を降りていく栄吉を見送っていると、目が覚めたらしい二千花の泣き声がする。

「はーい。お母さん、ここよー。すぐに行くからねー」

路子はそう声をかけながらも、なんとなく玄関を出た。目の前には相模湾の水平線が広がっている。美しい眺めである。

私、幸せだなー。

そう思う。優しい夫がいて、可愛い娘を授かって。ただ、それだけで。

路子は生まれも育ちも鎌倉である。親戚には漁師も多いのだが、父親は満州からの復員後、数学の教師となり、地元の高校で教鞭をとった。

一方、母は小田原の、わりと裕福な農家の娘で、見合い結婚をし、路子と、横浜で暮らす妹、麻子を産んだ。

路子は高校までを鎌倉で過ごすと、卒業後は東京の丸の内にある電算処理会社にキーパンチャーとして就職した。

毎朝六時に鎌倉駅から電車に乗り、大都会のオフィスで一日働いて、また鎌倉に戻る。

通勤は大変だったが、丸の内の賑やかさは新鮮だったし、何よりも同世代の仕事仲間に恵まれて、まさに青春を謳歌した。

そんな中、知り合ったのが正太郎だった。

彼もまたそんな仕事仲間の一人だったのだが、社内のコーラスサークルで活動する中、次第に親しくなっていった。

正太郎は女性社員たちにとても人気のある男性だった。

背が高くて、爽やかで、昔人気のあった佐田啓二という二枚目俳優にそっくりで、何よりウクレレでも奏でているような笑い方をした。

ちなみに路子はどちらかといえば、ずんぐりむっくりな方である。明るい性格で世話好きな方なので、友人関係も広く、上司受けもいいのだが、天下の二枚目におかぼれされるタイプではない。

なので、ある日の昼休み、屋上でバレーボールをやった帰りに、

「ねぇ、君、今度、鎌倉を案内してくれないか」

と、その正太郎から声をかけられたときには、

「ええ、いいわよ。だったら、みんなも誘いましょ」

と、路子は受けた。

しかし階段の途中で立ち止まった正太郎が、

「いや、僕は君と二人がいいんだ」と言う。

冗談というわけでもないようだった。

「私はいいけど……」

首を傾げながらも路子は承諾した。

「だったら、今度の日曜日に行くよ。鎌倉駅に十時でいいかな」

「ええ、いいわ」

その夜から路子は気がつくと正太郎のことを考えていた。ちなみに正太郎は独身で、フィアンセらしき人はいない。

ただ、たまに同僚たちの間で、正太郎と庶務課の柳沢さんという美人なら、絶世の美男美女の

カップルだなどという話は出ていて、路子自身も本当にその通りだと思っているのだが、外野がうるさいわりに二人に進展はない。

そこまで考えて、ああ、そうか、と路子は合点がいった。

やはり正太郎は柳沢さんのことが好きなのだ。そのことで柳沢さんと親しい自分に何かしら相談があるのだ。

そう結論づけると、気が楽になる反面、路子は少し緊張もした。

実はある時、その柳沢さんが正太郎についてこんな風に言っていたことがあるのだ。

「私、ああいう二枚目がちょっと苦手なのよ。睫毛(まつげ)なんか女の子みたいに長くてさ、まっすぐに見つめられたりしたら、あの睫毛にがんじがらめになりそうなんだもの」と。

とはいえ、柳沢さんも正太郎が嫌いなわけではない。

天下の二枚目を相手に、「そんな外見で人を見たりしちゃダメよ。内面を見ないと」などと説得するのはおかしな話だが、それでももし正太郎に相談されたら、柳沢さんにはちゃんとそう伝えなければならない。

そう強く決心して臨んだ次の日曜日である。約束の時間に駅へ行くと、少し落ち着かぬ様子の正太郎がいる。

路子は正太郎の緊張をほぐしてやろうと、海へ誘った。

由比ケ浜から材木座海岸の方へ歩く。いつになく無口な正太郎に、

「今度、庶務課の柳沢さんたちと金沢に旅行に行くのよ」

などと路子は水を向けてみるのだが反応はない。

小春日和とはいえ、海風は冷たく、何しろ砂浜は歩きにくい。

さて、このままでは小坪（こつぼ）までついてしまうといよいよ路子が焦り始めた時である。ふと足を止めた正太郎が、

「結婚を前提にお付き合いをしたいと思ってるんだが」

とうとう本題に入ってくれたのである。

寒いわ歩きにくいわで、この瞬間を待ちに待っていた路子は、

「ええ、分かったわ。私に任せて」と胸を叩いたのである。

驚いたのは正太郎である。いくら明るくて民主的で活発な現代女性でも、一世一代のプロポーズに対して、「私に任せて」はあまりにも頼もしすぎた。

「本当にいいのか？」と、正太郎はおずおずと尋ねた。

「ええ、もちろん。私に任せて」と路子が頷く。

このあたりでさすがに正太郎も様子がおかしいことに気づく。

「任せてとはなんだ。君は僕をバカにしてるのか」

もちろんこのあたりでさすがに路子も自分の間違いに気づく。

「あら、ごめんなさい。私、てっきり……、あなたは柳沢さんのことが好きで……」

「柳沢くん？　なんで彼女のことが今出てくるんだい？」

「いや、だから……」

「それに、もし僕の好きなのが柳沢くんだったとして、どうして僕が君にプロポーズするんだ？」

「いや、そうなんですけど……」

一世一代のプロポーズを茶化されたようで、正太郎はちょっと怒っている。

取りなそうにも、今度はプロポーズされた驚きが時間差で来ており、路子はあわあわと、ただ慌てるばかりである。

どんな夫婦や家族にも、鉄板ネタというものはある。

ちなみに正太郎と路子夫婦に関していえば、この由比ケ浜でのプロポーズが唯一の鉄板ネタとなる。

元来、正太郎というのは若い頃から顔は二枚目だが、どこか堅物なところがある。

「一緒にいても面白い話なんて一つもしてくれないのよねえ」

こんな路子の愚痴を友人たちは笑い飛ばす。

「あんな顔で、ユーモアセンスまで抜群だったら、世の男たちに妬まれて早死にするわよ」と。

単なる冗談なのだが、結婚後この友人たちの言葉を路子はたびたび思い出すことになる。

そして生意気盛りになった娘の二千花が、

「お父さんが面白い話するなんて、十年に一回あるかないかだもん」

などと言うと、

「早死にされるよりいいじゃないの」と言い返すようになるのである。

このように冗談の一つも言えないような正太郎であるが、賑やかなところは大好きである。

職場からは遠い鎌倉に新婚の家を借りたのも、路子の実家や親戚たちが界隈に多く暮らしているからで、本来なら妻の親戚との付き合いを面倒に思う夫が普通なのだろうが、何かあれば親戚が集まって宴会が開かれる路子の実家を、正太郎はすっかり気に入ってしまったのだ。

正太郎はいわゆる戦争孤児である。

ただ、その話を本人が口にしたのはただの一度だけで、路子の両親に挨拶に行くことが決まった前の日、ぽつりぽつりと教えてくれた。

父親を南方戦線で、母親を東京大空襲で亡くしている。

幸い、終戦後には群馬にあった母方の祖母に引き取られるのだが、空襲から終戦までの混乱の中、まだ乳飲み子だった正太郎の面倒を看てくれたのが、当時同じ長屋に暮らしていた女性だったという。

空襲警報の中、正太郎の母はこの長浜サヨという女性とともに防空壕へ逃げ込んだ。

だが、爆撃は激しく、隣の家が燃え出すと、熱くて防空壕の中にはいられなくなった。二人は近所の住人たちとともに隅田川の土手へ逃れた。

しかしその際、敵機からの一斉射撃に狙われ、正太郎の母が撃たれたのだ。

血まみれのその背中で正太郎が泣いていた。正太郎の母はすでに事切れている。

サヨはその背中から正太郎を離した。絡まった背負い紐を震える手で解いた。

上空には敵機が恐ろしい音を立てて戻ってくる。

サヨは正太郎を胸に抱くと、河原を走った。

「来るなー、来るなー」と敵機に叫びながら。

終戦から戦後の混乱を、サヨは正太郎を抱えて生きた。街には浮浪児が溢れていたが、捨てるに捨てられなかった。自分の食べるものにも困り、「ごめんね」と何度も道端に正太郎を置こうとしたが、その都度、ケタケタと声をあげて笑う正太郎を手放すことはできなかった。

戦後の混乱が少し落ち着くと、サヨは新橋の芸者の家で女中として働くようになる。乳飲み子を連れた女を住み込みで働かせてくれたのは、ここだけだった。

そのうち生活に余裕もできたサヨは、生前正太郎の母から聞いていた彼女の実家を探して群馬に向かう。

幸い、正太郎の祖母が元気にしており、事情を知った祖母は、娘の最期に涙を流しながらも、元気そうな孫を愛おしく抱きしめたという。その後、祖母のもとで貧乏暮らしをしながらも正太郎はすくすく育ち、苦労して大学まで出る。

就職すると、祖母への仕送りは欠かさなかった。ボーナスが入るたびに古くなっていた実家の屋根を直したり、祖母を東北の温泉に連れていったりした。

一方、祖母に聞かされていたサヨのことも正太郎は忘れていなかった。

とはいえ、サヨが正太郎を群馬に連れてきてくれたのはもう二十年も前、東京もすっかり変わっている。

祖母がとっておいてくれた当時のサヨの住まいを正太郎は探した。あいにくその家は取り壊されていたが、近所に聞いて回ると、当時そこで暮らしていた元芸者が今も向島にいると知らされ、早速会いに行った。

元芸者はサヨを覚えていた。そしてサヨが可愛がっていた正太郎のこともまた、おぼろげながら覚えていてくれた。

ただ、残念なことにサヨの現在の所在は知れなかった。終戦後しばらくサヨはこの家で働いていたらしいのだが、静岡で自動車販売店を営む男性に嫁いで以来、連絡は取り合っていないという。

「結婚する時、サヨさんは幸せそうでしたか?」と正太郎は尋ねた。

すると元芸者はこう答えた。

「なんたって男を見る目のある私たち芸者が太鼓判押した男の人でしたからね。きっと今も幸せに暮らしてますよ」と。

正太郎も仕事に慣れてくると、祖母から早くいい嫁を見つけろと言われた。上司に勧められる見合いもしたが、なかなかこの人だと思える人がいなかった。

そんなある日、会社のサークル活動で路子と出会った。

「あなた、ウクレレみたいな笑い方をするのね」と言われた。

もちろんそんなことを言われたのは初めてだった。ウクレレみたいな笑い方がどんな笑い方なのかよく分からなかったが、ウクレレみたいに笑いながら人生を過ごせたらどんなにいいだろうと正太郎は思ったのである。

さて、ここは舞台も戻り、生まれたばかりの二千花が機嫌よく笑っている鎌倉の自宅である。

夕食の準備も済ませ、路子が二千花相手に歌を歌っていると、

「ただいま」

と、正太郎の声である。

「おかえりなさい」

路子は二千花を抱いて玄関に迎えに出た。

「あら、どこかに寄ってきたの？」

正太郎の口から酒の臭いがする。

「一杯だけ。そこの魚昌の前通ったら、栄吉くんがいてさ。誘われて一杯だけ。だから、すぐにメシ食うよ」

「あら、栄ちゃん、まだ飲んでたの？　明日早いんだろうに」

腕を伸ばす二千花を正太郎に渡し、代わりにカバンを受け取る。

二千花をあやしながら居間へ入る正太郎のあとを追いながら、路子はなんとなく自分が微笑んでいるのに気づく。

振り返った正太郎も気づいたようで、

「なんだよ？」と怪訝(けげん)そうな顔をする。

「別に、なんでもありませんよ」と路子。

「気味が悪いな。理由もないのに、そうやって笑ったりして」

「理由がなくちゃ笑っちゃだめですか」

「だめじゃないよ」

「だったらいいじゃありませんか」

「いいけど、気味が悪いって言うんだよ」

口を尖らせている正太郎に、路子の表情はますます緩む。

「なんだ、まだ笑ってるじゃないか」

「ごめんなさい。本当になんでもないのよ。ただね、さっきそこから海を眺めながら、幸せだなーって思って」

「そこから海見て？」

正太郎はますます理解できないようで、クイズでも出されているような生真面目な顔である。

「私は幸せだなーって思ったのよ。あなたみたいな優しい旦那様がいて、二千花みたいな可愛い子に恵まれて。他にはもうなんにもいらないなーって」

妻の戯言（ざれごと）の解読を諦めたらしい正太郎が、二千花を座布団に寝かせ、部屋着に着替える。

「すぐに食べるでしょ？」

と、路子が台所へ向かうと、やはり気になるらしく正太郎が玄関を出ていく。

路子は正太郎のあとを追った。

玄関先に立った正太郎が首を傾げながら海を見ている。

「何も見えませんよ」と路子は声をかけた。

「別に何か見にきたわけじゃないよ」

「幸せでも見えると思いました？」

路子が笑うと、「君はそうやっていつも、僕をバカにするな」と、正太郎が睨む。

「ごめんなさい。バカになんかしてませんよ」

「もういいよ」

路子を押しのけるように正太郎が家へ戻る。

「さっき、ふと思い出したんですよ」と路子。

「何を？」

正太郎が乱暴に草履を脱ぐ。

「あなたにプロポーズされた時のこと」

「世の主婦は暇だな」

「あなた、あの時からなーんにも変わらない。あの時のまま。きっとこれから先もずっとあの時のままなんだ。そう思ったら、なんですか、急にね、私、幸せだなーって思ったんですよ」

「変わらない変わらないって、人間の進歩がないみたいに言うんじゃないよ」

口では怒ってみせながら、すでに正太郎は抱き上げた二千花に鼻を擦りつけている。

庭先でゴルフの素振りをしている正太郎を縁側から退屈そうに眺めているのは世之介である。路子はすでに台所に戻り、夕食のしたごしらえを始めたらしい。

ここに二千花がいないのがあまりにも不自然な光景である。とはいえ、この不自然な光景がもう六年も続いているのである。

「お父さん、取締役になったら給料上がるんですか？」

退屈しのぎに世之介は話を戻した。

「そう変わらんよ」

納得いかないらしい腰のブレを直しながら正太郎が答える。

「なんかここに座って、そうやって素振りしてるお父さん見てると、二階に二千花がいそうですよ」と世之介。

「そんなこと言うなら、まだ赤ん坊の二千花がその縁側の座布団で昼寝してるみたいだよ」と正太郎。

「時間って本当に一つなんですかね。今の時間も、六年前の時間も、三十年前の時間も全部一緒にここで流れてるみたいですよねー」

思いつきを口にしただけで、まさか自分がわりと哲学的なことを言っているとは思っていない世之介は、

「なんか、いろんな時間が流れてると、ややこしいですね」としたり顔で、

「……今の時間から見れば、二千花がいなくて寂しいけど、二千花がいた頃の時間で見れば、憎

まれ口ばっかり叩いてたから腹立ってくるし、その上、お父さんは三十年以上も前の時間が流れてるんでしょ。赤ん坊の二千花は可愛いし。いなくなって寂しいわ、いればいたで腹立つわで、大騒ぎだ」

などと、結局最後は自分でも何を言っているのかよく分からなくなり縁側を立つ。

「そろそろ帰ります」

と声をかければ、

「なんで？　晩メシ食ってけよ」と正太郎が引き止める。

「今日は真妙さんとこで夕食のお呼ばれなんですよ」

「ほう、あちこちから声かかって人気者だな」

「老夫婦と尼さんじゃないですか」

世之介が笑い飛ばせば、正太郎もそれはそうかと笑い出す。

路子にも同じように夕飯に誘われて、世之介は同じように断った。夫婦というのは長年一緒に暮らしていると言葉選びまで似てくるのか、こちらは、

「あらあら、あちこちのお座敷からお声がかかって羨ましいわ、お姉さん」

と芸者の真似である。

「いやねぇ、姉さんは今夜もお茶っぴき？」

などと世之介も調子を合わせたところで、

「なんだか、志村けんと柄本明の芸者コントみたいね」と、二人で噴き出した。

「そういえば、志村けんって、うちの近所に住んでるんですよ」

「あら、そうなの？　吉祥寺？」

「まあ、吉祥寺の南の方ですけどね」

「会ったことあるの？」

「いや。一度も。でも会いたいなー。うちの下宿に元芸人の礼二さんって人が住んでるんですけど、その人なんて子供の頃から神様みたいに思ってますからね」

「その人は会ったことあるの？」

「まだないんですって。『偶然』を待ってるらしくて。本人は『奇跡』って呼んでますけど」

どうでもいい話を散々すると、世之介はやっと別れを告げて宝徳寺へ向かった。

宝徳寺へ向かう途中に、最近オープンしたチーズケーキの店があった。一ピースが極端に小さいわりに鎌倉値段でバカ高いのだが、頬がとろけるほど美味しい。

今夜の献立がすき焼きだと聞いていた世之介は、迷いに迷った挙句（あげく）、思い切ってみんなの分を買うことにした。

値段のわりに軽いチーズケーキをぶら下げて宝徳寺への石段を駆け上る。

境内に入ると、葉がつき始めた桜が出迎えてくれる。世之介はそのうちの一本の前で立ち止まった。

二千花命名の「世之介桜」である。

なんの因果か、世之介の嘆願で生きながらえ、今年もまた（他の桜に比べれば貧相だが）それでもまだまだ、立派な花を咲かせ続けているのである。

　さて、ドーミーの浴室で、ちょっと広めの湯船に浸かって鼻歌を歌っているのは、ほろ酔い加減の世之介である。

　いつもと同じ設定温度のはずだが、今夜はずいぶん熱く感じられるので、湯船から手を伸ばして窓を開けると、なんだか夏の夜のような風が吹き込んでくる。

「そっか。そろそろ四月も終わって、ゴールデンウィークだもんなあ」

　世之介は火照(ほて)った体を窓から外に出して背伸びした。風呂から上がると、食堂ではまだエバたちが賑やかに飲んでいる。

　先日、世之介が谷尻くんと一歩を連れてサーフィンの練習に行ったときの写真や動画を見ながら、みんなで笑っているらしい。

　髪を拭きながら、なんとなく夜風に当たりたくなり、世之介は二階のベランダへ向かった。だが、廊下を進んでいくと、一歩の部屋から咲子の笑い声がする。

　世之介は開けっ放しのドアから、「何してんの?」と中を覗いた。

「あ、世之介さん、来てきて。ほら、一歩くんの絵、すごく上手(うま)いの」

　嫌がる一歩の手から、咲子が容赦なくスケッチブックを奪い取って世之介に見せる。

「うわー、上手いな」

　一目見て、世之介は思わず声を上げた。

絵には全く詳しくないのだが、それこそモネやルノアールのような印象派の画風で、熱血スポ根マンガを描いたような、よく言えば斬新、悪くいえば中途半端この上ない絵なのだが、とにかく迫力があるのである。

さらに嫌がる一歩を無視して、世之介は咲子の手からスケッチブックを受け取った。

よくよく見れば、少年がサーフィンをしている絵で、

「これ、谷尻くん？」と尋ねれば、

「そうですって。ほら、こうやって捲っていくと絵本になってるんです」

と、まるで自分が描いたように咲子が答えてくれる。

「いやいや、本当に上手いよ」

世之介は改めて一歩の絵を眺めた。

「タイトルは『鎌倉と谷尻くん』ですって。私は『鎌倉と少年』の方が普遍的でいいと思うんですけど、どう思います？」

「そうねえ。でも、『鎌倉と少年』って、ありがちって言えば、ありがち？」

「だったら、『恋と鎌倉と少年』」

「なんでいきなり『恋』追加？」

「だって、谷尻くんがサーフィン始めたの、それが理由でしょ？」

「ああ、いいかも。一気にメジャー感出てきた」

「ですよね？『１００万回生きたねこ』みたいにベストセラーになったりして」

当の作者を置き去りにして、二人のタイトル会議は続き、

「一歩くん、絵本を出版するのが夢なんですって」

ふと思い出したように言った咲子に、

「別に夢とかじゃないよ」

と、当の作者もやっと不機嫌そうながら会議に参加してくる。

ただ、咲子は一歩の不機嫌など一切気にならないらしく、

「私ね、一歩くんに約束してもらったんです。私とこれから生まれてくる私の赤ちゃんの物語を絵本にしてもらうって」

「そんなの、約束してないけど……」

「すごくないですか？　自分の物語を絵本で読めるんですよ」

「だから、約束なんてしてないって……」

プイと背を向けた一歩の肩を、

「先生。一歩先生。肩でもお揉みしましょうか」と世之介が手をかける。

咲子も咲子なら、世之介も世之介で、

「この絵さ、下でみんなに見せていい？　谷尻くんも喜ぶよ」

と、咲子以上にデリカシーがない。

当然、一歩はもう返事もしない。

「行こう行こう」

となれば、断られたわけではないので、早速、世之介たちはスケッチブックを抱えてみんなの元へ、である。向かう途中、ふと世之介は階段で足を止めた。

「咲子ちゃん、お腹の赤ん坊のこと、良かったね。ご両親も許してくれたんだって」

「ええ、なんとか。最初に話した時は、人間って本当に目を白黒させることがあるんだって驚いたんですけど」

「そりゃそうだよ。娘に子供ができれば、嬉しい、でも心配、でも嬉しい、でも心配って、誰だってスロットマシーンみたいになっちゃうって。でも最終的には嬉しい、嬉しい、嬉しいって揃ったんだろうね」

「ええ。ですから、とにかく私も頑張ろうって。いいお母さんにならなきゃって」

「咲子ちゃんはいいお母さんになるよ。もう専属の絵本作家まで用意してるんだから」

「私、初めて言われました。いいお母さんになるなんて」

世之介の言葉に、今度は咲子が目を白黒させている。

食堂に戻ると、宴もたけなわである。

今夜はあけみもかなり飲んでいるようで、代わりに礼二が空いた皿を片付けている。

「これ見てよ。一歩が描いた絵本」

世之介がテーブルにスケッチブックを広げると、あけみ、エバ、大福さん、礼二、最後に谷尻くんが顔を寄せてくる。

「へー、上手いねー。なんかプロみたい」

驚くあけみに、「でしょ?」と、まるで自分が褒められたような世之介である。

「まだ三場面しかできてないけど、このあとこの谷尻くんがきっとボードを颯爽と乗りこなせるようになるんじゃないかな」

世之介の説明に、「これが谷尻くんですか?」と不満そうなのは大福さんで、「……こんなに美少年じゃないですよ」と容赦ない。

「またそんなひどいこと言って」

「逆ですよ。美少年が良いって言ってるんじゃなくて、こんな美少年より本物の谷尻くんの方が良いって話です」

「まあまあ。ほら、こうやって伸び放題の前髪をあげたら、色白で、ちょっとした韓流スターだよ」

と、大福さんの真意を読み違えたまま、世之介が良かれと谷尻くんの前髪をかき上げれば、あいにくその額には最近できたらしい旺盛な赤ニキビである。

皇居の緑がまばゆいばかりである。初夏のような日差しを浴びた石垣もまたキラキラとして、お濠では白鳥が水浴びしている。

水浴びしている白鳥と同じように腕を広げ、お濠端のベンチで背伸びしているのは世之介である。

背後にある新聞社に勤める室田恵介から呼び出しを受けてきたのだが、会議が長引いているので、少し外で待っていてくれと言われたのである。

ちなみに、この室田から依頼された「日本の海岸線を撮る・東北編」の第一回目が、今週発売の週刊誌に掲載されている。

呼び出しがあったのは、そのことに関して何かしら話があるに違いないのだが、こういう場合、

「おう、来たか来たか」

ならば、良い話だろうが、

「すまん、会議中だから少し待っててくれ」

となると、流れ的に分が悪い。

水浴びしていた白鳥も心なしかそんな世之介に愛想を尽かしたように飛び去っていく。

「おーい、横道！」

背後から室田の呼び声が聞こえたのはそんな時である。最新号の週刊誌を片手に横断歩道を駆け渡ってくる。

「……悪かったな、待たせて」

「いえ、全然」

「これ、めちゃめちゃ評判いいよ」

「え？」

てっきり悪い流れを予期していたので、「え？」以外に言葉がない。

「え？　ってお前。今回の写真。めちゃめちゃ評判いいよ。自信あったんだろ？」

そこまで念押しされて、世之介もやっと頭が回り出し、さらに回り出すとすぐにお調子者の血も騒いでくる。

「いやー、自信なかったですけどねー。でも撮影してる最中、なんていうか、ちょっとした確信みたいなのはあったんですよね。いいもの撮れたって。特に……」

「食堂のおばあちゃんとかな」

「あー、そうそう。亮太と一緒に入った食堂のおばあちゃんね」

「ああ、そうか。こん時、亮太も連れてったって言ってたな。あー、だからかな、なんかこう、どの写真もアットホームな感じするんだよなー」

だとすれば、母親と喧嘩して不貞腐れていた亮太を連れてって大正解である。

「じゃあ、このシリーズ継続ってことでいいんですか？」

お褒めにあずかったグラビア写真を自慢げにパラパラと捲りながら世之介は尋ねた。

「継続もなにも、拡大継続だよ」

「拡大？」

「まず、一ページだったのが二ページものになって」

「え？」

「連載のタイトルにもお前の名前を入れようか、なんて話もあるよ」

「え？　ええー！」

「でかいよ声。ほら白鳥まで飛んで来ちゃったよ」

見れば、さっき飛び去った白鳥、かどうかは分からないが、とにかくさっきの愛想尽かしがお濠に舞い戻ってきている。

「俺の名前入れるって横道世之介？」

と、世之介は至極当たり前の質問をした。

「お前の連載に別人の名前入れてどうするよ。テレビで言えば、ダウンタウンとか大橋巨泉とかだよ」

「大橋巨泉は古いですけどね。でも、うっわ、まじか……」

「『横道世之介、海岸線をゆく』って、どうだ？」

「もちろんいいですけど……。誰？　ってなりません？」

「そりゃなるよ。でもほら、そこはもう、うちでも推してくからさ」

人間というのはあまりにも嬉しすぎると、体の動きがおかしくなるらしい。まさに今の世之介がそうで、「いやー」「冠ですかー」「ダウンタウンかー」「大橋巨泉かー」と言いながら、蛇のように手すりに腕を巻きつけていたかと思えば、今度は水面で羽を広げる白鳥を真似て、バッサバッサと両手で空を扇いでいる。

「……自分の名前がこのページに載るんでしょ。小洒落たフォントか何かになって。いやー、参ったなー」

「まだ本決まりじゃないぞ。このまま順調に……、半年とか一年とか続いたらって話な」

身悶え続ける世之介がさすがに気味悪くなり、室田は声をかけた。放っておくと、次は何に擬態するか分かったものじゃない。ちなみに歩道ではチワワを三匹も連れたマダムが散歩中だし、向こうからは運悪く右翼の街宣車が走ってくる。

室田との打ち合わせを終えると、世之介は一路ドーミーへと車を走らせた。

自分の名前を冠したグラビア連載が週刊誌でスタートするかもしれないのである。

たとえば野球選手で言えば、プロ球団にドラフトで一位指名されたようなものであろうし、ラーメン屋なら大手の食品メーカーからカップ麺にしませんか？　と誘われたようなものであろうし、さらに営業職なら大口の契約をまとめたようなものであろうし、さらにさらに……。

大渋滞した甲州街道ながら、ハンドルを握る世之介の顔からは笑みが消えず、ラジオから聞き覚えのあるCMソングが流れてくれば、機嫌よく歌い出す始末である。

うちに帰ったら、まずはあけみちゃんに報告して、おそらく他には一歩しかいないだろうから、あとは夕食の席まで待っての発表ということで……。

そこまで考えて、世之介は、「あ、そうだ」と、長崎の両親のことを思い出した。

幸い、車が流れ出す。世之介は路肩に車を止めた。早速実家に電話を入れると、何か食べていたらしい母が、何も食べてませんみたいな話し方で出る。だが、相手が世之介だと分かった途端に、旺盛にボリボリと音を立てる。

「久しぶり。元気？　っていうか、何、食べてんの？」

「ごめんごめん。ピーナツおこし。硬いけど美味しいのよ」

なるほど大きな音が立つはずである。

「……どうしたの、こんな時間に」

「いや、特別何ってわけじゃないんだけど」

「あけみさん元気？」

「うん、元気。あのさ、一つ新しい仕事が決まったんだよ」

「何の？」

世之介はわりと有名な週刊誌の名前を挙げた。

「昔、あんたが撮った東京のレストランの写真が載った雑誌でしょ？　フランス料理の。お父さんと、いつか行こういつか行こうって。まだその雑誌、うちにあるわよ」

「うん、その雑誌なんだけど。今度さ……」

「また撮るの？　今度もレストラン？」

「レストランじゃなくて。というか、単発じゃなくて連載で」

「え？　回転寿司？」

世之介としてはさらっと伝えたいのだが、ことごとく母が話の腰を折る。

このままでは母の流れに巻き込まれてしまうと、世之介は一気呵成に言い切ることにした。

「あのさ、実はさ、今度その雑誌で、グラビアの連載を持つことになったんだよ。で、うまくいったら、横道世之介の～ってタイトルに自分の名前がつくかもしれなくて。すごくない？」

「名前がつくの？　あんたの？」

「そうだよ。すごくない？」

「レストランに？」

「もうレストラン忘れて」

世之介は改めて噛んでふくんで説明した。

やっと全貌を理解したらしい母が、「あら、すごいじゃない」と、世之介が欲しかった一言をやっと言ってくれる。

「だから、すごいんだって」

と、世之介もやっと人心地がつく。

「でも連載なんて、なんだか大変そうねぇ。大丈夫なの？　体壊さないようにしないと」

まあ、息子がいくつになろうと母は母なのである。ビッグチャンスより、まずは健康なのである。いや、もちろんありがたいことではあるのだが、ここはやはり体のことよりもビッグチャンス到来を素直に祝福してほしくもある。

「親父いないの？」

世之介は早速チェンジを申し出た。

ちなみに去年リタイアした父親は、現在釣りと庭いじりが日課である。

「お父さーん。世之介から電話！」

すぐに呼んでくれた母の声に、「ほーい」と父の声がする。

今日は庭いじりの日だったらしい。

「おう、元気か？」

「うん、元気。親父は？」

「俺？　そりゃ元気だよ。毎日好きなことしかやってないんだぞ」

あまりにも当たり前のことを聞かれたみたいに、ちょっと怒っている。

「あのさ……」

世之介はさっき母親に伝えた通りに、ビッグチャンス到来の件について改めて話した。

ここは男親らしく、「そうか。すごいな。摑めよ、そのビッグチャンス！」とばかりに励ましてくれるかと思ったのだが、父から返ってきたのは、

「そうか。よかったな。でも、無理すんなよ」

母よりはいくらかマシだが、とはいえ、なんとも力の抜ける言葉だったのである。

もし自分がまだ二十代だったら、と世之介は思う。

その場合、親父は、「そうか。よかったな。無理しろよ」と言ったのではないだろうかと。

二十代半ばで世之介は写真界の重鎮、大路（おおみち）先生の弟子となった。

大学を卒業してずっとフリーターだったこともあり、田舎で実直に暮らしていた両親としても、一人息子から「カメラマンになる」と言われたところで、それがちゃんとした仕事なのか、子供の頃の「僕、ウルトラマンになる」と同等の何かなのか、正直、受け止め方が分からなかったところもある。

それでも、日が経つにつれて、「この前、チラシの写真を撮った」「この前、小学校の修学旅行の専属カメラマンをした」などと、一人息子がなんだか仕事らしいことをしている話が耳に入っ

てくる。

同時に、兄弟子の南郷常夫(つねお)は、あれよあれよという間に時代の寵児(ちょうじ)として世間でもてはやされるようになる。

となれば、親としては、もしかすると我が一人息子もいつか、と期待するのも当然である。

事実、当時、世之介が有名な雑誌で仕事をすると、父親は会社の同僚に、母親は近所の人や親戚たちに、それはそれは自慢したものである。

「世之介も篠山紀信(しのやまきしん)みたいになるんじゃないのー」

なんて煽(おだ)てられ、

「いやいや、まさかまさか」

と、まんざらでもなかったものである。

いくつになっても夢は持つべきである。もちろん持つ夢は、大きければ大きいほどよいのである。ただ、人は待ちくたびれるということもあるのである。

もちろんもう期待していないというわけではなくて、もちろん大きな夢の実現を期待はしているのだけれども、それよりももっと身近な幸せの方にすっかり愛着が湧いてしまっていたりするものなのである。

「ギャラもさ、これまでと比べて破格にいいんだよ」

父親との電話の続きである。世之介は最後の切り札のようにそう告げたのだが、

「ほう。すごいな。でも貯めとけよ。また次がどうなるか分からないんだから」

その通りなのである。正論なのである。ただ、なんかこう物足りなくもあるのである。

「ということで、今夜はみなさま、わたくしこと、横道世之介のビッグチャンス到来を盛大に祝っていただければと思っております。奮発して肉も買ってきておりまして、いつものスーパーではなく、東急のデパ地下の精肉専門店ですよー」

このあたりで観衆から拍手が上がる。

ちなみにここ、もちろんドーミーの食堂である。東急のデパ地下の肉でここまで盛り上がれる場所など、ここ以外にはそうはない。

当然、偉そうに演説ぶっているのは世之介で、本人としてはこのあとカメラマンになってからの苦節十数年の思いや、今回のグラビア連載に関する抱負などをまだまだ語るつもりでいるのだが、すでにすき焼きの甘い匂いのするテーブルの前で、行儀よく待てる観衆など、このドーミーにいるはずもない。

「肉入れるよ」

「ちょっと待って」

「食べながら喋ればいいじゃない」

「もうちょっとだけ」

「入れるよ」

「だから……」

すでに菜箸で高級霜降り肉をつまんでいるあけみの動きを、誰もが見守っている。もう世之介の演説など誰も聞く気がない。

「今日は最初からお肉や野菜を鍋に入れるパターンじゃなくて、お肉一枚一枚順番に焼いていくからね。料亭スタイルよ。私、着物にでも着替えて給仕しようかしらん」

結局、あけみの圧に押し切られ、すごすごと世之介は席に着いた。

一枚目の大ぶりな霜降り肉を、あけみが鍋にたっぷりと張られた熱々のわりしたにつける。

乙女の頰のように赤い霜降り肉が、さっと色を変えた途端、観衆はやんやの喝采である。

「俺の演説の時より拍手大きくないか？」

「まあまあ、ほら、大切な一枚目は、本日の主役の世之介に」

唐突に肉を突き出され、

「待って待って！　まだ卵といてない！」

と、卵はときたい、でものんびりしていると肉が冷めると、情けないほど慌てふためく世之介である。

それでもやっと卵が整うと、世之介は甘いタレの滴る霜降り肉を恭しく小鉢に受けた。

「ではでは、お先に」

大口を開けた世之介を、みんなも同じように口を開けて眺めている。

「うまいねえ」

自分の舌まで食べてしまうんじゃないかというほど、高級霜降り肉を口の中で堪能した世之介は、至福とばかりに声を漏らした。

「世之介って高いもの食べる時、本当に下品な食べ方するよねー」

とはあけみだが、本人は気にもならないらしく、まだ口を動かしている。

「はい、次。誰？」

しかし、あけみの次の一言に、

「霜降りジャンケン、ジャンケンぽん！」

とばかりに食卓が少し殺気立ってくる。

「勝ち！　俺の勝ち！」

最初に勝ったのは礼二さんで、演説の最中にこっそりといていたらしい卵の小鉢を、早速あけみの方に差し出す。

「じゃ、二枚目いきまーす。ほら、大福さんたちはまたジャンケンしといて」

「はーい。じゃ行くよ。谷尻くん、霜降りジャンケン、ジャンケンぽん！」

「イエーイ！　私の勝ち。次、私です！」

ふだん冷静な大福さんに勝鬨（かちどき）まで上げさせる霜降り肉というのはやはりすごい。百グラム千二百円でこれなのだから、もしも一ランク上の百グラム千五百円の肉など買ってきた日にはドーミーに内戦が起こるに違いない。

さて、飢えたヒナたちに餌を与えるかのごとき夕食が終わると、世之介は満腹の腹をさすりながら二階のベランダへ向かった。

あまりにも満腹だったのと、どこか気持ちのいい夜風に誘われたのだが、ベランダに出てみると、先客がいる。

「あれ、礼二さん、またタバコ吸い始めたんですか？」

世之介の声に、「情けない……」と、礼二さんが項垂れる。

「……横道くんが高いもの食べたら下品になるんだったら、俺の場合、高いもの食べると無性にタバコ吸いたくなるんだよね。お互い、貧乏が身に沁みてるよね」

「タバコってまた値上がりしたんでしょ？」

「三十円値上げで、今、三百円」

「ええ！　痛いなー」

「横道くんも吸ってたの？」

「優雅な学生時代だけですけどね。卒業してフリーターになってからやめました。経済的理由で」

「でも、それ正解。これから日本もますます健康志向になって、タバコももっと値上がりするみたいだし」

礼二さんが吐き出した紫煙が、心地よい夜風に流れていく。

「知り合いのカメラマンが言ってましたけど、ヨーロッパだと一箱が五百円とか六百円とかするらしいですね」と世之介。

「一日の小遣い、タバコ代でパーじゃん」

「だから、みんな一箱じゃなくて、三本とか五本とか買うんですって」

「バラ売り？　切ないねえ」

「でも、日本も十年後にはそうなってますよ」

「十年あったら禁煙できそうだな。でも十年後って言ったら二〇一八年かぁ。なんか近未来感すごいな」

「たしかに。宇宙ステーションでタバコ吸ってるイメージですよね」

世之介としては少し大げさに調子を合わせてやっただけなのだが、当の礼二が、「いや、でもさ、十年前の一九九八年と比べて、今ってそう変化ないじゃん」と、卓袱台返しする。

「……十年前なんて、ついこないだだもん。テレビ局のオーディションに落ちまくって、芸人諦めて。十年じゃ、そうそう変わらないね。それこそタバコ代が五、六十円値上がりしたくらいじゃない」

よほど世之介は、「いやでも、売れない芸人から立派な堅気の営業マンになったじゃないですか」と言おうかとも思ったのだが、なんとなくまた卓袱台返しされるような気がしてやめておいた。世之介は手すりから身を乗り出した。夜風は気持ちいいが、手すりの食い込む満腹の腹が苦しい。

「十年後って、俺、五十五かぁ」

横で礼二さんが呟く。

「……二十年後だと、俺もう完全に定年じゃん。俺、何してんだろ？　まさかまだここに住んでたりして」

礼二さんが吐き出した紫煙が、また武蔵野の夜空に消えていく。

「いいんじゃないですか。住んでても」

「やだよー」

「え？　なんか不満あります？　あるなら、あけみちゃんに伝えておきますよ」

「いやいや、ないよ。不満なんて全くないけど……」

「けど？」

「なんか世間体悪くない？」

「なんで？」

「いや、だってさ……」

そこで礼二が口を閉ざす。本人にも具体的な理由があるわけじゃないらしい。

「いや、でもさ、やっぱりちょっとヘンだよ」と礼二さんが続ける。

「……こういう下宿屋ってのはさ、やっぱり学生とかそういう若い人が住むんじゃないの？」と。

「でも、礼二さん、もう若くないじゃないですか。それに俺だって態(てい)のいい下宿人みたいなところあるし」

「なるほどね。じゃ、日本もこれから変わってくんのかもな。下宿といえば、老人みたいな」

「それ、老人ホームじゃないですか」

「あ、そうか。ってことは、人間なんて若い時も年取ってからも下宿ってことか。あ、なんかそう考えると、急に気が楽になった。あ、でもさ、子供がいたら、やっぱり違うのかな」

「子供がいても老人ホーム入ってる人多いでしょ」

「そうだよな」

「そうですよ」

大きく背伸びした礼二さんが、指先でタバコの火種を器用に飛ばす。足元に落ちた火種がゆっくりと消えていく。

「そういえば、この前、ふらっと一人で温泉旅行に行った時、ヘンな人いたんだよ」

礼二さんがふと思い出したらしい話をしてくれる。その話によれば、場所は信州の山深い温泉宿らしいのだが、一泊二食付きで五千円のわりに、料理は豪華、露天風呂から絶景というコスパ最高の宿だったという。

そこに年金暮らしの常連さんが長逗留していたという。話を聞けば、そのおじさん、年金暮らしとなってからは、この宿にもう二年近くも暮らしているという。一日五千円で、月に十五万円。東京で家賃を払って、生活すればすぐに足が出る金額だが、ここでなら毎日ご馳走、温泉は入り放題、いつの間にかすっかり宿の女将さんや従業員たちとも仲良くなり、今ではたまに宿の女将さんたちと、東京へオペラを観に行ったりもするという。

「なるほど、そういう人生もあるんだなーって思ったんだよね」と礼二さん。

「なんか、不安定なんだか贅沢なんだか、よく分からないですね」と世之介。

「でもまあ、病気とかしたら大変なんだろうけど、でもそれは東京で病気しても一緒だしね。とにかく幸せそうだったんだよね」

しみじみと語る礼二に、

「幸せそうなら、それが一番ですよ」

世之介は満腹の腹をさすりながら、武蔵野に輝く夜空を見上げた。

# 五月　恋と鎌倉と少年

新宿御苑の裏に建つ日当たりの悪い雑居ビルである。その階段を駆け上がっていくのは世之介で、階段が狭い上に各階のテナントがダンボールや看板などを出しているものだから、歩きにくいことこの上ない。

息を切らしながら四階まで上がった世之介は、短い廊下に二つ並ぶ右側のドアを開け、
「お疲れ様です」と覗き込んだ。

狭い階段に比べると、室内はいくぶん広々としている。積まれたファイルでほぼ塞がっているが、窓の向こうは新宿御苑である。

「おっ、横道くん、お疲れ」

この窓際の席に踏ん反り返っているのが、世之介や南郷が所属する事務所の社長、遠野さんで、もともと肥満気味ではあったが、その腹が年々風船のように膨らんでいる。

「社長、そこ片付けたらどうですか？　せっかくいい景色なのに」

勝手知ったるで、ブラインドカーテンを開ける世之介に、

「この前、藤木さんと一緒にちょっとやってみたんだけど、やった途端にどうしても必要なファイルが見つからなくなっちゃって。こう見えて、ちゃんと並んでるからね」

外出中らしい経理担当である藤木さんのデスクには、最近ハマっているらしいゆるキャラグッズが並んでいる。

「あ、そうそう。横道くん、大手町新聞の室田さんから正式に依頼あったよ」

分かりやすい性格で、社長が嬉しそうに手を揉む。

「……いやー、すごいじゃない、『サンデー大手町』で連載なんて大きな仕事だよ」

「でしょ、でしょ！」

こちらも分かりやすい性格なので、世之介は世之介で、デスクのゆるキャラたちを嬉しそうに指で弾いて倒していく。

「南郷くんのサンサンフーズの件も、結局クビ切られちゃったしさ」

社長が落胆しているのは、南郷がクライアントに土下座までして仕事の継続をお願いした例のアレである。

「サンサンフーズの担当の人たちもずいぶん根回ししてくれたらしいんだけど、新しく社長になった人がゴリゴリの合理主義者らしくて、商品の写真撮影にそんな金を出すんなら、俺が撮るなんて言うんだって」

カメラマン事務所を何十年も切り盛りしてきた社長としても、さすがに聞き捨てならない言葉だったらしく、珍しく鼻息が荒い。

「…そりゃあさ、今どき写真なんて誰でも撮れるよ。携帯、渡せば、俺の孫だって『じいじのお顔』なんて撮ってくれるもん。でもさ、違うじゃない。プロって名のつく者を舐めちゃいけないってんだよ」

このままだと社長の怒りがエスカレートしそうだったので、「それで、南郷さんは？」と、世之介は口を挟んだ。

「連絡しても電話も出ないよ」

「他の仕事は？」

「ないよ。俺がせっかく頼み込んでもらってきた仕事も全部、断っちゃって」

世之介は倒したゆるキャラの人形たちを、今度は一体ずつ丁寧に立たせた。

「様子見に行ってみますよ」と世之介。

「なんの？」

「なんのって、南郷さん」

「いいよいいよ。ほっといて。横道くんがそうやって甘やかすからダメなんだって。それにほら、時代はもう南郷くんじゃなくて、横道くんなんじゃない？　よっ、巨匠！　頼みますよ。この事務所の存亡がかかってんだから」

どこまで本気か分からぬ社長の戯言を適当に受け流した世之介は、本来の目的である事務的な書類記入を済ますと、夕方からの仕事まで少し時間があったので、やはり行ってみようと南郷の自宅へ向かった。ちなみに南郷と会うのは引っ越し以来である。

南郷が以前暮らしていた界隈とは、ずいぶんと違う雰囲気の街である。

とはいえ、同じ東京なのだから、そう違いはないだろうと、改めて見回してみても、こちらにはまるでカフェのような美容室やＴｓｕｎｅｏ Ｎａｎｇｏみたいなスイーツ店はない。

それでもちょっとした金持ちが住んでいそうなマンションが現在の南郷の自宅で、事前に入れた電話には反応がなかったくせに、オートロックのエントランスでチャイムを押すと、返事もなくドアが開く。

「何の用だよ？」

三日も着替えていないようなスウェット姿の南郷に出迎えられ、世之介は無遠慮に部屋に上がり込んだ。

こちらは一週間も窓が開けられていないような饐(す)えた臭いがする。

「南郷さん、ちゃんと食べてます？」

世之介は勝手に窓を開けて回った。風通しは良いようで、五月の爽やかな風がすぐに部屋の中を吹き抜けていく。

「だから何しにきたんだよ」

さっきまで寝ていたらしいソファに南郷が戻る。ソファやクッションの窪みに、南郷の体がすっぽりとハマる。

「自慢しにきたんですよ」と世之介。

「なんの？」

『サンデー大手町』のグラビア連載が決まったんですよ。冠連載企画。『横道世之介、海岸線をゆく』」

胸を張る世之介を、南郷がじっと見る。

「ほんとか？」

「ほんとですよ」

おそらく南郷という人間を知る者であれば、ここで後輩に出し抜かれた怒りや悔しさがダダ漏れするのだろうと誰もが思うであろう。実際、南郷というのはそういう器の小さな男である。

だがしかし、ほんとですよ、と世之介が胸を張ったこの時、なんと南郷は泣いたのである。自分でもどうしようもないほど、うれし涙が流れて止まらなかったのである。

南郷という人間を知る者で唯一、この反応に違和感を持たなかったのが世之介である。

「何も泣かなくたって」

世之介は呆れながらも近くにあったティッシュ箱を投げ渡す。

「泣いてねえよ、バカ野郎」

南郷が受け取ったティッシュで洟をかむ。そして散々かんだあと、「よかったな」と、しみじみと呟く。

「……俺はさ、昔から思ってたんだよ。お前の写真の良さが分からない奴なんてバカだって。バカ野郎だって。この世の中、そんな奴ばっかりだって」

南郷がまた洟をかむ。ただ、こういう時に限って最後の一枚だったりする。世之介は辺りを探した。

「ないよ」と南郷が首を振る。

「ストックは？」

「これがストックだよ」

南郷が苛立たしげにティッシュ箱を潰す。

世之介は室内を見渡した。以前は定期的に頼んでいた家事サービスのおかげで、いつ来てもモデルルームのようだったのだが、家事サービスではなく、定期的に空き巣でも来ているのかという散らかりようである。

「何してんですか、最近」

世之介はマッサージ用品らしい竹棒をどけてダイニングチェアに座った。

「何って別に……。あえて言えば、ずっとテレビだな。ショッピングチャンネル」

「ショッピングチャンネル？　面白いんですか？」

「別に面白くはないよ」

「じゃなんで？」

「終わんないからだよ」

見れば、音は消してあるが、テレビ画面でスイス発の素肌ケアクリームが四十％割引で紹介されている。

「ほら、このおばさん、何歳に見える？」

南郷に聞かれ、世之介は画面に映る商品モニターらしい女性を見つめた。

「五十？」

「だよな？　五十一だって。っていうか、それくらいに見えるよな。最初見た時はさ、スタジオにいる奴らが、『えー、三十代にしか見えなーい』なんて驚くから、俺もそんなもんかなーって思ってたんだけど、何度も見てるうちにさ、五十って言われりゃ五十にしか見えなくなったっていうか」

「まあ、五十にしては若いですけどね」

「でも、三十代にしたら老けてるだろ」

「まあ、そうですね」

「要は、老けた三十代と若々しい五十代、どっちがいいかってことだろ？　どっちでもいいよな」

世之介は改めて画面に目を向けた。確かに南郷の言う通りである。

ただ、このあたりで世之介もふと我に返る。このままでは自分まで南郷の隣でショッピングチャンネルを見続けかねない。ミイラ取りがミイラである。

かといって、南郷に元気を出してもらう良い方法があるわけでもない。

「で、なんだよ、急に。俺を元気づけにでも来たのか？」

世之介の焦りが伝わったのか、先に南郷が水を向けてくる。

「……っていうかさ、今どき直接会いに来るか？　昭和のドラマじゃないんだから」

確かにこちらも南郷の言う通りである。

「電話かけても出ないじゃないですか」

世之介が腹立ち紛れにそう言い返すと、

「だからって直接来るか？　今どき」

と、さらに南郷が呆れる。

「でも、様子を見に行くって、よく言うじゃないですか」

「死語だろ。そんなの、もう」

「まさか」

「お前は、ほら、今どき下宿みたいな所に住んでるから世間からズレちゃったんだよ。今どき、誰も様子なんか見に行かないよ」

「いやいや、様子くらい見るでしょ」

「見るかもしれないけど、直接は行かないだろ」

「じゃ、どうやって様子見るんですか？　流行りの様子見なんてあるんですか？」

「知らないよ。メールかなんか送って終わりじゃない？」

「南郷さん、電話も出ないし、メールも返信しないじゃないですか」

「いや、俺はほら、放っといたら、お前がどうせ来るだろうって思ってるから」

このあたりまで話して、自分たちが何をこんなに熱く議論しているのか、よく分からなくなる二人である。

世之介はテレビに目を向けた。いつの間にか商品が変わって、今度はイタリア製の本革ハンドバッグが紹介されている。

「南郷さん、昔こういうワニ柄の革ジャン持ってましたよね？」と世之介。

「ああ、あったな。どこ行ったんだろ」

「似合ってなかったですよねー」

「まあ、その自覚はあったわ」

気がつけば、またショッピングチャンネルを見ている二人である。

「そういえば、うちの下宿の谷尻くん」

このまま一緒にショッピングチャンネルを見るよりはマシかと、世之介はどうでもいい話を始めた。

「……あの谷尻くんが、最近毎日走ってるんですよ」と。

さすがに南郷もこのまま二人でショッピングチャンネルを見ていても仕方ないことは分かっているようで、「なんで？　フラれたのか？」と、すぐに反応する。

「いや、まだ」

咄嗟（とっさ）にそう答えてしまい、思わず心の中で、「谷尻くん、ごめん」と謝る世之介である。

「サーフィン始めたんですよ、谷尻くん。それでまずは体力作りからってことで、毎日走り込みしてて」

と、世之介は谷尻くんの名誉挽回とばかりに話を続けた。

「サーファーの子かなんかを好きになったんだろ？」

南郷はすでに谷尻くん話には興味を失ったようで、ソファに寝転んだまま、猫の雑誌を捲り始めている。

「……でも、本気でやってるんですよ。そうとう走り込んでるし、夜な夜な公園の運動コーナーに行って、鉄棒で懸垂したり、腕立て伏せしたり」

あれはいつ頃だったか、そんな話を耳にした世之介は、ちょっと様子を見に行こうと夕食後に公園に行ってみた。

行ってみると、本当に谷尻くんがおり、鉄棒にぶら下がって、なかなか上がらない体をウンウン唸りながら上げようとしている。

てっきりもう十回も二十回もやったあとなのだろうと思ったのだが、その後に聞いたところによれば、世之介が見たのはまだ二回目の懸垂で、一回は勢いで上がるのだが、なかなか二回目が上がらないのだと言う。

実際、谷尻くんの体力のなさは危機的で、すでに何度か一緒に海に連れて行っているのだが、波やボードに乗るどころか、そのボードを抱えて凜子さんの店から浜に歩いて行くだけで息を切らしているし、さらにボードに寝そべって、「そのまま腕で搔いて、沖に向かって」と指示するも、あまりにも水を搔く力が弱く、いつまで経っても世之介の足元から離れていかないのである。

「谷尻くん、さすがにもうちょっと力ないと無理だよ。こんな膝丈のところでチャプチャプしてたって」

世之介としても、そう言いたいところなのだが、その膝丈のところで懸命に水を搔いている谷尻くんの顔は真剣そのもので、「大丈夫大丈夫。最初はみんなそうだから」などと、見え透いた嘘をついてしまうのである。

ショッピングチャンネルを見ながら、世之介がそのあたりまで話した時である。

「俺もそろそろ動き出さなきゃな」

南郷がそうポツリと呟いたのである。

「……こんなところでいつまでも落ち込んでたってしょうがないもんな」と。

もちろん意図したわけではなかったが、もしもこんな話で南郷にやる気が戻ったのなら、谷尻くん、グッドジョブである。

立夏である。

七十二候でいえば、竹笋生（たけのこしょうず）である。まさに地中の筍（たけのこ）が、すくすくと、ニョキニョキと力強く育つ頃である。

さて、ここ鎌倉の海でもそんな筍サーファーたちがすくすくと、ニョキニョキと成長している。

まだ小学校に上がったばかりのような少女が、あちらの波で華麗なカットバックを決めたかと思えば、こちらの波では海の神様に愛されているとしか思えないような少年が、大空に飛び立つかのようなエアリアルを決めている。

そんな育ち盛りの筍たちを祝福するように鎌倉の空は晴れ渡り、足元にキラキラと寄せる波が遥（はる）か彼方（かなた）の水平線まで伸びている。

そんな水平線から、波打ち際に立つ自分の足元に視線を戻したのは世之介である。

ウェットスーツのファスナーを開けているため、初夏の日差しが背中をくすぐり、ひんやりとした波が素足に心地よい。

「谷尻くん」

その足元にいる谷尻くんに、世之介は声をかけた。

本人としては沖に向かいたいのだろうが、さっきから世之介の足元を少し離れると、すぐに波に押し戻されて帰ってくるのである。

「谷尻くん、あんまり急かしたくはないけど、さすがにそろそろボードに乗るくらいのアクション起こさないと、夏始まっちゃうよ」

世之介の言葉もつい遠慮深くなる。というのも、何しろ足元でパチャパチャやっている谷尻くんの表情がやはり真剣そのものなのである。

「……あのさ、とりあえず胸辺りの深さまでボード押して歩いてって、そこで乗ってみれば」

「はい！」

練習を始めた時から返事だけはいい。だが、いざやろうとすると、なぜかすぐにボードに腹ばいになってしまう。要するにあまり泳ぎが得意でない谷尻くんにとって、ボードはほとんど浮輪の役割を果たしているのである。

「ああ、もうお昼だよ。ちょっと休憩しようか。あけみちゃんが作ってくれた弁当あるから」

世之介はまだ足元にいる谷尻くんに声をかけた。

「はい！」

返事だけはいいのである。

早速、リュックから弁当を取り出すと、あけみ特製の海苔弁で、大ぶりなアジフライがドンと載っている。

「あー、美味そ」

世之介は思わず手づかみでアジフライにかぶりついた。

アジは脂が乗っているし、自家製のタルタルソースも最高。さらに鎌倉の海は美しい。

遅ればせながら割り箸を割って、海苔もろともご飯を掻き込む世之介の横で、同じようにアジフライを食べながらも、谷尻くんはまだ水を掻く腕の角度を研究している。

「谷尻くん、頭じゃなくて感覚で覚えないと」

「その感覚が分からないんですよ」

「ほら、お風呂に入ったら、ああ、気持ちいい〜って手足が伸びるじゃん。頭で考えてやってないでしょ。あれと一緒。水の中では力を入れるんじゃなくて抜くんだよ」

「ああ……」

理解したのかどうか怪しいが、とりあえず谷尻くんは頷いている。

「……じゃあ、横道さんって、ずっと水の中にいる感じですよね。普段の生活でも」

「え？」

「そういうことですよね？　力を抜くって」

何かイメージを摑んでいるらしく、谷尻くんが目を輝かしている。

「ま、まあ。それで谷尻くんに伝わるんだったら、甘んじてそれでもいいけど」

不本意ながら海苔弁に戻る世之介である。

次の瞬間、谷尻くんの携帯にメールが届いた。すると、確認するやいなや、「ああ、どうしよう。どうしよう」と慌て出す。

「トイレ？　あっちに公衆便所あるよ」

「違います。彼女から。彼女からメールが」

慌てぶりから察するに、メールの差出人が谷尻くんの思い人であることは間違いない。

「……どうしましょう？」

「どうしましょうって、なんて来てんの？」

「あの、えっと、読みますよ」

「読まなくていいよ。搔い摘まんで」

「はい！　えっと、今、友達たちとホームパーティーやってて。もし時間あったら来ないかって」

「えー、すごいじゃん」

「今日、海に来てることメールで知らせてたんです。もし時間あったら会えませんかって」

「えー、さらにすごいじゃん」

右手に割り箸、左手に海苔弁を掲げて喜ぶ世之介である。

「じゃ、行くってメール返信していいですよね？　この、ホ、ホームパーティーに」

心細げな谷尻くんである。

「いいよいいよ。なんのために朝から波打ち際でパチャパチャ練習してたと思ってんの？　そのためでしょ」

「で、ですよね。じゃ、返信します。行くって」

メールを打つ谷尻くんの指が、まるで真冬の海から上がってきたように震えている。

「返信しますよ？　しますよ？」

しつこい谷尻くんに、「はい！」と、世之介は本人を真似て返事した。

「ところでさ……」

世之介はここに来て、肝心なことを聞いてなかったことに気づく。

谷尻くんがサーファーになろうとしているのはまさにその彼女のためである。ブータンのタシさんたちとここ鎌倉の海に来た際、立ち寄ったカフェの店員さんに谷尻くんが一目惚れしたのである。

その後、世之介の助言で南郷さんの写真集を彼女にプレゼントすると、わりと好感触だったらしく、食事の約束を取り付けた、というところまで聞いている。ただ、それももう二カ月ほど前のことになる。

「その後、どうなってんの？」

改めての世之介の質問に谷尻くんが答えるにはこうである。

写真集のプレゼントを喜んで受け取ってくれたあと、「今度、ご飯でも行きましょうね」と言ってくれたのは確かなのだが、その後、谷尻くんがその日程を詰めようとしても、その日はバイトが、その日は学校が、となかなか予定が合わなかったのだという。

そのうちメールに返信がこなくなった。谷尻くんとしてはきっとまた都合が悪いのだろうとメールを送り続け、こうやって鎌倉にサーフィンの練習に来る時には、「今日は朝から鎌倉の海にいます」と律儀に報告してきたらしいのである。

「じゃあ、そのメールに初めての返信？」と世之介は驚いた。

「だからびっくりしちゃって」

「そりゃ、びっくりするよ。っていうか、谷尻くん、打たれ強いね」

「え？」

「いや、なんでもない」

「あっ」

その瞬間、谷尻くんの携帯に彼女から返信が届く。

受け取ったのは単なるメールの返信のはずだが、まるで脅迫状でも届いたように谷尻くんが身震いしている。

「大丈夫？」と世之介は声をかけた。

「写真が……」

谷尻くんの唇まで心なしか震えている。

「写真？」

「ええ。現在行われていると思われるホームパーティーの写真が送られてきました」

口調がいよいよ脅迫状めいてくる。

とはいえ、別に秘密組織のホームパーティーというわけでもないだろうし、と世之介も覗き込んだ。

「こ、これは……」

次の瞬間、世之介までミステリードラマの刑事のような反応である。

「……これは、何？」

「ですから、現在行われていると思われるホームパーティーです」

「いやいや、ファッション誌か何かの撮影だよね？　だってみんな、写ってるのモデルだよね？」

世之介がたじろぐのも無理はないのである。そこに写っているのは紛れもなく美男美女のモデルたちが広いリビングでくつろいでいる様子なのである。

「いやいやいや、谷尻くん、ここに行くの？」

世之介が思わず尋ねると、「む、無理ですよね」と弱音を吐く。

「諦める必要ないけど、勇気はいるね」

世之介は改めて写真を見た。谷尻くんもとんだ女の子を好きになったものである。

「あっ」

その瞬間、また電気でも走ったように谷尻くんが身震いする。

「どうした？」

「またメールが来ました。えっと、コップが足りないから買ってきてくれって。気をつけて来てねって」

谷尻くんを信じないわけではないが、世之介も一応メール内容を確認し、

「確かに書いてあるね」と頷く。

「コ、コップってどういうのを持っていけばいいんでしょうか？」

「か、紙コップでいいんじゃない」

世之介としても自信を持って言いたいのだが、「でも、こんなところに紙コップ持って行ったらバカにされませんか？」と、谷尻くんがファッション誌のグラビアのような写真を突き出してくる。

「いやいや、とはいえ、突然メールで、ちゃんとしたグラスを買ってきてとは、普通頼まないよ」

世之介は不安げながらそう言った。

「でも、普通じゃないですもん！　見てくださいよ、この写真！　僕、これからここに行くんですよ！　無責任なこと言わないで下さいよ！」

いよいよ情緒が不安定になってきた谷尻くんに泣きつかれ、世之介もさらに不安になってくる。

「でも、グラスなんてどこで買うの？　紙コップならそこのコンビニにあるだろうけど」

「知りませんよ！」

谷尻くんがいよいよ泣き出しそうである。好きな子にコップを買ってきてと言われただけなのにである。

「分かった分かった。谷尻くん、とにかく落ち着いて。行く前からこんな調子じゃ、現場に着いたら卒倒しちゃうよ」

世之介としてもふざけているつもりはないのだが、谷尻くんはクスリとも笑わない。

「じゃあさ、車で駅の方に戻ろう。お土産屋とかなら、グラスを置いてる店もあるだろうし。でも、そんなちゃんとしたグラスが本当に必要なのかな？」

「紙コップ持ってって笑われるよりいいです！」

谷尻くんの中では、もう完全に紙コップが負け組の象徴になっている。

「あ、そうだ。メールで聞けば？　紙コップでいいんだよね？って」

「いやですよ、そんなカッコ悪い。すごくケチな人間みたいじゃないですか！」

「いや、そんなこともないと思うけど……」

このあたりで、もういいやと世之介も諦めた。どうせ撃沈するなら、谷尻くんも自分の信じるもので散りたいだろう。結局、二人は食べかけだった海苔弁を掻き込むと、車でお土産屋の並ぶ鎌倉駅へと向かったのである。

「そもそもホームパーティーってなんですか？　なんか特別な儀式とかありますか？」

ここにきて谷尻くんが根本を気にし始める。

「ないよ。ドーミーの夕食みたいなもんだよ」

「全然違うじゃないですか！　横道さんもさっきの写真見たでしょ！　どこに礼二さんがいました？　どこに大福さんがいました？」

「まあまあ、とにかく落ち着いてさ」

あくまでも谷尻くんが誘われたのは果たし合いではなくホームパーティーなのである。

「それで、そのホームパーティーの会場に谷尻くんを置いてきちゃったの?」

さて、ここはドーミーの食堂である。

いつの間にか日も暮れて、厨房のアルミ鍋では新じゃがのそぼろ煮が、いい具合に煮えている。一人鎌倉から戻った世之介は、そのまま自室で昼寝をしていたのだが、この匂いに誘われて出てきたのである。

「あけみちゃん、どっか出かけてた?」

冷蔵庫を開けながら尋ねれば、「和泉屋。カツオの安売りしてたから」とあけみ。

「ってことは?」

「そうです。今夜はカツオのたたき。大蒜(にんにく)、生姜(しょうが)、おネギと、お薬味たっぷり」

「旬だねえ」

「でも、谷尻くん、大丈夫なの?」

などと言いながら、結局世之介は何も取らずに冷蔵庫を閉める。

「何が?」

「何がって、そんなモデルたちのホームパーティーに一人で」

「大丈夫だよ。モデルだよ、鬼じゃないんだから」

「鬼の方がよっぽど話が分かり合えそうな気がするけど」

世之介はアルミ鍋を覗き込んだ。新じゃがをひとつまみしたいが、風呂上がりのビールを待とうと手を引っ込める。

「やっぱり海に行くと、腹減るね」

「世之介もサーフィンやったの？」

「ちょっとだけ。だって、谷尻くんがとにかく俺の足元から離れないんだもん」

「あー、なんか急に心配になってきた。ねー、そんな子がさー、ほんとに大丈夫？　モデルのサーファーたちのホームパーティーなんかに行っちゃって。使いっ走りみたいなことさせられてないよね？　だって、初っ端（ぱな）からグラス買ってこいとか言われたんでしょ？」

「グラスじゃなくて、コップね」

結局、谷尻くんは世之介の忠告も聞かず、鎌倉駅前の土産物屋で六脚セットのグラスを買ったのである。

幸い見切り品だったので、思ったほど高くはなかったが、大仏のイラストつきである。

「コンビニの紙コップの方がスマートだって」

最後の最後まで世之介は谷尻くんのご乱心を引き止めようとしたのだが、

「いえ、紙コップじゃないと思います！」

と谷尻くんは一歩も引かなかったのである。

「ほんと、あなたもヒマそうねー。他にやることないの?」

夕食を作るあけみにぴったりとくっついているのは世之介である。

あけみが料理に砂糖を少し入れれば、横から味見をし、あけみが冷蔵庫を開ければ、一緒に覗き込む。かといって手伝うわけでもないので、あけみとしてはただまとわりつかれて、面倒なのである。

「週刊誌の仕事、順調なの?」とでも言えば、仕事のことを思い出して部屋に戻るかと思ったが、「順調順調。来週また撮影旅行に出るよ」と、小皿を持って何やら待っている。

「何?」

「何って味見でしょ?」

とかなんとか言っていると、「ただいまー」と大福さんの帰宅である。

「あー、おかえり。あれ、大福さん、今日は早かったね」

要は退屈なのである。別の話し相手を見つけた世之介がさっさとあけみに見切りをつけて玄関へ向かう。

「……最近ずっと遅かったよね? 仕事、大変なの?」

「先月まで本屋大賞の準備で忙しかったし、終わってからは主任に出世しちゃって」

出世は喜ばしいことだろうに、まるで残業でも押し付けられたような口ぶりである。

「本屋大賞って有名になったもんね。大福さんたちが一生懸命頑張ったからだよ」

世之介は楽しく会話してくれそうな方を選んだ。とはいえ、何も早く帰ってきたのが世之介と無駄話をするためではない大福さんは、玄関の在宅札を赤い〈不在〉から緑色の〈在宅〉にくるりと変えると、トントントンと小気味よく階段を上がっていく。

あまりにも小気味いいので、世之介も思わずそのままついていきそうになる。

「大福さん！　荷物届いてるよ」

その時、台所からあけみの声である。

「大福さーん！　荷物届いてるって」

世之介はあけみの声を助けるように呼び止めた。見れば、上がり框に分厚めの封筒がある。世之介は手に取ると、階段を下りてきた大福さんに渡した。

「何？」と世之介。

「本です。私の推薦文が本の帯になって」

大福さんとしては部屋で開封したいのだが、退屈な時の世之介の目というのは妙に粘着的なところがある。

「えー、すごいね。じゃあ、帯に大福さんの名前が出てるの？」

開封が待ち切れぬとばかりに世之介が覗き込む。

封筒から出てきたのは、角田光代の新刊で、その帯に「ラッキーブックス新宿店　大福さやかさん絶賛」とデカデカとある。

「わー。本当にすごいじゃん」

手放しで感心する世之介に、大福さんも満更でないらしく、

「出版社の担当の方に感想を送ったんですけど、それを著者の角田さんが気に入ってくれたみたいで」

と、自分の名前の載った帯を指でなぞる。

「もしさ、いや、本当にもしもだよ……」

世之介はそこで言葉を切る。普段はわりと野放図に喋る男なので、切られると大福さんも先が気になる。

「もしも？」

「いやいや、本当にもしもだよ。もし将来、俺が写真集なんか出せたら、大福さん書いてよ、推薦コメント」

これまでならスラスラと出てきたはずの言葉である。なんといっても、そんな可能性がなかったのだから、口から出た途端に冗談にもなる。だが、今の世之介と言えば、曲がりなりにもあの「サンデー大手町」で連載グラビアを持つカメラマンなのである。そう、冗談とも言えなくなっているのである。

「ごめん、今、ちょっと言い淀んだのは自分で照れちゃって」

世之介は素直に苦笑いした。

「横道さんの写真集が出たら、うちの店で平積みしていっぱい売りますよ」

大福さんが任せとけとばかりに頷く。

「ほんと？」

「主任ですから」

「あ、そうだ！　よっ、主任！」

そう世之介が声をかけた瞬間である。

「ただいまー」

背後に谷尻くんの声である。

「おかえり」

世之介は慌てて谷尻くんの様子を確かめた。あけみには「大丈夫、大丈夫」と言っていたが、心の隅で心配していたのである。

ただ、普段から読みづらい谷尻くんの表情では、ホームパーティーが楽しかったのか楽しくなかったのか、使いっ走りにされたのかされていないのか、そのあたりのことが全く伝わってこない。

「谷尻くん帰ってきたの？」

そこへ聞こえてきたのはあけみの声で、よほど心配だったらしく、台所から菜箸を摑んだまま玄関にやってくる。

「ただいま」

いつもと変わらぬ谷尻くんの覇気のない挨拶に、「おかえり」と応えながらも、「で？　なんだって？」と、頻りに世之介に目で合図を送ってくる。

そこで世之介も、ここは自分の出番だろうと口火を切ったのだが、

「谷尻くん、どうだった、大仏のグラス。みんなに喜んでもらえた？」

と、総論ではなく各論から攻めるものだから、

「『紙コップでよかったのにー』って、みなさんに笑われました」

と、なんとも相手方の反応を判断しにくい言葉が返ってくる。

「笑われたって、あははって笑われたの？　それとも、バカにされた感じ？」

我慢できなくなったらしいあけみが横から口を突っ込んでくる。

「あははって感じです」

それだけ答えて、谷尻くんが二階へ上がろうとする。

「大仏のグラス持ってって、バカにされてないよね？」

世之介はそんな谷尻くんにすがるように尋ねた。

振り向いた谷尻くんが、首を横に振る。

「楽しかったんだよね？」と、今度はあけみである。

振り向いた谷尻くんが少し考え込んだあと、「はい」と頷く。

まるで生まれて初めて人に撫でられた野良猫があまりにも気持ちよくて、「なんだ、この感触は？　なんだ、この気持ちの良さは？」と、ひどく戸惑っている様子にどこか似ている。

「例の彼女とも、ちゃんと話せたんだよね？」

世之介の質問に、谷尻くんが冷ややかな笑みを浮かべる。

「みんなで会話を楽しむのがホームパーティーですから、独り占めはできませんよ」

なんだか頼もしい物言いである。キラキラしたホームパーティーをちゃんと楽しんできた者の貫禄さえある。

階段を上がっていく谷尻くんを眩しく見送る世之介たちである。

厨房へ料理に戻るあけみを、世之介も追いかけていく。

「谷尻くん、楽しかったんだろうね」

思わず世之介が呟けば、「谷尻くん、ここで暮らすようになって日に日に成長していくよね。顔が変わってくもんね。子供の成長ってすごいね」

と、あけみがしみじみ言うので、

「そうかー。もう俺たちの子供が谷尻くんくらいでもおかしくないんだもんなー」

と世之介も感慨深く、

「……でも、そう考えると、『パーティーどうだった？　どうだった？』なんて言いながら、谷尻くんの部屋まで押しかけなくてよかったよ」と思い至る。

「そうよ。自分では年下の友達みたいに思ってるかもしれないけど、谷尻くんからしたら、お父さんと同年代の人なんだから」

「そうだよなー」

「私が二十歳くらいで産んでたら、谷尻くんだもん」

「なんかそう考えると、俺たち、思いっきり道踏み外しちゃってない？」

「どういう意味よ？」

「だってさ、普通だったら結婚はもちろん、子供もいて、今ごろ、子育て真っ最中だよ」

「確かに」

「子育てなんてさ、やっぱり谷尻くんにサーフィン教えたりするのとは、レベルが違うんだろうね。知らないけど」

「そりゃそうでしょ。そんなもんと比べたら、世の親御さんたちが怒るって」

真面目な話をしながらも、世之介の手はアルミ鍋のジャガイモに伸びる。

「熱いよ。箸使ってよ」

「大丈夫大丈夫」

言いながら、ホフホフと口に入れたジャガイモの美味いこと美味いこと。

「でもハ、おれハちの周りに、ふフうの人っていないよね」

「え？　食べながら喋らないでよ」

「ああ、ごめんごめん。いや、だからさ、俺たちの周りって、あんまりいないよね。普通の人って」

「普通の人って？」

「だから、普通に結婚して子供がいて……」

「いるでしょ」

「誰？」

そこに珍しく一歩が厨房にやってきて、冷蔵庫を覗き込む。

「ほら、ムーさん夫妻」とあけみ。

「ああ」と世之介である。

「でもさ、ムーさんところは、なんか普通って感じしないよ」

一度は納得した世之介だったが、何か腑に落ちぬところがあるらしく首をひねる。

「どうしてよ？」

「まあ、普通に結婚して、子供もいるけど、その子はうちで引きこもりだよ。なんか真っ当な家族って感じしないよ」

当の家族の一員が目の前にいるにもかかわらず、デリカシーのない世之介である。

ただ、それを受けたあけみもあけみで、

「確かに。ムーさんところは普通の人生を歩んでる感じはしないかー」と容赦ない。

「だろ？　あっ、でも、結婚と子供だけなら、エバと咲子ちゃんがそうじゃん。まだ生まれてないけど」

「ああ、そうだ。……え、でもちょっと待って。あの二人を普通にすると、私の普通感が一気に歪むんですけど」

「確かに、それは俺もそう」

「でも私にはいるよ。ほら、高校ん時からの友達の、律子とか、普通に結婚して、子供育ててるもん。萌ちゃん、もう中学生だよ」

「だって、律ちゃんの旦那さん、大変だったじゃん。札幌で浮気しちゃって、子供までできちゃって。認知した[illegible]でしょ」

「ああ、そうだ」

「あそこ、よく離婚しなかったよね」

「裁判までしたけどねー。結局ほら、子供のためでしょ」

「あ、裁判で思い出した。普通な家族いるよ。ほら、今週末、一緒に焼肉行く約束してるじゃん」

世之介がそう言うと、「ああ、荒木（あらき）さんとこがあるか」と、あけみが頷く。

ちなみに荒木さんとは元カメラマンで世之介の先輩だったのだが、十年も前に写真の世界には見切りをつけ、現在では埼玉の実家で和菓子屋の二代目に収まっている。

「あそこは普通の家族だよ」

世之介も今度ばかりは自信があったのだが、

「でもさ、あそこは兄弟仲が悪くて、相続で裁判沙汰なんでしょ」

とあけみに言われ、真っ当な家族像が早くも崩れてしまう。

世之介たちにも、普通の家族というものに確固としたイメージがあるわけでもないのだが、なんかこう、そこには穏やかで地に足のついた平凡な幸福感のようなものが必要なことだけははっきりしているのである。

「じゃあさ、武居（たけい）さんところは？　あそこはほら、何代も続いてる歯医者さんだし、お金ありそうだし」

これは、世之介たちかかりつけの歯科医院である。

「まあ、お金はあるだろうけど、武居先生んとこのお母さん、認知症が進んじゃって大変みたいよ。夜中に徘徊するって」

「ああ」

その話なら世之介も聞いている。

「……でも認知症は仕方ないよ。本人は知らない人のうちでごはんご馳走になっちゃって申し訳ない。早くお暇しなきゃって出ていくんだろうし。こっちの道理でしつこく追いかけ回されたら、誰だって逃げるって」

「まあ、そうだけど……。とはいえ、この条件からは外れるでしょ」

「じゃあさ、真鍋さんとこは？」

「あそこはだって、奥さんが消費者金融で何百万も借りちゃって」

「じゃ、じゃあさ……」

往生際悪く、まだ誰かいないかと思い出そうとする世之介に、それまで黙って二人を眺めていた一歩が、

「さっきからなんの話してるんですか？」と、今さら口を挟んでくる。

「いや、だから、普通の家族がどこかにいないかなって話だよ」

面倒臭そうに世之介が教えてやると、

「普通の家族って？」と一歩。

「だから、それが説明しづらいんだけど、典型的な家族だよ」

「典型的って？」

「だからー、ちゃんと結婚してて、ちゃんと仕事してて、子供がいて……」

「じゃ、うちとかは？」

「あ、お前んちはすでに落選してる。だって、一人息子が引きこもりだもん」

ひどい言いようなのだが、当の一歩にもそこは異論がないらしく、

「じゃ、サザエさんちとか、ちびまる子ちゃんちみたいな感じ？」

と、アイスバーを舐めながら、さらりと言う。

「あ、それだ」

「それそれ」

思わず手を叩いて喜ぶ世之介とあけみである。

玄関が開いたのはその時で、「あけみちゃーん、いるんでしょ？　お邪魔するわよ」と、お隣の野村のおばあちゃんの声である。

「何、騒いでんのよ。手なんか叩いて。外まで丸聞こえよ」

言いながら勝手に上がり込んできた野村のおばあちゃんが、おすそ分けらしい採れたてのほうれん草をどさっとテーブルに置く。

「……あら、一歩くんもいたの？　だったらちょうど良かった。ちょっとうちに来てくんない？さっき神棚の掃除したんだけど、元に戻そうと思ったら、台がガタガタするのよ。あー、良かった。一歩くんがいてくれて。世之介くんに頼もうと思ってきたんだけど、世之介くんにこういう

の頼むと、仕事が雑なのよね。だから一歩くん、すぐ来てよ。またお芋の天ぷら揚げてあげるから」

一歩の都合など一切聞かず、さらにはひどい言われようの世之介をフォローすることもなく、野村のおばあちゃんは言うだけ言うと、一仕事終えたとばかりにデンと椅子に座り込む。

「……で？　なんの話よ？　手まで叩いて」

マイペースに話を戻した野村のおばあちゃんに、

「ああ、身近なところに普通の家族っていないなーって話してたんですよ」

と、世之介は伝え、さらにどうせ聞かれるだろうと思い、

「普通の家族っていうのは、サザエさんとかちびまる子ちゃんとか、もう一つ付け加えてクレヨンしんちゃんでもいいんですけど、ああいう家族ってことですけどね」と、丁寧に説明した。

するとおばあちゃんが、「そりゃそうよ」と即答である。

「……そりゃそうよ。ああいう家には病人がいないもの」と。

何を馬鹿なことを、とばかりに言い放ったおばあちゃんが目ざとくテーブルの草加せんべいを見つけ、

「あら、一枚いただくわよ」と手を伸ばす。

しばらくぼけっとおばあちゃんを眺めていたあけみが、「あら、お茶淹れるね」と、厨房に姿を消す。

同じように二階へ戻ろうとする一歩に、「すぐ来てよ」と、おばあちゃんが甘えた声を出し、

一歩も一歩で、「分かったよ」とまるで孫のようである。

突っ立っている世之介におばあちゃんが草加せんべいを手渡してくる。

世之介はせんべいを齧った。普通の醤油せんべいである。安定のうまさである。

都内のスタジオである。大きなテーブルに並んでいるのは多くの食材である。新製品のレトルト食品もあれば、ワカメや海苔もあり、端の方には白菜やネギまである。

これらを順番に撮影しているのが世之介で、要は中堅スーパーのチラシ用の写真撮影なのである。

「白菜やネギなんて、いくらでも前の写真があるんですけど、パッケージが新しくなったもんだから」

慣れた手つきで商品を入れ替えてくれているのはこのスーパーの広報担当者の加東（かとう）さんで、すでに世之介との付き合いも長く、まるで年季の入った餅つきのような作業である。

「すいませんね、手伝ってもらって」

杵（きね）を打つ方の世之介も、手際よい相方の手つきに仕事が捗（はかど）る。

「いえいえ。私は何かやってた方がいいんですよ。じっと撮影を見てるのも退屈ですし。でも、エバくん、大丈夫なのかな？」

「すいません、ご心配かけて。さっき連絡あって、今こっちに向かってるそうです」

そう話している時である。スタジオのドアが開き、顔を覗かせて中の様子を確認したエバが、

「すいません、おそくなりました！」と深々と頭を下げながら入ってくる。

「咲子ちゃん、大丈夫なの？」と世之介は構えていたカメラを下げた。

「ほんとすいません。ご心配かけて。病院に着くまでは大丈夫かなって、肝冷やしたんですけど。病院に着いたら顔色も戻って」

「咲子ちゃん、今も病院？」

「はい。でも、お義母（かあ）さんが来てくれてます」

「エバも残っててやればよかったのに」

「でも、もう大丈夫だって本人も言うし」

エバから連絡を受けたのは、世之介がちょうど家を出ようとした時だった。電話に出ると、慌てふためいたエバが、急に腹に痛みを訴えた咲子を連れて病院に向かっていると言う。詳しい話を聞けるような状況でもなかったので、世之介は今日の仕事は休んでいいからとだけ告げ、落ち着いたら連絡をくれと電話を切った。

その後、エバからメールが入った。幸い咲子の容態は落ち着いた。痛みの原因が不明なのが不安だが、とりあえず様子見になったと。

「お腹の子は？」と世之介はメールを送った。すぐに「大丈夫です」と返信があり、ホッとしたところで、このスタジオに到着したのである。

ちょうどキリも良かったので、世之介は休憩することにした。

エバのことを心配していた広報の加東さんも、咲子の状況を知って安堵したようで、

「じゃあ、私もお昼に行ってきますので」とスタジオを出ていく。

世之介はエバが淹れてくれたコーヒーを飲んだ。改めて向かい合うと、

「いやー、ビビりましたよ」と、エバが深いため息をつく。

「休んでよかったのに」

「でも、咲子も大丈夫だって言うし、なんか自分が大ごとにすると、本当に大ごとになりそうで。それより、撮影、大丈夫でした？」

「加東さんが手伝ってくれて」

「本当すいませんでした」

「それより医者はなんて？」

「だから、まだよく分からないんですよ。ただ、本人がもうケロッとしてるもんだから」

「まあ、何もなかったんならいいけど。とにかく赤ちゃんいるんだから」

世之介としてもエバに説教したところでどうにもならないことは分かっているのだが、心配なのだから仕方がない。

「あ、そうだ。大手町新聞の中途採用の件、ありがとうございました」

エバが唐突に話を変える。

「ああ、でもダメだったんだろ？」

「はい」

大手町新聞の写真部で中途採用の募集があるという話を世之介は室田から聞いた。残念ながら

である。

世之介はすでに年齢制限で無理なのだが、若いエバなら可能性はないかと口を利いてもらったの

何しろこれから結婚、出産、子育てを控えた可愛い後輩である。大手町新聞社の写真部に潜り込ませられれば、名ばかりとはいえ先輩としても鼻が高い。

もちろんエバ本人としても、もし採用されれば、咲子の両親に面目も立つ。

「他の応募者の経歴がすごいんですよ。学生時代に大きな賞取ってたり、アメリカの新聞社で働いていた経験あったり、俺なんて無理ですって」

「まあ、また次があるよ」

さほど落ち込んでいる様子もなかったが、世之介はそんなエバの肩を叩き、

「さて、俺たちも今のうちに昼行っとこう。向かいの中華屋のニラ玉、美味かったよな」と立ち上がった。

向かった中華屋はあいにく満席だったのだが、世之介たちが入口から中を覗き込んでいると、

「いいよ、ここ空くよ」

と町工場の職人さんらしき二人連れが、食べていた中華丼を掻き込んで、席を譲ってくれた。

席についてニラ玉定食を注文すると、「ちょっと、咲子に電話してきます」とエバが外へ出ていく。

口では「もう大丈夫だ」と言いながらも、やはり咲子のことが心配らしい。

見送った世之介は冷えた水を飲み干すと、「でもまあ、色々と前に進んでるようでよかった」

とひとりごちた。

　というのも、妊娠が発覚した時にはどうなることかと思っていた咲子の両親も、もちろん不安定な現在のエバの経済状況などは見て見ぬふりをしているらしいが、それでもこうなってしまったからには何から何まで反対して親子の断絶を招くよりも、とりあえずそばで娘たちの将来を応援してやろうという風に、早い段階で気持ちを切り替えてくれたらしい。

「まあ、ご両親の気持ちも分かるんですよね。もし自分に娘がいて、俺みたいな男との間に子供ができたから結婚したいなんて言われたら、目の前真っ暗になりますもん」

　エバ自身、自分たちの状況はしっかりと把握しているようで、ある意味では心強いのだが、その物分かりの良さが見込まれて、

「だから、お義父（とう）さんやお義母さんに会うたびに、もう少し安定した仕事をする気はないのかとか、カメラマンというのは何割くらいが生涯ちゃんとそれだけで食べていけるのかとか、高校ん時の進路指導かって思うほど、詰められるんですよね」と、心細い顔をする。

　ちなみに咲子の父親というのは、誰もが知っている大手商社勤務のサラリーマンで、真面目な常識人であるから、カメラマンのアシスタントなどと聞くと、どこからどう人生を修正してあげればよいのかと途方に暮れるらしい。

「その代わり、お義母さんの方は咲子に似て、もうなるようになるわって感じなんですけどね」

　ちなみに咲子の母親というのが曲者（くせもの）である。なんでも実家は渋沢何某（しぶさわなにがし）に繋がるような実業家の血筋で、絵に描いたようなお姫様（ひー）人生を送ってきた人らしい。

エバの話によれば、咲子たち家族が暮らしている大邸宅は、この母親が受け継いだ土地のようで、「友達なんかは、『お前、すげー逆玉の輿じゃん』なんて羨ましがるんですけど、実際はそうでもないんですよ。お義父さん、一流企業勤務とはいえ、サラリーマンだし。まあ、あの土地はすごいですけど、咲子の上に二人もお兄さんいるから、財産分与もみんなが思ってるほどじゃないだろうし。ただ、咲子のお義母さんがお姫様のまま、咲子を育てたもんだから、娘も同じように育っちゃってて、みんなを誤解させてるっていうか……」と内情も教えてくれる。

電話に出ていたエバが店内に戻ったのは、ちょうどニラ玉定食が届いたときだった。まだトレーが置かれないうちから、待ちきれずに世之介が割り箸を割ろうとすると、

「咲子、大丈夫そうでした」と笑顔を浮かべ、すぐにエバも割り箸を割る。

「……あ、そうだ、横道さんが二千花さんと結婚式を挙げた鎌倉の式場ってどこでしたっけ？」

旺盛にニラ玉を盛った白米を、エバが大口で食べる。

「だから結婚式なんて挙げてないって」

「でも結婚式の真似事した式場って鎌倉の海沿いでしたよね？」

「なんで？」

「いや、実は咲子とちょっと話したんですよ。子供が生まれて結婚式やるじゃないですか。その会場をどこにしようかって」

「え？　鎌倉でやるの？」

「いえ、もうすでに却下したんですけど、余命短い二千花さんと横道さんが結婚式の真似事をし

たって話、すごくロマンティックじゃないですか。それで咲子も感化されちゃって、二人の代わりにそこで自分たちが式を挙げられないかって盛り上がってんですけど」

「けど、却下?」

「だって、咲子とお義母さんが計画してる披露宴の規模だと、到底無理そうなんですよ」

「いやいや、そこはさ、いくら式場がしょぼくったって、先輩の思いを継いで、みたいな風になるんじゃないの?」

「俺も最初はそう思ったんですけどね。もう咲子たちの希望聞いてたら、それこそ鼻の穴からスイカ出すくらい無理っていうか」

下品なエバの譬(たと)え話に、横で酢豚を食べていたOLが露骨に嫌な顔をするので、世之介は目だけで謝罪した。

「あ、それより。横道さんにお願いがあるんですよ」

最後のニラ玉を掻き込んだエバが、ふと思い出したように呟く。

「……結婚式会場は横道さんの思いを継げないんですけど、代わりに一つ頼み事があって」

普段なんでも遠慮なく口にするエバにしては少し回りくどい言い回しである。

これは何か面倒な頼み事だなと察した世之介が、軽く身構えながら、ああ、結婚式でのスピーチ依頼かな、などと予想していると、「実は、生まれてくる子供の名付け親になって欲しいんですよ」と言う。

「え?」

「だから、ゴッドファーザー」

「ええ？」

「いや、だから俺の子の名付け親」

「それは分かってるけど。えー、それはちょっと荷が重くないかー。結婚式のスピーチでも、今、軽く身構えたんだぞ」

ほとんど悲鳴を上げる世之介である。

「まあ、そう重く取らないで下さいよ。まあ、軽く考えられても困るけど。横道さんがつけてくれた名前なら、まあ、あんまりセンスがないと却下だけど、基本的にはなんでも受け入れようって咲子とも決めたんです」

「いやいや、俺センスないって。だって名前なんて一生もんだよ。っていうか、なんで俺よ？他にもいるだろ、もっと適任が。字画に詳しいとか、誰からも尊敬されてるとか、俺なんて難しい漢字は画数もちゃんと数えられないし、知っての通り誰かから尊敬されてるところなんて見たことないだろ？」

世之介としても、エバと咲子の子供の名付け親になるのが嫌なわけではない。だが、となれば、それこそ字画や最近流行の名前を調べたりと、何かと面倒だろうなーとは思うわけで、ただ、面倒だから断りたいかというとそうでもなくて、やはり人の一生に関わることを、こんな自分が決めてよいものか、いや、よいわけがないと思ってしまうのである。

と、頭を抱える世之介をさすがにエバも気の毒になったようで、「まさか、そんなに嫌がるとは思ってませんでしたよ」と驚きながらも、「じゃ、分かりました。候補名を一つ出して下さいよ。それなら気も楽でしょ？」と提案する。

「ああ、それならなんとか」

エバの提案に、やっと血の気も戻る世之介である。


「それで引き受けたの？　名付け親」

さて、ここは夕食を終えたドーミーの食卓である。食後のお茶を飲みながら、デザートのプリンを食べようかどうしようかと悩んでいるのはあけみで、その前で遠慮なくプリンを食べているのが世之介である。

たとえば昨日はこのプリンが苺（いちご）のロールケーキであった。その前の日はびわで、その前の日がたしか……。

とにかく何が言いたいかと言えば、手にしたデザートに違いこそあれ、夕食後のドーミーの食卓は今日も昨日も明日も明後日（あさって）もまったく代わり映えがしないのである。

「だから引き受けたよ。だって断るわけにもいかないし。候補案を一つ出すだけでいいって、エバも妥協案出してくれたし」

「にしても、大仕事じゃない」

「そうだよ、一大事だよ。だから早速、帰りに大福さんの店に寄って、買って来ましたよ」

プリンを食べ終えた世之介が、紙袋から何冊も本を取り出す。

『姓名判断大全』『赤ちゃんの名付け事典』『女の子のしあわせ名前事典』

そこまで順番にタイトルを読み上げながら手に取っていたあけみが、

「え？　女の子なの？」と驚く。

「そうなんだよ。その情報もさ、今日、エバから聞いたばっかり」

「えー、よかったねー。口ではどっちでもいいって言ってたけど、エバくん、女の子が欲しそうだったもんね」

「だってほら、エバんち、男ばっかりの兄弟だから」

「えー、女の子なんだー。エバくんと咲子ちゃんの子だから可愛いだろうねー」

「目なんか、きっとクリクリしてるよ」

「としたら、名前、頑張ってつけてあげないと。まあ、きっと可愛いだろうから、名前負けするってこともないと思うのよ。だから、ここはちょっと派手めでもいいんじゃない」

「派手め？　たとえば？」

「アリスとか」

「アリス？」

「今時もう別に珍しくないんだよ。そういう名前」

「江原(えばら)アリス？　まあ、なくはないか。なんかモデルっぽいし」

言いながら、世之介はパラパラと本を捲る。頼まれた時には及び腰だったのが、俄然やる気が出ているのである。

結局、プリンに手を出したあけみを食堂に残して、世之介は二階のベランダに出た。そろそろ五月も終わり、さっき帰宅する車の窓を開けた時、懐かしい夏の夜の匂いがしたのである。

ベランダに出ると、世之介は背伸びした。すぐそこにある一歩の部屋から微かに音楽が漏れてくる。相変わらず学校に行くでもなく、仕事に就くでもなく、ここドーミーに引きこもってはいるが、それでも来た当初に比べれば、みんながいる食堂に顔を出すことも多くなり、最近では誰もいない昼間など、あけみと二人で昼食をとることもあるという。

兎にも角にも、良い進展はないにしろ、ドーミーに引きこもり気味の一歩がいないと、なんとなく物足りないのだから、いつの間にか彼もれっきとしたドーミーの住人の一人になったのだろうと世之介は思う。

ベランダの手すりに胸を押しつけて、のどかな武蔵野の風景を眺めていると、なぜか鎌倉の海が思い出された。

女の子の名前といえば、二千花って名前も珍しい名前だったよなぁ。

鎌倉の海を思い出したせいか、ふとそんなことが頭をよぎる。

「二千花って珍しい名前だよね」

世之介がそんなことを尋ねたのはいつのことだったか。

「……なんか深い意味でもあるの？」

そう続けた世之介に、「ありそうでしょ？　でもないんだって」と、二千花は笑った。

その笑い顔が思い出された途端、
ああ、鎌倉の市役所に転入届を出しに行った時だ。

と、市役所の廊下にあったベンチの色まで浮かんでくる。

「……お父さんの話だとね、なぜか若い頃から『ニチカ』っていう言葉の響きだけあったんだって。もし自分に子供が生まれたら、この名前にしようって」

「ニチカには意味ないの？」

「ないんだって。百科事典で調べてみたんだけど、言葉自体がないんだって」

「なんかありそうだけどね。ニチカ……、ニチカ……」

「ペチカでしょ。ロシアの暖炉」

「ああ、それだ」

思わず手を叩く世之介である。

「この世にペチカはあっても、ニチカって言葉はないのよ。だから、逆にオリジナリティーがあっていいんじゃないかって」

「それで二千花になったの？」

「漢字を当てたのはお母さんなんだって」

「へえ。きれいな名前だもんね」

「うん、私も気に入ってる」

郵便はがき

おそれいりますが
切手を
お貼りください。

102-8790

東京都千代田区
九段南1-6-17
毎日新聞出版
営業本部 営業部行

ご記入日：西暦　　年　　月　　日

| フリガナ | | 男　性・女　性<br>その他・回答しない |
| --- | --- | --- |
| 氏　　名 | | |
| 住　　所 | 〒　　-<br><br>TEL　（　　） | |
| メールアドレス | | |

ご希望の方はチェックを入れてください

| 毎日新聞出版<br>からのお知らせ ………… ✔ | 毎日新聞社からのお知らせ …<br>（毎日情報メール） |
| --- | --- |

**毎日新聞出版の新刊や書籍に関する情報、イベントなどのご案内ほか、毎日新聞社のシンポ**
**セミナーなどのイベント情報、商品券・招待券、お得なプレゼント情報やサービスをご案内いた**

ご記入いただいた個人情報は、(1)商品・サービスの改良、利便性向上など、業務の遂行及
務に関するご案内(2)書籍をはじめとした商品・サービスの配送・提供、(3)商品・サービスの
内という利用目的の範囲内で使わせていただきます。以上にご同意の上、ご送付ください
情報取り扱いについて、詳しくは毎日新聞出版及び毎日新聞社の公式サイトをご確認くだ

**本アンケート（ご意見・ご感想やメルマガのご希望など）はインターネットからも受け付けております。右記二次元コードからアクセスください。**
**※毎日新聞出版公式サイト（URL）からもアクセスいただけます。**

この度はご購読ありがとうございます。アンケートにご協力お願いします。

本のタイトル

●本書を何でお知りになりましたか？（◯をお付けください。複数回答可）
1.書店店頭　2.ネット書店
3.広告を見て（新聞／雑誌名　）
4.書評を見て（新聞／雑誌名　）
5.人にすすめられて
6.テレビ／ラジオで（番組名　）
7.その他（　）

●購入のきっかけは何ですか？（◯をお付けください。複数回答可）
1.著者のファンだから　2.新聞連載を読んで面白かったから
3.人にすすめられたから　4.タイトル・表紙が気に入ったから
5.テーマ・内容に興味があったから　6.店頭で目に留まったから
7.SNSやクチコミを見て　8.電子書籍で購入できたから
9.その他（　）

●本書を読んでのご感想やご意見をお聞かせください。
※パソコンやスマートフォンなどからでもご感想・ご意見を募集しております。
詳しくは、本ハガキのオモテ面をご覧ください。

●上記のご感想・ご意見を本書のPRに使用してもよろしいですか?
1. 可　2. 匿名で可　3. 不可

「でもさ、お父さんの頭にもどうして『ニチカ』って響きが浮かんだんだろうね。まさかペチカから来てないよね？」

「あーその発想なかったわー。でもそういう変換ってあるよね。ってことは私の名前の由来、ロシアの暖炉になっちゃうじゃない」

「暖炉、いいじゃん。暖かそうで」

おそらくそのあたりで受付窓口に呼ばれたはずで、世之介は晴れて鎌倉市民となり、各種契約に必要な住民票を申請したのである。

鎌倉での出来事を思い出していたせいか、ベランダで武蔵野の夜景を眺めていた世之介の鼻先を、ふと懐かしい夏の夜の匂いがかすめていく。

今週末もまた、谷尻くんを連れてサーフィンの稽古に行く予定である。そのせいもあってか、最近世之介は以前にも増して二千花のことばかり思い出してしまう。

今週末、久しぶりにあの結婚式場に行ってみようかな。などとふと思う。

ちなみにあの結婚式場とは、今日の昼間にエバが言っていた「二千花と結婚式の真似事をした場所」である。

その頃にはもう二千花の体力もずいぶん無くなっていて、少し遠出する時には車椅子を使うようにもなっていた。

そもそもどういう流れで結婚式の真似事なんかをしようと思ったかといえば、その前日だったか、二千花のお父さんとお母さんの結婚写真を見たのがきっかけだったはずだ。

二人が挙げたのは神前結婚式で、羽織袴姿のお父さんは凛々しく、文金高島田を結ったお母さんは初々しかった。

「横道くんも羽織袴とか似合いそうだよね」

二千花の軽口を真に受けて、「え？　そうかな。着たことないから、俺ちょっと着てみたいな」と言い出したのが発端で、まさか二千花も世之介が本気で言っているとも思わず、「貸衣装とかあるんじゃないの」と言ったものだから、「え、嘘。だったら着てみたい、着てみたい」と、ノリノリになってしまった世之介が探し出したのが、件の結婚式場だったのである。

もちろん新規オープンした結婚式場の記念行事とはいえ、「羽織袴、着てみたい、着てみたい」という世之介の子供じみた願望を、無計画に叶えてくれるわけもない。

よくよく調べてみれば、この「鎌倉迎賓館」という式場、地元密着型の経営を目指しているようで、

「いつか、私たちも、ここで」

というコンセプトの下、地元鎌倉のカップルたちに結婚衣装を着てもらい、それをポスターにするというものであった。

「カップルって言ったって、結婚が決まってる人たちでしょ？」

二千花の当然の指摘に、世之介もそりゃそうだとさらに調べてみたのだが、募集要項には応募カップルに特に条件があるわけでないと明記されている。

「だったら、俺らもいけるじゃん」

さらにノリノリの世之介に、

「ちょっと待ってよ。これだと私も花嫁衣装を着る羽目になるじゃん」

と今さら二千花も気づく。

「いいじゃん。遊びなんだから」

「やだよー。私、今、余命生活中なんだよ。このタイミングでそんなことしたら、お涙頂戴まっしぐらじゃん」

「二千花って、ほんとお涙頂戴系、嫌うよね。別にいいじゃん。あ、だったら、それこそ冥土の土産に」

「ちょっと。私が自分の余命をイジるのはいいけど、横道くんが言い出したらシャレにならないって」

「ええー。その境界線、微妙ー」

とかなんとか言っているうちに、ドライブがてら海沿いに建つその結婚式場に行ってみようということになった。

鎌倉の夏がまた始まろうとしている頃で、海沿いの道を走る車の中で、二人は上着を脱ぎ捨て、その年初めてTシャツ一枚になった。

到着した「鎌倉迎賓館」は想像していたよりもだいぶ小振りな建物で、華美な装飾もないせいか、どちらかと言えば派手な建物が多い海沿いでは地味な印象だったのだが、その質素な佇（たたず）まいはどこか真剣で、ここで結婚式を挙げる全ての人たちの幸せを心から願っているように見えた。

嫌がる二千花の手を引いて、世之介が建物に入ると、

「あれ？　二千花じゃない？　二千花だよね？」と、一人の女性スタッフが驚く。

あとで分かることなのだが、このスタッフ、二千花の幼馴染である。

高校は別々の学校に進学したものの、中学までは仲も良く、高校生のふりをして地元のカフェで一緒にバイトしたこともあったらしい。

「クーちゃん？」

彼女に気づいた二千花も懐かしそうな声を上げる。

ちなみに彼女は久美子（くみこ）という名前である。

「ちょっと、何やってんのよ？」とはクーちゃんである。

「あんたこそ、何やってんのよ？　こっち戻ってきてたの？　大阪に行ったたって聞いたよ。違うの？　向こうで吉本に入ったとか聞いたよ。違うの？　で、新喜劇の舞台に出てるって。違うの？」

興奮した二千花がまくし立てるものだから、クーちゃんの方でもその一つ一つに答えようにも答える隙（すき）がない。

「ちょ、ちょっと待ってよ。二千花もぜんぜん変わってないね」

さすがにクーちゃんも苦笑いである。

「……まあまあ、私のことは追々話すから。っていうか、今ここで働いてるんだから、そこそこ察してよ」

「ああ、そうなの」

二千花も察しはいいようで、クーちゃんが働く職場を今さらぐるりと見回す。

「それより、二千花、ここに来たってことはそういうこと？　お隣にお似合いの方がいるってことはそういうこと？」

クーちゃんが満面の笑みを浮かべる。

「違うのよ。あ、いや、この人は彼氏なんだけど、結婚式の見学に来たわけじゃないの」

「じゃあ、何しに来るのよ。適齢期のカップルが結婚式場に」

クーちゃん、正論である。

「それがさ、この人が、羽織袴を着てみたいって言い出して、そしたらここでオープン記念でやってんでしょ？」

「ああ、ポスター用の記念撮影？　え？　あれに出てくれんの？」

いきなりクーちゃんのテンションが上がる。

「……えー嬉しいー。実は私が担当してんだけど、全然応募者なくて、本当に困ってたのよ。え？　本当にやってくれんの？」

クーちゃんは早くも二千花を受付のテーブルへ引っ張っていく勢いである。

「応募者いないの？」

クーちゃんに腕を引かれながら二千花が尋ねれば、

「いないよ。いるわけないじゃん。だってさ、ポスターにまでなってそのあと別れたら、呪いの写真みたいに残っちゃうだろうし、うまく行ってそのまま結婚するんだったら、何も本番の前にそんな偽結婚式挙げる必要ないでしょ。うちの社長、バカなのよ」

そこまで早口にまくし立てたクーちゃんが、「あ」と自分の失態に気づく。

「あのさ、先に言っとくけど、そのバカな社長の企画にまんまとハマってきたの、私じゃなくて、こっちだからね。こちらの横道世之介くん」

ここで正式に紹介されてしまい、思わず、「えー、このタイミング？」と悲鳴を上げる世之介である。

ただ、短時間であるが、このクーちゃんと二千花がとても波長の合う友達だったことは分かってくる。とすれば、クーちゃんも口は悪いが、悪い人間ではないはずである。

「いや、恥ずかしながら、実はそうなんですよね。タダで衣装が着られるっていうんで、ちょっと興味持ってしまって」

世之介は素直に認めた。バカな社長の企画だと言ってしまった手前、クーちゃんとしても反応が難しいところもあったのだろうが、二千花が付き合っているのだから、きっと同種の人間なのだろうと判断したのか、

「大丈夫。他にも二組いますし、なんなら私も彼氏を引っ張り出してきますから。横道さんたちにだけ恥はかかせません」

と、妙な励まし方をしてくれる。

「ちょっと待ってよ。私、やらないからね」

ただ、せっかく盛り上がってきた場面で二千花が水を差す。

もちろん最初から乗り気ではなかったのだから仕方ないのだが、「何言ってんのよ。今さらあんただけ逃げられるわけないじゃない」と、クーちゃんが援護射撃である。

「……いやよ、花嫁衣装なんて」

「あ、そう。じゃ、分かった。あんたがそんな友達甲斐のないこと言うんだったら、あんたの秘密、彼氏に言っちゃう」

「な、何よ、秘密って。っていうか、どっちよ?」

クーちゃんも脈がなかったわけではなく、急に二千花が焦り出す。

「どっちもよ」

不敵な笑みを浮かべるクーちゃんである。

# 六月　夏越しの大祓

エンジンを切って、世之介は車を降りた。

目の前は誰もいない砂浜である。遠い水平線と、すぐそこにポツンと立っている赤松の遠近のせいで、長距離ドライブで疲れた目がジンとする。

宮城県気仙沼（けせんぬま）に近い小さな砂浜である。

夏になれば、海水浴客で少しは賑わうのかもしれないが、六月の東北の海はまだ冷たく、目の前に広がる景色の中、唯一波だけが動いている。

そんな景色をしばらく眺めていた世之介は、ふと何か忘れ物をしたようで車に戻った。

ただ、戻ったはいいが、何を忘れたのかが思い出せない。もちろんカメラは持っている。バッグには水も入っているし、おやつの歌舞伎揚もある。

「なんだっけ？」

世之介は胸や尻のポケットを叩いた。何かを忘れてきたような気がしたのは確かなのだが、その何かが見当たらない。

世之介は改めて目の前の風景を眺めた。

遠い水平線。真っ青な空にぽっかりと浮かんだ雲。優しく砂浜に打ち寄せる波。

「ああ」

そこでふと気づく。

「……ああ、音だ。音がないんだ」と。

あまりにも静かすぎて、何かを忘れてきたような気がしたのである。

そこになかったのは音なのだが、それが分からず、車に探しにきてしまったのである。

我ながら自身のおっちょこちょいぶりに苦笑いした世之介だが、ふと視線を感じて振り返ると、少し離れたところに中学生らしい女の子が二人、自転車を止めてこちらを眺めている。

世之介が会釈すると、二人も同時にちょこんと頭を下げ、その際にお揃いのヘルメットが同じようにずれる。地元の子らしい。

「すいませーん」

世之介は声をかけた。写真を撮らせてもらえないかと思ったのである。

「すいませーん。ちょっといいですか？」

そう声をかけながら世之介が近寄っていこうとすると、逆に女の子たちが自転車でこちらに向かってきてくれる。

「地元の子？」と世之介は訊いた。

「はい」

声を揃えた二人が、通っている中学の名前を教えてくれる。大きなヘルメットに隠れて、顔の半分ほどは見えないのだが、ついこないだまでは小学生だったような子たちである。

世之介が写真を撮らせてもらえないか頼もうとした瞬間、「あの、カメラマンの方ですか?」と、手の甲に「プリント」と赤マジックでメモしている女の子が訊いてくる。おそらく忘れないように書いたのであろう。

「そうだよ」と世之介は頷いた。

「やっぱり」

二人が頷き合う。

「どうして?」

「さっき、漁協に東京のカメラマンが写真撮りに来たって」

「そうだけど。東京のカメラマンって言っても……」

有名なカメラマンか何かと勘違いしているのなら悪いと思い、世之介がそのあたりを訂正しようとすると、「私たち、写真部に入ってて」と、手の甲にメモのない方が言う。

「ああ」と世之介は頷いた。

「週刊誌のグラビアなんですよね?」

「そう。この辺の海岸線を撮ったり、この辺で暮らしてる人たちを撮らせてもらったり」

「漁協で写真撮ったでしょ? あれ、私のおじいちゃん」

「そうなの? 可愛い女の子の赤ちゃん抱いた人?」

「はい。あの赤ちゃんは私の妹です」

「そうなんだ。おじいちゃん、地元の消防団長さんなんでしょ？」

「消防団長っていうのは名前だけ。この辺、平和だから」

女の子たちが笑い合う。きっとついこないだまで、この子もあのおじいちゃんの膝でこうやって笑っていたに違いない。ならば、彼女たちの言う通り、ずっとこの辺は平和だったし、これからも平和なのだろう。

「いい所だもんね。写真もいいのが撮れた。港もおじいちゃんも赤ちゃんも」

「あのー、ちょっと質問があるんですけど。カメラについて」

今度は手の甲にメモがある方である。

「……技術的な質問なんですけど、たとえば、あそこに赤松がポツンと立ってるじゃないですか。あれを写真でもポツンと立ってるように見せるにはどうしたらいいんですか？」

初歩的な質問であるが、女の子の顔は真剣そのものである。

世之介はその気持ちに応えてあげようと、指フレームを作り、赤松に向けた。

「ほら、こうやって赤松を真ん中に持ってくるより、こうやって赤松を端の方に置くと、ポツンと見えるでしょ？」

女の子たちも世之介の指フレームを覗き込んでくる。

「で、さらに向こうの水平線とのバランスを、こうやって変えていくと……」

「あ、ポツンと見えるようになった」

二人の声が揃う。

「でしょ？　こういう画角で撮ると、ポツンと立ってるように見えるんだよ」

彼女たちも赤松を端に置くところまでは分かっていたようだが、水平線とのバランスについては知らなかったようで、本気で驚いている。教えた世之介も鼻が高い。

「二人の写真、撮らせてもらっていい？」

とつぜんの世之介からの要請に、「えー！　やだー！」と、急にカメラマンの卵から女子中学生に戻る。

「……だって、週刊誌に載るんでしょ？」

「ヘルメットで顔の半分隠れてるじゃん」

世之介の言葉に、二人がお互いを見合って、「そだね」と笑い出す。世之介は赤松をバックに二人を撮った。実際、顔の半分はヘルメットに隠れているが、その下にはお揃いのような八重歯が並んでいる。

「二人はどういう写真を撮ってるの？」と世之介は尋ねた。

「今は課題でいろいろですけど、私、ウェディングフォトグラファーになりたくて」

手の甲にメモのある方である。

「へえ、具体的だね」

「従姉（いとこ）が市内の結婚式場で働いてて」

世之介はもう一人の方を見た。

「私は別に……。先生に部活入れって言われたけど、運動は苦手だし……」

と、こちらは具体的な目標はないらしい。

おじいちゃんの膝に抱かれていた子が、こうやって中学生になって写真部に入り、いつの日か地元の結婚式場でカメラマンになっている。きっとその間ずっとこの海は変わらないのだろうなと世之介は思う。

そろそろ塾の時間だという二人を見送った世之介は、そのまま撮影を続けた。

ウェディングフォトグラファーになりたいと言った女の子の話の流れもある。目の前が砂浜ということもある。

東北の海を撮影しながらも、どうしてもまた二千花のことを思い出してしまう世之介である。

「結局、俺、タキシード着てるし。元はといえば、紋付袴姿になってみたいっていう、俺の細やかな願いから始まったことなのに」

「鎌倉迎賓館」の試着室でいつまでもブー垂れているのは世之介である。

「もういい加減、諦めたら?」

そのタキシードの裾を乱暴に引っ張っているのは、二千花の幼なじみ兼ここのスタッフであるクーちゃんである。

「……しょうがないじゃない。二千花がどうせやるなら和装よりウェディングドレスの方がいいって言い出しちゃったんだから」

「そりゃそうだけどさ。元はといえば……」

「無理だって。なんたって、向こうは余命宣告されてんだから、勝ち目ないって」

クーちゃんがトドメとばかりに、世之介の蝶ネクタイをクイッと締めるが、

「お涙頂戴系は嫌いだって、いつも言ってるくせに、こういう時に限ってその伝家の宝刀を抜くからね」

と、まだ治まらない世之介である。

このままでは埒があかないと、「ねー、そういえば、二千花とはいつから付き合ってんの？」とクーちゃんは話を変える。

「どのあたりからが正式に付き合ってるっていうのか分からないけど、知り合ってからなら一年半とか……」

「え？　そんな最近なの？」

「なんで？」

「だって、その割には明け透けなっていうか、二千花の余命のことで結構突っ込んだこと言い合うから。私、もっと前から付き合ってたんだと思ってた」

「ああ、それはだから、二千花が嫌いなんだって。お涙頂戴系」

「いや、にしてもさ……」

クーちゃんとしても、自分が何にこんなに動揺しているのか分からないのだが、とにかく知り合って一年半、それもおそらく余命宣告を受けたあとに知り合った恋人同士としては、二人が

……、なんというか、こういうとちょっと不謹慎だが、二人が、明るいのである。

散々ブー垂れながらも、結局は自身のタキシード姿に満更でもなくなった世之介の支度を終えて、クーちゃんが向かうのは花嫁の支度部屋である。

ノックをしてドアを開けると、大きな窓から差し込む湘南の日差しの中、純白のウェディングドレス姿の二千花が立っている。

「はぁー。やっぱりこの大きな窓、大正解でしたねー。社長が設計士に何度も交渉してる時は、別にどっちでもいいじゃんって思ってましたけど、こうやって見ると、やっぱり花嫁さんが祝福されてるって感じしますよねー」

思わず式場の設計デザインの良さについて、他のスタッフたちに感想を述べたクーちゃんに、

「ちょっと、先に私のこと褒めてよ」とは、ごもっともな二千花である。

「あー、ごめんごめん。あー、ほんとだ。二千花、きれいッ」

「何、それ。取って付けたみたいに」

「いや、本当に綺麗よ。というか、仮縫いの時にも見てるからさ、ごめん、ちょっと感動薄かった？」

クーちゃんもそう言いはするが、ウェディングドレス姿の二千花の美しさは刮目(かつもく)に値するのである。

「あんたみたいな美人がさ、こんなもの着たら、そりゃ綺麗になるよ」

結婚式場のスタッフとしてはあるまじき言葉だが、「そう？　ありがとう。私もちょっと感動

してんのよ」と、二千花もわりと変化球には強い。

撮影準備中の砂浜へ様子を見に行くという他のスタッフたちが部屋を出て行くと、

「やっぱりお父さんやお母さん、呼べばよかったのに」とクーちゃんは残念がった。

「こんな姿見たら、お父さんたち、泣いちゃうじゃない。いいのいいの。私が死んだら、いっぱい泣かせちゃうんだから。でも、写真は見せようと思ってる」

クーちゃんは改めて大きな鏡の中の幼馴染を見た。

「でも、本当に綺麗ね。あんたみたいに美人でさ、頭良くて、話面白くて、いじめっ子を懲らしめるくらい正義感ある子はさ、私なんかから言わせてもらえば、早死にでもしてくれないと不公平なのよね」

クーちゃんはそう言いながらも、ちゃんと覚えておこうと思うのである。大好きな幼馴染のこの姿を、しっかりと目に焼きつけておこうと思うのである。

「ねー、今、世之介くんに聞いたんだけど、あんたたち、知り合ったの、つい最近なんだってね。一年半くらい前だって」

撮影準備が整うまで、まだ時間がある。クーちゃんはコーヒーを淹れた。

「……ごめん、二千花は飲めないよ。メイク落ちるから」

「横道くんどう？　支度終わったんでしょ？」

「羽織袴がよかったたって、まだ言ってる。ねー、それより、あんたの事情を知ってて、世之介くん、それでもいいって言ってくれたんだね」

「そんな話したの？」

「そうじゃないけど。でも、時期的にはそうでしょ」

「不思議だよねー。最初はもちろん付き合う気なんてぜんぜんなかったのに、気がつけばこうやって式場のオープン企画とはいえ、二人で結婚式の真似事してるんだもんねー」

二千花は大きな窓から外を眺めた。通りの向こうの砂浜で、撮影スタッフたちが照明の準備をしている。

考えてみれば、二千花が世之介に真実を告げたのもまた、この鎌倉の海である。

クリスマスにサンタのボランティアを一緒にやって以来、世之介はなんだかんだと理由をつけて、二千花が働く宝徳寺にやってきた。やってくれれば、真妙さんも男手がないので、「あそこの雨漏りを直してほしい。裏庭の柵を修理してほしい」と遠慮がない。

そのうち宝徳寺で顔を合わせるのが自然なこととなり、気がつけば、世之介は凛子の元でサーフィンまで始めていた。

二千花が世之介に余命のことを告げたのは、そんな頃である。

ある日、宝徳寺で役所に出す補助金の申請書を書いていると、その凛子がやってきて、「世之介くん、サーフィン上達したよー。たまには見にきてあげなよ。あんたに見てもらいたくて、あんなに頑張ってんだから」と言うのである。

いつもは断っていたのだが、凛子がわざわざ呼びにきたこともあり、なぜかその日、二千花はビーチに出向いた。

向かったビーチで世之介は波に揉まれていた。サーフィンを知らない人であれば、救助を呼ぶんじゃないかというほどの揉まれ方で、凜子はずいぶん上達したと言うが、ならば、最初はどれだけ危機的だったのか、よく命を落とさずにここまでこられたものだと、今さら安堵する二千花であった。

世之介は波乗りしているというより、波乗りから帰ってきたような浅瀬で、懸命に波と格闘していた。

以前、見学に来たときには、先生である凜子の足元からまったく離れていなかったことを思えば、上達ではある。

二千花が来ていることに気づいたのか、世之介は大きく手を振る。

二千花が振り返すと、ちょっと見ていてくれ、とばかりに沖からの波に向かってパドリングを始める。

「世之介！　頑張れ！」

横で凜子が声をかける。

いつも横道くんと呼んでいた二千花も、つられて、「世之介！　行けー！」と初めて言ってみる。不思議なものでそう口に出してみれば、知り合ってからずっとそう呼んでいたような気さえする。

しばらく沖に漂っていた世之介が、ミドルの波に乗り出し、フラフラしながらもカットバックして、繋いで繋いでゆっくりと沈んでいく。

「すごいじゃない」と、二千花は思わず声を上げた。

「でしょ？　才能あるのよ。もっと早く始めてればよかったのに」

凜子がそう言いながら、浮かび上がった世之介に拍手を送る。

その後、凜子は店に戻り、二千花だけが残って見学していた。

数回トライしたあと、世之介が肩で息をしながら海から上がってくる。

「別人みたい」と二千花は世之介を迎えた。

「でしょ？　まだ凜子さんの足元を亀みたいにグルグル回ってると思ってたでしょ？」

「凜子姉ちゃんが、才能あるって言ってたよ」

「俺も、そう思うんだよね。なんていうか、ここの海に好かれてるような気がしてならないっていうか」

「うわー、なんかカッコいいこと言っちゃってる」

世之介が砂浜で大の字になり、「ハーッ」と大きく息を吐く。

その様子があまりにも気持ちよさそうで、思わず二千花も寝転がった。目の前には真っ青な空である。

世之介を真似して大きく息を吐くと、なんだろう、自分もまたこの海にとても好かれているんじゃないかと思えてくる。

大空に向かって深呼吸した二千花は体を起こした。世之介もまた体を起こすが、濡れた背中には砂がこびりついている。

「あのさ、実は私、余命宣告受けてるんだよね。……長くてあと一年」

二千花は唐突にそう言った。自分でもほとんど無意識だった。

なので二千花は自分でも慌ててしまって、

「そんな話、急にされても困るよね。ごめんごめん」と笑った。

しかしその間中、世之介は一切表情を変えなかった。

告白した直後も、そして慌てて取り繕おうとした時も、一切その表情を変えなかった。

「……ちょ、ちょっとなんか言ってよ。引いた？　ちょっと引くよね？」

この場の雰囲気を変えようとすればするほど、二千花は早口になる。

その時だった。ずっと黙っていた世之介が初めて口を開いた。

「ありがとう。言ってくれて」

そう言ったのだ。

「いいよいいよ。そんな気遣わなくて。びっくりしたでしょ？　私も早めに言わなきゃって思ってはいたんだけど、なんかこうタイミングがなくて……。ほら、もしかしたら、私にちょっと気があったりするのかなーって。ほら、だって前に世之介桜が今年も咲いたら、とかって、ちょっとそんな話もあったじゃない。で、ほら、咲いたじゃない。ちゃんと今年も咲いたでしょ。だから、あー、でもごめんごめん。私がただ勘違いしてただけかも」

「どういう風に過ごしたい？」

「え？」

とつぜんそう言われ、二千花は一瞬質問の意味が分からなかった。

「だから、それまでどういう風に過ごしたい？」

世之介がまっすぐに見つめてくる。これまでのように茶化してこの場を治めることもできた。きっとまた自分はそうするのだろうと二千花も思っていた。しかし、気がつけば、

「笑って過ごしたい……。きっと、その時になったら怖くて仕方なくなると思うから……、それまでは、何も考えずに過ごしたい」

そう言っていたのである。

ただ、言い終わってすぐ、二千花は慌てた。こんなことを言えば、相手が逃げ場を失うと思ったのである。

「ごめんごめん。びっくりしたでしょ？　でも本当なんだよね。余命。あと一年」

二千花はまたそう早口でまくし立てた。

しかし世之介は真っ直ぐに二千花を見つめたまま、表情を変えない。

「……ねぇ、なんか言ってよ。ちょっと引いたんでしょ？」

「引いてないよ」

「嘘ばっかり」

「嘘じゃない」

「いや、絶対無理してる」

「そんなことない。聞いた瞬間、会えてよかったって思った。こんなに早くに会えてよかったたっ

て」

「え？」

二千花は思わず訊き返した。

こんなに早くって……。あと一年しか。

世之介の前でそう思った瞬間、

まだ一年。まだ一年あるんだよ。

という誰かの声がする。

「ずっと気づいてたと思うけど、俺さ、二千花さんのことが好きなんだ」

「でも、後悔した……でしょ？」

「まさか。今、もっと好きになった。……理由は自分でも分からないけど、なんでか知らないけど、今、もっと好きになった」

「でも、もう時間ないもん」

「たぶんさ、好きって気持ちに時間は関係ないよ。きっとさ、好きって気持ちは強さが大切なんだよ。俺はそう思う」

「嬉しいけど。その気持ちに、私はもう、応えてあげられないもん」

これが自分の正直な気持ちなのだと二千花は思う。

「もう応えてもらってるよ」

「え？」

「たとえば、今。この瞬間だけでも、もうおつりがくる」

遠くに江の島が見える。すぐそこでは波がキラキラと輝いている。

なのに、目の前の世之介の髪は、ワカメみたいにおでこや顔にはりついて、顔半分は砂まみれになっている。

もうちょっとどうにかすればいいのに、と二千花は思う。

せめて髪をかきあげるとか、耳の砂を払うとか、もうちょっとどうにかすればいいのにと思いながら、それでもなぜか込み上げてくる涙を必死で堪えた。


鎌倉迎賓館の廊下で、恭しく花嫁が出てくるのを待っているのはタキシード姿の世之介である。

自分でも満更ではないらしく、鏡に映ったその姿に、

「余興の素人マジシャンか、007なら、どう見ても007寄りじゃないかなー」

などと拳銃を構えてみたりする。

「お待たせ」

その瞬間、クーちゃんの声がして、目の前のドアが開く。拳銃を構えたままの世之介の前に、ウェディングドレス姿の二千花である。

「うわーー」

思わず声を上げた世之介に、

「もうちょっと別の驚き方ないの？　お化け見た子供じゃないんだから」と二千花も呆れる。

横でクーちゃんが、

「すごいでしょ。二千花はポテンシャル高いし、うちのヘアメイクの腕はいいし」

と、幼馴染と同僚をべた褒めである。

「どう？」

改めて二千花に問われ、

「すごい」と世之介は答えた。

「世之介も似合ってるよ」と二千花。

「うん」

頷きながらも、ずっと二千花を見つめる世之介である。

「さ、行こう」

クーちゃんの合図で、世之介は腕を曲げて、胸を張った。すぐに二千花がその腕に自分の腕を重ねる。

「♪パンパカパーン。パンパカパーン。パンパカ、パンパカ、パンパカパーン」

クーちゃんのアカペラ結婚行進曲に乗って、二人はゆっくりと撮影場所である砂浜に向かった。

表通りの横断歩道を渡る時、信号待ちしていた人たちや車が、本物の結婚式と勘違いしたらしく、拍手やクラクションで見送ってくれる。

いや、違うんです、と訂正するのも無粋に思え、「ありがとうございます」と百点の笑顔で応える二人である。

横断歩道を渡り終えると、

「ごめんね」

ふいに二千花が小声で謝る。

「……こうなれなくてさ。ほんとごめん」と。

二千花に謝られても、世之介はなぜか微笑んでいる。

「何よ。なんで笑うのよ」

思わず二千花が訊ね返せば、

「いや、いつになくしおらしいこと言うなーと思って」と、世之介がさらに笑う。

「この衣装のせいかも」

急に二千花も照れ臭くなるが、

「ああ、それだったら気持ちは分かる。俺もさっきからずっと自分が００７みたいな気がしてるもん」

と、世之介が拳銃を構えてみせる。

砂浜に下りると、妙な光景が広がっていた。世之介たちのように、ポスター撮影に応募してきた花婿花嫁たちが五、六組、すでに準備万端でスタンバイしているのである。

「お待たせしましたー。こちらの方々で最後になりますので、すぐに撮影始めますー」

二千花の裾を持っていたクーちゃんが、そう叫びながらカメラマンの方へ駆けていく。

「じゃあ、横道さんたちは、そこに立って下さい」

スタッフに指示されて、世之介たちは自分たちの立ち位置に立った。この式場のポリシーらしく、よく見れば、女性同士のカップルもいる。鎌倉の海をバックに、そんな花婿花嫁たちが間隔をあけ、晴れ晴れとした表情で立っている。沖合をゆっくりと進んでいた船が、まるで祝砲のような汽笛を鳴らす。

「ねえ」と二千花。

「何？」

「あのさ、こんなこと言うの反則だって分かってるんだけど。もしよ、もし生まれ変わって、また私たちが出会ったら、その時は結婚してよ」

いつもと変わらぬぶっきらぼうな言い方だが、今日に限っては花嫁衣装なので、どこか奥ゆかしい。

「じゃあさ、その時、お互いにちゃんと分かるように、何か目印を決めとこうよ」とは世之介である。

「目印か。いいね」

「何がいいかな？」

「じゃあさ、私、トナカイの着ぐるみで待ってるよ」

「え？　クリスマスの？」

「そう。分かりやすいでしょ。なんなら、世之介が死ぬ時は、橇を引いて迎えにきてあげるよ」

大空から橇を引いて降りてくる二千花を世之介は想像するのである。シャンシャン、シャンシャンと鈴の音もしてくる。

「いいねー」と、微笑む世之介である。

平日の午後である。ドーミーの食堂で写真の整理をしているのは世之介である。階段を下りてくる足音に振り返れば、寝起きのような一歩があくびを嚙み殺しながら食堂に入ってくる。

「こんな天気いい日に、こんなとこで何やってんですか？」

一歩に訊かれ、

「こっちのセリフだよ」と笑う世之介である。

ただ、世之介の嫌味など慣れてしまっているようで、テーブルに並べられた写真を覗き込んでくる。

ちなみに並んでいるのは、先日、撮影してきた宮城県気仙沼界隈の写真である。

「これ、どこの海ですか？」

「気仙沼の方」

「この子たちも？」

ヘルメットで顔半分が隠れている女の子たちの写真を一歩がつまむ。

「そう。未来の写真家たち。額装して送ってやるんだよ」

「これ、全員に？」

「まあ、住所教えてくれた人たちだけな。あ、そのヘルメットの女の子たちは学校に送ってやることにしてる」

そのまま立ち去るかと思ったが、一歩が丁寧に一枚一枚眺め始める。

「あけみさんは？」

「銀行。なんかのローンの組み替えするんだって」

「礼二さんと大福さんは？」

「仕事だよ。ちなみに谷尻くんは学校。暇なのは俺とお前だけ」

普段ならこのあたりで姿を消すのだが、珍しく一歩が居着いている。

「何？　腹でも減ったの？」と世之介は訊いた。

「いえ、別に」

「俺、肉まん、あっためるよ。横浜の中華街で買ってきたやつ」

「いらないです」

世之介は一歩を見つめた。ならば、なんでここにいる？　とでも言いたげな表情である。

そんな世之介の視線を気にすることもなく、一歩が別の写真の束に手を伸ばす。

「あ、それは昔の写真だよ」と世之介は教えた。

写っているのは「鎌倉迎賓館」で撮ってもらった結婚式の真似っこ写真である。

「これ、誰ですか？　この横道さんの隣にいる花嫁さん」

一歩がウェディングドレス姿の二千花を指す。

「秘密」

世之介はもったいぶって、作業に戻った。

「もしかして、これが二千花さんって人ですか？」

「なんで知ってんの？」

「なんでって。ここに住んでたら、そういう情報、筒抜けじゃないですか」

「そうか？　コンセプトはプライバシー重視の下宿だけどな。というか、ここに住んでたらって、お前ぜんぜん集ってないじゃん」

「集わなくても、なぜかここで暮らしてると、いろんな情報が入ってくるんですよ。聞きたくもないのに」

「ああ、もしかしてエバから？」

「いえ、その彼女さん」

「ああ、咲子ちゃん」

世之介は改めて作業に戻った。段ボールからいくつか額を出して、写真を収める。

「横道さんって、この人と結婚してたんですか？」

「してないよ。ああ、これは結婚式場のオープニング記念で写真撮ってもらっただけ」

「ああ」

「お前さ、暇なら、そこのリストから宛名書きしてくれない。その伝票に」

世之介は一歩の都合も聞かず、強引にボールペンを握らせた。

一歩も実際暇だったらしく、「これ、全部ですか？」などと口を尖らせながらも、素直に宛名書きを始める。

「こん時、俺、プロポーズされたんだよ」

あまり上手いとも言えない一歩の字を見ながら、世之介はポツリと言った。

「……まぁ、その前に俺がプロポーズして、そん時は玉砕だったけど」

一歩からの反応はないので、勝手に続ける。

「……生まれ変わったら、その時は結婚しようって。そう言われたんだよ」

一歩が書く宮城県の「宮」の字があまりに歪んでいて気になるが、郵便番号もあるから大丈夫だろうと世之介は見逃すことにした。

「ああ、だから、あけみさんと結婚しないんですか？」

その時、ふいに一歩が合点がいったとばかりに頷く。

「いやいや、まさか、そんなことないって」

一歩の勘ぐりを、世之介は笑い飛ばした。

「だったら、なんで結婚しないんですか？　二千花って人と婚約してるからでしょ」

「婚約って、お前……、そう言っちゃうと、純愛ものみたいだけど、もし生まれ変わったらっていう前提だと、ちょっとしたＳＦものじゃん」

「でも、そうでしょ絶対」

「いや、だから違うって」

そこまで強く否定して世之介もふと、なんで一歩相手にこんなに必死になっているのかと不思議になる。

「まあ、いいや。とにかくさ、生まれ変わった時、もしお互いに気づかなかったら困るからって、合図決めたんだよ、この結婚式の真似した時」

「合図って？」

「俺が死んだら、まず二千花がトナカイの着ぐるみで橇を引いて迎えにきてくれるんだって」

「トナカイ？　なんで？」

「まあ、話すと長くなるんだけどさ」

と言いながらもすっかり興に乗ってしまった世之介は話す気満々で、宝徳寺の真妙さんを取材した時の出会いから、サンタとトナカイ姿でのボランティアまでを一気に喋った。

ただ、もう少し食いついてくるかと思った一歩の反応は薄い。世之介は改めて一歩の手元を覗き込んだ。書き慣れてくるのもあって、徐々に書き方が乱雑になっている。

「お前、絵は上手いのに、字は下手なんだな」

「本気出してないもん」

「じゃ、本気出せよ」

「なんで、宅配便の伝票に」

そのあたりでふと視線を感じて二人は振り返った。見れば、あけみが立っている。

「二人で楽しそうに。何やってんの？」

「宛名書き」

そう答えたのは一歩で、あけみも、「へえ、楽しそう」と応えるわけにもいかず、とりあえず今の質問はなかったことにして、重そうなスーパーの袋を台所に運ぶ。

「あ、そうだ。一歩くん、今夜からもう食事はみんなと一緒にここでしてね。一人分だけ別に取り分けるのが面倒だから」

台所に向かいながらのあけみに、「はい」と一歩がついうっかり答えてしまう。

自分でもすぐに気づいて訂正しようとするが、「はい、もうダメー」と、世之介に遮られて終わりである。


ジトジトした天気である。雨はまだ降り出していないが、誰かがくしゃみでもしたら、すぐにでも降り出しそうな空である。

ただ、ジトジトとした天気などものともせず、ケタケタと笑い声が上がっているのはドーミーの食堂である。

「さてさて、今週号の採用写真発表でーす!」

そんな中、誰よりも盛り上がっているのが世之介で、その手には本日発売の「サンデー大手町」である。

世之介が連載を担当するようになって以来、どの写真が採用されるかを、不謹慎にも住人たちで賭けているのだが、まあ、賭けているのが「お手伝い券」という子供じみたものなので、ここはどうか目をつぶっていただきたい。

ちなみに食堂にいるのは、あけみ、大福さん、谷尻くんで、礼二は残業で少し遅くなるという連絡があり、一歩はトイレである。

一歩の戻りも待たずに世之介が発表するのは、一歩がこの賭けに参加していないからだが、結果は気になるようで、世之介の声に一歩もトイレから慌てて戻ってくる。

「じゃ、発表です」

言いながら、世之介が掲載ページを開けた途端、

「ああ！ やっぱりヘルメットの女の子たちだ！」

「えー、絶対、漁協のおじいちゃんの方だと思ったのにー」

と、あちこちから声が上がる。

もちろん世之介は正解を知っているので、

「ということで、今週の勝者は大福さんですー。パチパチパチパチ」

世之介の拍手を受けた大福さんが、どうもどうも、とばかりにみんなから「お手伝い券」を一枚ずつ受け取っていく。

玄関で物音が立ったのはその時で、「あ、礼二さん、戻ったのかな？」と世之介が顔を向けると、その礼二さんが、なんだか鬼にでも出くわしたような顔で食堂に駆け込んでくる。

「な、何、どうしたんですか？」

「会ったんだよ！ 俺、今、会ったのッ！」

世之介の問いに、礼二さんがやはり鬼にでも出くわした子供のように答える。

ただ、よくよく見てみれば、興奮した礼二さん自身が赤鬼に見えなくもない。

「……き、奇跡が起きたんだよ。……奇跡。し、志村けんさんに、会っちゃった」

さて、覚えておいでの方も多いと思うが、この礼二さん、今では全国チェーン店「定食のすず屋」の敏腕営業マンであるが、元はコメディアンを目指して広島から上京してきた人である。

残念ながら、全国区になるという夢は、本人ではなく、バイト先だった「定食のすず屋」の方に成し遂げられてしまったが、子供の頃からのお笑い好きは変わらず、M－1グランプリなどは決勝戦だけではなく、その予選からチェックして、「今年はこの東北出身のコンビがいいんだよ」などと、あまり詳しくない世之介たち相手に力説してくる。

そんな礼二の憧れの人が、志村けんなのである。子供の頃から熱烈なファンで、彼が出演するテレビやラジオはもちろんのこと、彼がキャラクターになっているお菓子やおもちゃまで、かなりの確率でコンプリートしている強者（つわもの）である。

「どこで？　どこで会ったんですか？」

興奮冷めやらぬ礼二に、そう尋ねたのは世之介である。

「どこもここもないよ！　すぐそこ、ここのすぐ目の前！」

「え！　いつ？」と世之介。

礼二さんがやはり鬼でも追いかけてきているように、玄関の方を指差す。

「だから、今！」

「な、なんで、こんな所に？」

「し、知らないよ！　なんかのロケしてて、休憩してた。してらっしゃった！」

ドーミーの住人たちは、どちらかと言えばミーハーである。家の前に、あの志村けんがいるとなれば、その動きは早い。

真っ先に食堂を飛び出したのが世之介で、靴を履くのももどかしく、裸足で外へ駆け出していく。

そのあとを、「ちょっと、サンダルくらい履きなさいよ！」とあけみが追ってきたかと思えば、谷尻くん、大福さん、そして一歩までが有名人一目見たさに外へ飛び出してくる。

ただ、裸足で通りへ出た世之介の目に映るのは、いつもと変わらぬ武蔵野の風景で、バス通りに車はなく、無人販売所の台にはすでに野菜もない。

「いる？　いるの？」

あとから追いかけてきたあけみたちに、

「いや、いない」と世之介はそれでも首を伸ばして、野村のおばあちゃんの畑の方も確かめてみる。

「もういないよ」

餌を待つ雛鳥たちのように首を伸ばしているドーミーの住人たちの背後から、ふと礼二の声がする。

さっきまで誰よりも興奮していて、その興奮が移った雛鳥たちなのだが、

「……もういないよ。いるわけないじゃん。俺、志村さんたちが見えなくなるまで見送ってから、家に戻ったんだから」

と、急に一人だけ冷静になっている。

「えー、だったら先にそう言って下さいよー」

今になって裸足で踏んでいる小石が痛く、爪先立ちになる世之介である。

いないと分かった途端、あけみたちはそそくさとドーミーへ戻っていく。途中あけみは出しっ放しだった箒(ほうき)を拾い、大福さんは空模様も眺め、谷尻くんと一歩はなぜかお互い歩幅の広さを競い合っていく。まるで何事もなかったかのような切り替えの早さである。

みんなが姿を消すと、世之介と礼二がその場に残った。

足の裏が痛いので、世之介もすぐにみんなを追おうとしたのだが、ぽーッと顔を赤らめるようにバス停のベンチを見つめている礼二が気になる。

「あそこで話したんだよ、志村さんと」

バス停のベンチである。この路線には珍しくシェルター付きである。なんでも昔、あけみのおばあちゃんが何度もバス会社に交渉しに行ったお陰らしい。

「あそこでさ、タバコに火をつけようとしてる人がいて、そのライターがなかなかつかないんだよ。向こうから歩いて来ながら、俺、ずっと気になっててさ。いよいよ近づいても、まだチャカチャカやってるから、『どうぞ』って自分のライターつけて差し出したの。そしたら、『ああ、ありがとね』って」

「志村けんが？」

思わず合いの手を入れた世之介に、礼二がまたポッと顔を赤らめる。

「……すごい。礼二さん、見ただけじゃなくて、喋ったんじゃないですか」

「そうだよ。だから、さっきからそう言ってるじゃん」

「いやいや、『会った会った』って言うから見かけたんだと思ってましたよ」

「違うよ。喋ってくれたんだよ！」

また興奮がぶり返したようで、礼二がフラフラとバス停に向かう。まだそこに彼がいるように。なんとなく世之介も礼二についてバス停へ向かった。

「俺、めちゃくちゃ興奮するし、緊張するしで、なんかバカみたいなことばっかり話しちゃったんだよ。他にももっと伝えたいことあったのに」

ベンチに座り込んだ礼二が、今度は急に落ち込んだように頭を抱える。

「なんの話したんですか？」

さすがにこのまま礼二だけをベンチに残していくわけにもいかず、世之介も隣に腰掛ける。一瞬、やはりサンダルだけでも履きに戻ろうかと思うが、

「俺さ、せっかく会えたあの人の前で……」と、礼二の話が始まってしまう。

「……あんまり興奮しちゃったもんだからさ」

礼二の話はこうである。

初対面の超有名人を目の前に、礼二はとつぜん思い出話をしてしまったらしい。

なんでも礼二がまだ芸人になる以前、ある飲み屋で隣同士になった客と意気投合し、酌を交わし始めたのはよかったが、そのうち話が、「一番才能のある芸人は誰か？」という流れになった。

「そんなのビートたけしに決まってるよ」

と、言い出したその相手に、

「何言ってんだよ、志村けんに決まってるだろ」

と、礼二が言い返す。

「志村けんなんて、子供しか笑わねえよ」

「子供笑わすのがどれくらい大変だと思ってんだよ」

「子供なんて、にらめっこで笑うよ」

「にらめっこって遊びを考え出せるのが志村けんなんだよ！」

酔っ払いの喧嘩ではあったが、議論は白熱し、白熱しすぎて、摑み合いになり、結果二人とも店を追い出されたらしい。

「そんな昔のことが急に頭に浮かんできてさ。俺、せっかく神様に会えたのに、いきなり、『これまでの人生であんなに怒ったのはあの時だけなんです。それまで誰かと取っ組み合いの喧嘩なんてしたこともなかったんです。でも、俺、あの時は本当に悔しくて』って、何の前置きもなく、唾飛ばして喋りまくっちゃったんだよ」

礼二が自己申告した通り、彼はとても穏やかな人間である。世之介はもちろん、ドーミーで一緒に暮らして長いあけみでさえ、礼二が怒ったところを見たことがないという。

それが店を追い出されるほどの喧嘩をしたというのだから、よほど腹も立ったのだろうし、その悔しさが未だに鮮明に残っていたのは分かる。

だが、である。

目の前の神様は、初対面の礼二のことなど知らなければ、本来は世之介やあけみが太鼓判を押すほど穏やかな人間であることも知る由がないのである。

「で、向こうはどんな様子だったんですか？」と世之介は尋ねた。

「向こう？」

「だから、志村けんさん」

「ありがとうって。そう言ってくれた」

「え？」

「だから、俺が唾飛ばして、昔の話を喋るだけ喋って。あ、やばいって気づいたんだけど、撮影のスタッフもなんか異変に気づいて、こっちに走ってきて、俺のこと引き離そうとするから、『すいません、こんな話するつもりじゃなかったんです』って、引きずられながら必死に謝ってたら、ロケバスに案内されながら振り返った志村さんが、『ありがとう』って、そう言ってロケバスに乗ったんだよ」

礼二はそこまで一気に話すと、力尽きたように肩を落とす。「伝わってますよ」と、世之介はその肩を叩いた。

「……礼二さんの気持ちはちゃんと伝わったと思いますよ」

「いや、伝わってないよ。俺もっと伝えたいこと、いっぱいあったんだよ。俺がどれだけあの人に救われたか。それをちゃんと伝えたかったのに……。なんであんな話しちゃったかなぁ。よりによってどこの誰かも分からないおっさんと喧嘩した時の話なんかを、あんなに必死になって……」

とつぜん雨が降り出してきたのはその時である。ギリギリまで堪えに堪えていたような雨雲が、まるでくしゃみでもするような大雨である。

幸い二人はシェルター内のベンチだが、裸足で出てきてしまった世之介は、恨めしげに自分の素足を見つめるしかない。

「なあ、横道くん、……もう一回会えたりしないかなぁ」

世之介は雨空を見上げた。きっと会えますよ、と言ってあげたいのは山々だが、

「まぁ無理でしょうねぇ。奇跡に泣きの一回って聞いたことないですもん」と、つい本音がこぼれてしまう。

外はまた鬱陶(うっとう)しい雨である。

冷房をつけるには早いが、かといって、このままだと自分がナメクジのような気になるなぁ、などと自室のソファでグダグダしているのは世之介である。

昨夜の仕事が押しに押して朝帰りだったせいもあるが、なんとも力の出ない天気である。

「横道さーん、誰か来てますけど」

ふいに聞こえた一歩の声に、世之介は体を起こした。

「誰かって誰？　あけみちゃんいないの？」

と問うてみるが、すでに一歩の足音が階段を上がっていく。

面倒臭いなぁとばかりに部屋を出ると、玄関に居心地悪そうに南郷が立っている。

「え？　南郷さん？　どうしたんですか？」

「いやさ、たまたまこの辺にドライブに来たんだけど、たしかお前が住んでんの、この辺だったよなーって思いながら運転してたら、そこにお前の車が停まってたからさ」

明らかに嘘である。

緑の多い地区ではあるが、決して都心からわざわざドライブにやってくる所ではないし、何よりドライブにはあまりにも天気が悪すぎる。

「上がります？」

嫌な予感しかしないのだが、兄弟子をいつまでも玄関先に立たせておくわけにいかず、世之介はスリッパを出した。

ふと壁を見れば、あけみもどこかへ出かけているらしく、在宅は世之介と一歩のみである。

「ああ、じゃあせっかくだし、ちょっとお邪魔しようかな」

「どうぞどうぞ、今、誰もいませんし」

スリッパを履いた南郷がキョロキョロとドーミーを見回している。

「来るんだったら、連絡くらいくれればいいのに」と世之介は食堂に案内した。

「ああ、悪かったな。っていうか、お前だって連絡もなしに、よく俺んとこに来るじゃん」

「ああ、たしかに」

とはいえ、いつもと立場が逆転すると、なんともリズムが合わず、

「で、なんの用ですか？」

と、食堂に入るなり世之介は訊いた。

「だから、ドライブの途中で偶然通りかかったんだよ」

あくまでもこの嘘をつき通すらしい。

「お前って、こういう生活してたんだなー」

南郷がしみじみと呟いたのは、世之介が出したほうじ茶を一口飲んだあとである。

ちなみにこのほうじ茶、茶葉を入れる瞬間に手元がふとケチ臭くなり、極端に薄くなっている。ただ、南郷はふだん美食を気取るわりに、そこは気にならないようで、テーブルの雷おこしにも手を伸ばす。

「こういう生活って？」と世之介は尋ねた。

「なんていうか、地に足ついてるっていうか」

「地に足ついてます？」

「いや、だから、誰か来たら、さっとほうじ茶が出て、手を伸ばしたら雷おこしがあるみたいな」

「そんなの、どこにでもあるでしょ」

「いや、ほうじ茶はあっても、雷おこしはないだろ」

このあたりで南郷の突然の訪問がさらに不気味に思えてくる世之介である。なので、

「で、なんの用ですか？」

早くこの不気味さを払拭（ふっしょく）しようと、世之介は単刀直入に尋ねた。

「だから、ドライブの途中で偶然……」

そこまで言った南郷も、さすがにこの嘘がいつまでも通るとは思わなかったようで、

「……まあ、こんな天気にドライブなんかしねぇよな」と笑い出す。

「まあ、雨のドライブってのもありますけどね」

「いやさ、うまくいかねえんだよ。いろんなことが。本当に何もかもうまくいかねぇの」

そう言って、南郷が薄いほうじ茶を啜（すす）る。

今になって、もうちょっと茶葉を入れてやればよかったと思う世之介である。

「……ここ最近ずっと、いろんな人に頭下げて回ってんだけどさ。なかなかいい話もらえないしよ」

「まあ、後輩の俺から見ても、南郷さんの人間性は褒められたもんじゃないですけど、才能については買ってくれてる人も多いんですから……」

「いや、だからさ、俺だってバカじゃねえから、そういう人を選んで頭下げて回ってんだよ。でも……」

南郷の話によれば、そういう人たちは一応親身に話を聞いてくれるという。

「ほら、『大新』って広告代理店の根岸（ねぎし）さんも、今ちょうどベイエリアのデカいタワーマンショ

ンのPRをやってるらしくて、そのテレビCMに口添えしてくれる、みたいな……でもさ、それがなんかこう、話の途中で止まっちゃうんだよ。最初は乗り気だったクライアントの流れが急に変わったり、とか」

このあたりで世之介もほうじ茶を一口飲んだ。さすがに薄く、まるで白湯(さゆ)を飲んでいるようである。南郷はこれをよく文句も言わず飲んでいるものである。

「……他にも、そういうのがいくつもあって、なんかうまくいきそうだって思った瞬間、急に流れが悪い方に……。俺も黙って待ってるだけじゃダメだと思って、さらに頭下げて回るんだけど、それが全部裏目に出て」

プライドを捨てて、よほど頭を下げて回っているのだろう、今にも相談相手である世之介の前でもその頭を下げそうである。

「……でもさ、そうやってこっちが下手に出れば出るほど、いい話って別の方に流れてっちゃうんだよな」

そこで大きなため息をついた南郷が、「なあ、世之介」と、本当に久しぶりに下の名前で呼びかけてくる。

「……俺さ、何すればいい？　こういう時どうすればいいか教えてくれよ」

世之介は南郷を見つめた。本当に困っている人の顔である。本当に人生をなんとかしようともがいている人の顔である。

「リラックスですよ」と世之介は答えた。

「……そういう時はリラックスするんですよ」と。

一瞬、南郷の表情が険しくなる。しかしすぐ、「なんか力抜けた」と笑い出す。

「なんか、一気に力抜けたよ」と。

「いやいや、この世の中、リラックスしてる人が一番ですから」

世之介は真顔で言った。また茶化そうとした南郷も、今度は黙って頷く。

「これまでの俺だったら『そんな呑気なことばっかり言ってるから、お前はいつまでもダメなんだよ』なんて言ってたんだろうな。でもなんか今日は、お前のその呑気なアドバイスがストンと肚に落ちてくるよ」

南郷が真剣に受け取ってくれたことが嬉しく、世之介は薄いほうじ茶を足してやった。

「今ふと思ったんだけど、俺がめちゃくちゃ調子良かった頃、ぜんぜん態度変えなかったの、お前だけだったよな」

「態度って？」

「だから、妙にすり寄ってくるわけでもなし、妙に妬んでくるわけでもなし」

南郷がゴクリとほうじ茶を飲む。

「だって羨ましくなかったですもん、当時の南郷さん」

世之介ははっきりと言った。

「なんで？　みんな羨ましがってただろ。『南郷は凄い』って。実際、今、思い返しても、あのころの俺は本当に凄かったっていうか、いろんな意味で、カッコよかったんだろうなーって思うもん」

昔日を見つめるような南郷だが、

「違いますよ」と、世之介があっさりと否定する。

「……さっきも言ったでしょ。この世で一番カッコいいのはリラックスしてる人ですよ。そりゃ、当時の南郷さんは金も稼いで、才能も評価されて、どこに行ってもちやほやされてましたけど、どう見ても、リラックスできてませんでしたもん。だから、俺、南郷さんのこと、ぜんぜん羨ましくなかったですもん」

世之介の言葉を南郷は黙って聞いている。何か言い返してもよさそうな場面だが、まるでずっと聞きたかった言葉をやっとかけてもらったような顔で、手元の薄いほうじ茶を見つめているのである。

ふと視線を感じて、世之介は顔を上げた。

いつからいたのか、食堂の入口に一歩が立っている。

「どうした？」

と、世之介が声をかけると、

「いや、別に」と呟く。

ただ、その顔はずっと世之介たちの話を聞いていたようで、なんと言えばいいのか、まるで南郷と同じような顔をしている。

「お前も、お茶飲むか？」と、世之介は訊いた。

しかしこれには、「いや、いらないです」と即答で、そのまま自室へ戻っていく。

「今の子も下宿人？」

南郷が振り返る。

「一歩くん、十七歳。青春の岐路で思案中です」と世之介は笑った。

その一歩の絵が食堂の壁に貼ってある。サーファー谷尻くんを主人公にした絵本の一枚で、あけみが強引に貼ったのである。

「……あ、そうそう。そこの壁の絵。一歩が描いたんですよ」

視線を向けた南郷が絵を見るなり、

「ほう」と唸る。

「上手いでしょ」

南郷がわざわざ立ち上がって絵を見にいく。

「妙な味あるなー」

それこそ舐めるように一歩の絵を見た南郷が、感嘆の声を漏らす。

「ですよね？　本人、照れて言わないんですけど、絵本作家とかになりたいみたいなんですよ」

「へえ。絵本か」

「でもまあ、どれくらい本気なのか」

「俺、知り合いの編集者いるよ。すごい良い絵本作ってる人」

「いやいや、だって南郷さんの知り合いって、本物でしょ」

いきなり話が飛躍して世之介は慌てた。

「紹介してやるぞ」

「確かに上手いのは上手いけど、まだまだ、なんていうか、この食堂とかで『一歩くん上手いねー』って言ってるレベルですから」

「そうか?」

言いながら南郷が一歩の絵の写真を撮る。

「忘れなかったら、今度その編集者に見せてみるよ」

南郷がそう言って自分の席に戻る。ああ、忘れるな、と普通に思う世之介である。

「ところでさ、車で調布の方から来たせいもあるけど、ここってさ、全然吉祥寺って感じしないよな」

南郷がふと思い出したように外を見る。

「実は俺もね、ここにいると完全に重心は調布の方に乗っかってますからね。でもなんか、だから落ち着くんですよね、俺」

そう言った世之介に、「ああ」と南郷が深く頷く。

「……いや、俺も同感。良い所だなーって普通に思う。良いとこでしょ? 良いとこでしょ? って煽(あお)られてる感じがしないっていうか」

「ああ、その感じは分かるわー。たしかにこの辺って煽ってこないんですよねー」

世之介も外を眺めた。実際この辺で煽ってくるものといえば、野村のおばあちゃんのトラクターくらいである。

「さ、帰ろうかな」

唐突といえば唐突に、南郷が席を立つ。

「え？」と世之介も驚いてみせるが、長居されても時間を持て余すのは分かっている。

「あのさ」

最後の最後になって、南郷が自分の湯のみを突き出してくる。

「……このほうじ茶、薄いよ」と。


さて、ここは数年前の鎌倉の海である。

梅雨の晴れ間で、空には雲一つなく、キラキラした海は多くのサーファーで賑わっている。

日傘を差して、のんびりと砂浜を歩いているのは二千花であるが、ここ数日寝込んでいたせいもあって、その頬は少しやつれている。

「大丈夫？　少し休む？」

そんな二千花の隣を心配そうについてくるのは世之介で、心配そうなわりにはその手にはソーダバーがある。

「大丈夫だよ。どれくらいこの病気と付き合ってると思ってんのよ。どこが限界で、どのくらい遊びがあるかなんて知り尽くしてんだから」

「おっ、なんかＦ１レーサーがハンドル語ってるみたい」

「おっ、病人の言葉をＦ１レーサーに例えるあたり、さすが」

「おー、珍しく褒められた」

「そう？　私、いつも褒めてるじゃん」

「そう？　全く記憶にないけど」

遠くに江の島が見える。二千花はふと立ち止まると、ソーダバーの最後の一欠片（かけら）を、一滴も逃さぬように下から食べようとしている世之介を見つめた。

「ねえ、この世の中で一番大切なことってなんだと思う」

もちろんこんな質問がふと口をついて出てしまったのは、ソーダバーと格闘している恋人の姿からの連想ではなく、遠くに見える江の島からなのだが、さすがに場違いだったと二千花もすぐに後悔である。

「え？　何、急に？」

「あ、ごめん。ここしばらくずっと寝込んでたじゃない。なんか弱ってると、いろんなこと考えちゃうのよ」

「じゃ、リラックス」

「え？」

「だから、この世の中で一番大切なことは何かって質問でしょ？」

「うん、そう」

「だからリラックス。この世の中で一番大切なのはリラックスできてること」

ソーダバーを齧りながらではあるが、世之介は胸を張っている。笑わそうとしているわけでも、何か気の利いたことを言ってやろうと思ってハズしたわけでもなく、本気で、この世の中で一番大切なことは何かを語っているのである。

「この世の中で一番大切なのはリラックスできてること」

気がつくと、二千花はそう繰り返していた。

「それ以外ないよ」

さも当たり前とばかりに世之介が頷く。まるで、そんなことも知らないのかよ、と呆れるような顔をして。

「それ、夜中に苦しくてどうしようもない時に聞きたかったな」

二千花は思わずそう言った。

本当に苦しくて、もう自分ではどうしようもなくて。でも、それでもまだ生きたくて。そのために何をすればいいのか、それがどうしても見つからなくて。

そんな夜に、もし今の言葉を聞けたとしたら。

「私、今度から、誰かに横道くんってどんな人って聞かれたら、今の話をすることに決めた」

二千花がそう宣言した途端、濃い潮風が二人の体を包んで吹き抜けていく。

「今の話って?」

「だから、今の話。この世の中で一番大切なのはリラックスできてること」

「え？　それ？」

「実は、この前もクーちゃんに聞かれたばっかりなのよ。『ねえ、あの世之介くんのどこが好きなわけ?』って。だから、もしまた誰かに同じこと聞かれたら、今の話する」

「ちょ、ちょっと待ってよ。もうちょっと、なんか他にカッコいい理由ないの?」

「カッコいいじゃない」

「カッコよくないよ」

「だって、知ってるんだよ。この世の中で一番大切なことを」

「まあ、そうなんだけど、それを好きになった理由に挙げられると……、なんかリラックスって弱くない? もっとこう将来性とか包容力とかさ」

「自分で言ったんでしょ。もっとリラックスに自信持ちなさいよ」

二千花は世之介の肩を叩いた。握っていたソーダバーの棒がその拍子に飛んでいく。

その棒を拾い上げながら、ふとあることに気づいたらしい世之介が、

「ところでさ、クーちゃんに聞かれた時にはなんて答えたの?」

と話を蒸し返してくる。

「え? 何?」

ふいに話を戻され、うろたえる二千花に、

「だから、クーちゃんに聞かれたんでしょ。俺のどこが好きなのかって」

「ああ」

「ああって、なんて答えたの?」

「だから、その時は答えてない」

「なんで？」

「すいません。適当な回答が見つかりませんでした」

「恋人失格だね」

「だから、次のチャンスがあったら、胸張って答えるって。私の彼は世の中で一番大切なことを知ってるんだよって」

「ちょっとバカにしてる？」

「してないよ」

二人を包むようにまた濃い潮風が吹き抜けていく。波打ち際をサーフボードを抱えた高校生カップルが互いの足跡を踏み合いながら歩いていく。じゃれ合うたびに二人の濡れた髪からキラキラした水滴が飛び散る。

「ねえ、生き残った方はさ、先に死んじゃった人の分まで幸せになってよね」

ふいにそんな言葉が二千花の口からこぼれたのは、波打ち際のカップルがあまりにも美しかったからである。

「また、なんだよ、急に」

いつものように世之介が茶化そうとする。

「約束してよ」

でも、珍しく二千花は強く言った。

「じゃあ、幸せって？」と世之介が問う。

波打ち際のカップルが遠くなる。

「そうだなー、たとえばさ、たまには先に死んじゃった人のことを思い出して寂しくなったり、でも、すっかり忘れてしまってたり、そんな毎日を気がつけば過ごしてる。そんな感じだったら、先に亡くなった方も安心かな」

二千花はだんだんと小さくなるカップルをいつまでも見つめた。

「分かった。約束するよ」

ふいに世之介の声が二千花の耳に届く。

「……二千花のことを思い出して寂しくなったり、すっかり忘れちゃってたり、気がつけば、そんな毎日を過ごすようにきっとなるよ。だから二千花は安心していいよ。俺だけじゃない。二千花のお父さんやお母さんにもそんな毎日を過ごしてもらう。俺が約束する」

二千花は世之介の手を強く握った。ただ、その手にはソーダバーの棒である。

ドーミーの前で慌てて車に乗り込もうとしているのは世之介である。

今日は夏越し(なごし)の大祓(おおはらえ)。夕食前にさっと近所の神社で茅(ち)の輪をくぐってこようと思い立ったのである。

いざ車を出そうとすると、大福さんがバスを降りてくるので、「茅の輪くぐりに行かない？」と誘えば、「行きます」と助手席に乗り込んでくる。

「お疲れさま」

世之介は車を出した。

「横道さんって、夏越しの大祓、毎年行ってるんですか？」

「ぜんぜん信心深くはないんだけどね」

「知ってます。この前、食べかけのドーナツを置くとこなかったからって神棚に置いてましたもんね」

「ああ、あれはほら、急に誰か来て、咥(くわ)えて出ていくわけにもいかないし。……夏越しの大祓はさっきあけみちゃんに言われてさ。教えてもらったのに行かないのもなんか縁起悪いのかなって」

とかなんとか言っている間に近所の神社に到着である。

ガランとした駐車場に車を停めて、早速茅の輪をくぐりに向かう。

ついこないだ夏至だったので、すでに七時過ぎだというのに、境内の樹々をまだ夕日が照らしている。手水舎(ちょうずや)で手口を清め、玉砂利を踏んでいく。

「これで蟬(せみ)が鳴き出したら、いよいよ夏だね」

世之介が言うと、「谷尻くん、フラれたみたいですよ。その夏の前に」と、大福さんが爆弾発言である。

「ええ！　そうなの？　あの湘南のカフェの女の子？」

「正々堂々と彼女をビーチに呼び出して告白したらしいんですけど、ダメだったって。友達として付き合いたいって」

「そーなんだー。あ、じゃ、サーフィンもやめちゃうのかな？」

「いや、それは続けるみたいですよ」

「そうなの。よかった。これでサーフィンまでやめたら、ちょっと悲しいもんね」

「いや、そういう感じでもないみたい」

「だってフラれたんでしょ？」

二人の前には大きな茅の輪である。

「とりあえずくぐろうか？」

「そうですね」

茅の輪を前に本殿に一礼する二人である。

ちなみに茅の輪というのは、藁（わら）で作った巨大なドーナツのようなもので、これをくぐると災いを避けられるというものである。

習わし通りに右に左にと茅の輪を数回くぐった世之介たちは、そのまま本殿に礼拝すると、「さて、晩ごはんに戻りますか」と車に向かった。

「あ、そうそう。谷尻くん、フラれたのに悲しい感じでもないってどういうことよ？」

運転しながら世之介が問えば、「学校で急にモテ出したんですって」と大福さん。

「誰が？」

「だから谷尻くんが」

「なんで？」

「サーフィンやってるから」

「ああ」

実家のお父さんのお下がりでも着ているんじゃないかと思えるほどファッションに興味がなかった谷尻くんも、最近ではサーファーっぽい格好になっている。

本人の意思というよりは、凜子さんたちが着なくなったTシャツや小物を与えているからなのだが、まるで愛されているペットのようにシルバーのアクセサリーなんかをつけているのである。

「それで、この前なんて、告白してきた同級生の女の子をフったんですって。谷尻くん」

もうそろそろドーミーに到着するのに、大福さんが今更シートのリクライニングを調整し始める。

「それ、本人が言ったの？」

「私にじゃなくて、一歩くんに自慢してきたらしいですよ」

「えー、最低、谷尻くん」と世之介は笑った。

本当に最低なのは最低なのだが、なんだか不思議と頼もしくもなってくる。

「……それより、谷尻くんと一歩、二人で話したりするんだね」

「一歩くんが描いてる絵本の主人公じゃないですか」

「ああ、そうか。ってことは、何？　あの純朴少年だった主人公の話が、これから嫌味なモテ男の話になっていくんだ？」

「絵本としては斬新ですけどね」

などと言っている間に、ドーミーに到着である。

世之介たちが玄関に入った途端、「二人とも、すぐ食べられる？」とあけみの声。

「はーい。食べられるよー」

声を揃える世之介たちである。

そのまま食堂に直行すれば、礼二さん、谷尻くん、一歩と全員集合である。

「今日は夏越しごはんよ」

台所から顔を出したあけみに言われ、

「何それ？」

と、世之介が問えば、

「かき揚げだって。ほら、かき揚げって茅の輪に似てるでしょ。だから夏越しごはん」

と、礼二が教えてくれる。

「ああ、今、大福さんとくぐってきたばっかり、そのかき揚げを」

世之介としてはみんなを笑わせようとしたのだが、誰にもハマらなかったようで、

「さて、揚げますよー」

というあけみの声とともに、ドーミーの夕飯のスタートである。

見れば、テーブルには天ぷらの他にも美味そうなものが並んでいる。

湯気を立てる味噌汁の具材はナスと冬瓜（とうがん）。梅のいい香りがするのは、タコとエンドウ豆のマリネにたっぷりと梅肉が使われているらしい。

「さてさて、早速いただきましょうか」

世之介はそう言いながら台所で手を洗い、冷蔵庫から冷えた缶ビールを取り出した。

「礼二さん、ビール飲みます？」

「いや、俺は焼酎飲んでるから大丈夫。ありがと」

「じゃ、谷尻くん飲む？」

冗談のつもりだったのだが、「ええ、じゃあ、頂きます」と谷尻くんである。

すぐに「ダメよ、未成年だから」とあけみに止められたのだが、

「もう二十歳になりました」と谷尻くん。

「じゃ、飲もう飲もう。酒は最初に家で悪酔いさせるのが一番安全なんだから」

世之介の的を射たような、射ていないような説明を、「何言ってんのよ」と一蹴したあけみが、
夏野菜たっぷりのかき揚げを油に落とす。

ゴーヤ、玉ねぎ、小エビに、パプリカ。

衣たっぷりの夏野菜がキラキラした油の中で踊り出す。

「とりあえず、この天ぷらの揚がってる音に乾杯！」

冷えたビールをグラスに注ぎ、喉を鳴らして飲む世之介である。

開けっ放しの窓から夏の夜風が吹き込んでくる。明日からは七月。また今年も夏が始まるのである。

# 七月　新しい命

大汗をかきながら宝徳寺の石段を上がってくるのは世之介である。両手には重そうなクーラーボックスを抱えている。強い西日が境内の樹々や汗だくの世之介の顔を照らす。

「真妙さーん。このクーラーボックス、本堂に入れちゃいますよー」

声をかけながら本堂に入ると、「お疲れさまー。世之介も行ってたの？　あけぼの児童園の遠足」と、奥から出てきたのはサーフショップの凜子さんである。

「疲れましたよー。もうクタクタ」

重いクーラーボックスを下ろした世之介は、そのままひんやりとした本堂の床に大の字になる。

「顔、日焼けで真っ赤じゃん」と凜子。

「一日中、砂浜で子供たちを追いかけ回してましたからね」

「世之介も毎年行ってたんだね、あけぼの児童園の遠足。知らなかった」

「荷物持ち兼専属カメラマン兼ドライバー」

ちなみにこのあけぼの児童園、いわゆる訳ありの子供たちを一時的に預かっている保護施設で真妙さんが理事の一人になっている。

「あー、気持ちいい」

大の字のまま世之介が冷えた床に背中を擦りつけていると、やはり鼻を赤くした真妙さんがやってきて、

「ああ、尼じゃなかったら、その横で同じように寝転がるんだけどなー」と言いながら何やら慌てて本堂を横切っていく。

そんな真妙さんをなんとなく見送った凜子が、「考えてみたら、真妙さんがこういうボランティア活動を始めたの、二千花の影響なんだもんね」とポツリと呟く。

「そうなんですか？」

「聞いてないの？　宝徳寺のボランティア活動って、始めたのは二千花だよ。最初は『そんなの無理無理』って言ってた真妙さんを必死に説得して」

初耳である。世之介は冷たい床から体を起こした。

「そんな話、初めて聞きましたよ。てっきり真妙さんが始めたのを二千花が手伝ってるもんだとばっかり。でも、実際、そんな感じでしたけどね」

「そりゃ世之介が二千花と知り合ったときはもう、ほら、病気もあってそうだったかもしれないけど、その前は二千花が一人で全部やってたみたいなところあるもん」

「へー、そうだったんだ」

「私はてっきりそれを知ってるから、世之介が二千花の代わりに頑張ってるんだと思ってたわ」

「二千花も真妙さんも教えてくれればいいのに」

「そういうの、あの子、言わないもんねえ。照れくさかったんじゃない」

慈善事業など別に誰がどう始めようが、その行為自体の意味は変わらない。もっと言えば、やったからといって偉いわけでも、やらなかったからといって偉くないわけでもない。ボランティアの後にこうやって遊び疲れた体を本堂の床で大の字に伸ばす。これが気持ちいいと思えるのであればやればいいし、そう思えないのならば無理をすることもないのである。きっと真妙さんも、「またシワが増えるわ」などと言いながらも、ああやって鼻の頭を赤くして子供たちと過ごす一日が楽しくて仕方ないのである。

そこまで考えて、ふと世之介はボランティア活動を真妙さんに勧めたという二千花の気持ちがちょっと理解できるような気がした。

きっと二千花はそんな余裕が羨ましかったのだ。

誰かのことを思える。そんな心の余裕が何よりも贅沢なものに見えたのだ。自分ではなく、誰かのことを思えるということが、どれほど恵まれていて、贅沢なことなのか。きっと二千花は気づいていたのだと。

「横道くん、冷蔵庫に桃が冷えてるから食べてってね。凜子ちゃん切ってあげてよ」

真妙さんの声がして、世之介はまた床に大の字になった。やはりひんやりとした床が火照った背中に気持ちいい。

「そういえば、今朝、谷尻くん海に来てたよ。今朝はギャラリー引き連れてきてた」

そう言って凜子が含み笑いする。

「ギャラリーって、もしかして？」

「同じ学校の女の子たちだって」

谷尻くんが学校でモテ始めているという噂は、ガセネタではなかったらしい。


うっすらと白みかけた空で鳥が鳴き始めている。耳をすませば、ここ宝徳寺の本堂にも潮騒が届いてくるほど静かな朝で、そろそろ真妙さんも起き出してきて、朝のお勤めが始まるころである。

その本堂の端っこに敷かれた布団で深い眠りについているのは世之介で、仏様に足を向けないようにと寝入ったはずが、いつの間にか布団から出た足がその本尊に向いている。

カタカタッと遠慮がちにその本堂の扉が開いたのはその時で、顔を出したのは二千花である。

「横道くん」

小声で起こしてみるが、世之介の鼾に変化はない。結局、上がり込んだ二千花はすでにウェットスーツである。かなり久しぶりに引っ張り出したもので、少しくたびれてはいるが、まだなんとか着られそうである。

「おはよ」

枕元に立った二千花の声に、やっと世之介が目を覚ます。

「久しぶりにやってみようかなと思って。サーフィン」

二千花がそう呟いたのは昨日のことである。いつものように波の中で転げ回る世之介の練習風景を見たあとだった。

「やろうよ。じゃ早速明日の朝。俺、今日また真妙さんのところに泊めてもらうし」

二千花の呟きを聞き逃さなかった世之介が早速詰めてくる。

「いや、ごめん。やっぱり無理無理無理。だってもう何年も海入ってないし」

「大丈夫だって」

「いや無理だよ。もう体力ないし。昔みたいに乗れないと思う。それに体が重いんだもん。自分のことをずっと背負ってるみたいなんだから」

「でも、上手かったんでしょ、凜子さんが言ってたよ」

「別に上手くはないけど」

「でも好きだったんでしょ?」

世之介にそう聞かれ、二千花は、「それは、まあうん」と頷いたのである。

ウェットスーツの二千花が本堂の外で待っていると、急いで歯を磨いてきた世之介が、やはりウェットスーツで飛び出してくる。

「お待たせ!　行こっか」

東の空が薄いピンク色に染まり始めている。宝徳寺の石段を下りていく二人の髪を夏の朝の風がなびかせる。

浜には徐々にサーファーたちが集まり始めていた。海沿いの駐車場に停められた車はまだ車内灯をつけており、その明かりが日に灼けた彼らの肌を照らしている。

今になってトイレに行きたいと宝徳寺に戻った世之介を置いて、ボードを抱えた二千花は一人で浜に降りた。

素足で踏む砂がひんやりと冷たかった。

まだ夜とも、もう朝とも言えるような海では、すでに多くのサーファーたちが波を待っている。

大丈夫だろうかと、今になって二千花はまた心配になる。最後に海に入った頃に比べれば、体力はかなり落ちている。自分で自分を背負っているみたいなのだと、昨日冗談のように世之介には言ったが、冗談ではなく目を背けたい現実でもある。

二千花は念入りに準備運動をした。準備などできるはずないと思いながら、それでも体を動かした。

なるべく邪魔にならないように、初心者が多いエリアに入っていこうと思う。そして少し沖へ出て、無理だと思ったら、意地を張らずに帰ってこようと。

そう決めて恐る恐る足を前に出した時である。

「二千花ちゃん！」

背中に世之介の声がした。

二千花は振り返らず、そのまま海へ向かった。

なぜだろう、ここに世之介がいるということがとても心強かった。もし何かあっても世之介が誰よりも早く助けに来てくれる。そう思えた。そしてもし、やっぱり怖くなってここに逃げ帰ってきたとしても、同じように世之介が笑顔で迎えてくれると。

海に入ってボードに乗ると、二千花はパドリングを始めた。思っていたよりも腕に力が入った。思っていたよりもボードは先へ進む。

水平線から今まさに朝日が顔を出そうとしている。振り返ると、波打ち際に立つ世之介をその朝日が照らしている。

世之介はこちらに向かって大きく手を振っている。二千花が振り返ると、今度は「来い、来い」とでも言うように両手を動かす。

もうサーフィンなどやることはないだろうと思っていた。それでよかった。でも、世之介と出会ってから、もう一度だけこの海に浮かび、この美しい景色を見たいと思うようにもなっていた。

この波だ、と強くボードを握った瞬間からの記憶が、二千花にはなかった。

こうやって波打ち際に戻り、驚いて目を丸めている世之介から褒められているのだから、きっと自分はうまく波を乗りこなしてきたのだろう。

ただ、あまりにも無我夢中すぎて、ボードに乗ったことも、おそらくカットバックを決めたことも何もかもが記憶になかった。

「おいおいおい」

駆け寄ってきた世之介が大げさに驚いてみせる。

「……二千花ちゃんさ、これまで俺が練習してるとこ、どんだけバカにしながら見てた？　いやいやいや、っていうか、凜子さんから上手いとは聞いてたけど、こんなに上手いとは思ってもなかったよ」

「上手かった？」

「プロかと思った」

「プロ見たことないでしょ？」

「ないけど」

世之介から褒められているうちに、次第に波に乗っていた時の感覚が蘇ってくる。大きな空と広い海をまるで独り占めにしているようなあの感覚が。

「次、一緒に行こうよ」と二千花は誘った。

「いいよ、行こう」

早速世之介もボードを抱える。

並んで海に入ると同時にボードを投げた。ボードに腹ばいになり、二人で沖へ向かう。

「私、もし横道くんに会ってなかったら、こうやって、またサーフィンなんかやってないと思う」

「それ言うんだったら、俺だってもし二千花ちゃんに会ってなかったらサーフィンどころか、鎌倉になんか来てもないよ」

二人で沖へ向かって泳いでいく。その瞬間、水平線が一気に明るくなる。いよいよ顔を出した朝日で海面が踊り出すようにキラキラと輝く。沖合でボードを並べると、二人は体を起こした。朝日がそんな二人の横顔を金色に染める。

「横道くんの実家も海に近いんだよね？」

「近いっていうか、家の窓から飛び込めるくらい近い」

「行ってみたいなー」

「今度行こうよ」

まるで世界に二人きりのようだった。ここでならば口にしたことがなんでも叶いそうな、そんな景色だった。

「でも、うちの地元の海は岩場ばっかりでサーフィンなんてできないけどね」

世之介が振り返って波を確認する。

「……でも、サザエとかウニは採り放題だから」

「採ってたの？」

「採ってたよ。というか、そのサザエとかウニと一緒に育ったようなもんだもん」

ああ、だからか、と二千花は思う。

たとえば空がこんなに大きくて、海がこんなにも広いことを、この人は子供の頃からずっと知っていたんだと。

「ねえ、前にテレビで見たんだけど、長崎ってお盆に精霊流しをやるんでしょ？　私、見てみたいんだよね。他の地方みたいに悲しい感じじゃなくて、爆竹とかバンバン派手に鳴らして亡くなった人を見送るんでしょ」

「おう、詳しいね。ちょっとしたワゴン車くらいの精霊船っていうのを家族で作って、デコトラみたいに飾り付けして、その年に亡くなった人を浄土に送ってあげるっていう設定なんだけど、お揃いの法被着て、みんな大酒飲んで参加するから、爆竹とか花火とか、ものすごいことになっちゃって、その夜は市内がちょっとした内戦みたいになるからね」

「そんなにすごいんだ」

「すごいなんてもんじゃないよ。あんなの、もう、亡くなった人のことなんて忘れちゃってるね。俺もばあちゃんが死んだときに参加したけど、もうハイになっちゃって、爆竹どころか、打ち上げ花火を両手に十本くらい持ってたからね。ワーッ、ワーッって叫びながら」

ボードに乗ってその時の様子を、「ワーッ、ワーッ」と再現して見せる世之介を二千花は見つめた。

その手から今にも打ち上げ花火が上がっていきそうだった。打ち上がった花火は、この朝焼けの鎌倉の空でもきっと大きく開く。

「次のが来たら、私、先に行くね」

二千花は振り返った。江の島の方から白波が近づいてくる。

「行けー、二千花ー!」

ゆっくりとパドリングを始めた二千花の耳に、世之介の声が届く。

見ててよ、と二千花は思う。

やっぱり途中で怖くなって、フラフラするかもしれないけど、絶対に最後までうまく乗りこなしてみせるから。

だから、だからお願い横道くん、最後まで見ててよね。

私、最後まで必死に生きるからと。

雨である。

外はどしゃ降りの雨である。

夕方になって降り出した雨は蒸し暑かった一日を冷やすことなく、逆に茹でるような生温かい雨である。

ドーミーの玄関先から恨めしそうに雨雲を見上げていたかと思えば、ふと居ても立ってもいられぬように、今度は台所へ戻り、何をするでもなく、なんとなく蛇口をひねり、また玄関先に戻ってくるのはあけみで、その様子を食堂にいる大福さんたちが心配そうに眺めている。

「あけみちゃん、ちょっと落ち着いてお茶でも飲んだら。心配だろうけど、俺らが今、何かやれるってわけでもないんだから」

そう声をかけてきたのは礼二さんで、本来なら夕食前のこの時間、部屋着に着替えてくつろいでいるはずが、帰宅したままのスーツ姿である。

「うん、ありがと。もうッ、本当に抜けてるんだから。咲子ちゃんの様子が分かったら、すぐに連絡入れるからって出て行ったくせに、肝心の携帯忘れてるんだもん」

あけみが苛立たしげにテーブルに置かれた世之介の携帯を叩く。

「病院には公衆電話だってあるんだから」

「そうだけど……」

世之介が血相を変えてドーミーを飛び出していったのは一時間ほど前である。

あけみがいつものように夕食の支度をしていると、顔を真っ青にした世之介が台所に駆け込んできて、

「咲子ちゃんが、なんか大変みたい。今、エバから連絡があって。救急車で病院に運ばれたって。とりあえず、俺も病院に行ってくるから」と、震えた声で捲し立てた。

「救急車って……何？　だって、まだ予定日は二カ月も先でしょ？」

そう尋ねたあけみの声もまた震えた。

「詳しいことは、まだよく分からないけど、かなりひどいみたいで。エバがもう泣き叫んでて」

「泣き叫んでるって……。やだもう……」

「とにかく行ってみる」

「財布持った？　携帯は？　運転、気をつけてよ」

「とにかく状況分かったらすぐに電話するから！」

世之介は傘もささずに玄関を飛び出した。慌てて車に乗り込む世之介の顔を、こんな時に限って激しくなった雨が叩く。

結局、あけみはまた玄関に向かい、軒先から恨めしそうに雨雲を見上げた。

その手にはいつ世之介からかかってきてもいいように携帯が握られている。

バス通りをどしゃ降りの雨が叩いている。あれはいつだったか、普通の家族というのはサザエさんやちびまる子ちゃんの家みたいな家庭をいうのだろうと世之介と話したことがあった。とすれば、現実にはあんな家族はなかなかないと。

なんであんな話をしたのだろうかと今になってあけみは後悔する。まるであんなことを笑い話にしてしまったから、咲子が大変なことになってしまったような気がしてしまう。

あけみは食堂に戻った。大福さんの隣に座ろうとして、やはりやめ、台所で必要もないのに冷蔵庫を開ける。

ふと耳に大福さんたちの会話が聞こえてくる。

「今の咲子ちゃんの時期だと、万が一のことがあっても流産とは言わない。早産の一種で……」

そこまで聞こえて、あけみは大きな音を立てて冷蔵庫を閉めた。玄関で物音が立ったのはその時だった。

「世之介？」

あけみは台所を飛び出した。同じように大福さんと礼二もあとをついてくる。

玄関にいたのはずぶ濡れの世之介だった。

大丈夫だったよ。

そう言ってほしくて、あけみは祈るように手を合わせた。しかしずぶ濡れの世之介には表情がなく、まるで心をどこかに置いて来てしまったように立っている。

「咲子ちゃん頑張ってる。今夜が山だって。先生たちも頑張ってくれてる。とにかく無事を祈ろう。それしか今はできないよ」

世之介の言葉にあけみはその場にしゃがみこんでしまった。その肩を大福さんが優しくさすってくれる。

ふと階段を見上げると、谷尻くんと一歩の姿もある。二人とも心配そうにこちらを覗き込んでいる。

「大丈夫だよ、大丈夫」

と、世之介が二人に声をかけた。

そして続けて、「大丈夫。大丈夫」と自分にも言い聞かせている。

ずぶ濡れのまま部屋に入った世之介を、あけみは追いかけた。

「咲子ちゃんのご両親は？」

濡れた服を脱ぐ世之介を手伝いながらあけみが尋ねれば、

「それがタイミング悪くて。咲子ちゃんのお父さんとお母さんは香港に旅行中。もちろん明日の朝一の便で帰国するらしいけど」

「じゃあ、今、エバくん一人？」

「咲子ちゃんのお兄さんが二人ともついててくれてる」

「じゃ、ちょっとはエバくんも心強いか」

「それがそうでもなくて。エバなんて家族扱いされてないっていうか。医者との話もエバ抜きでお兄さんたち二人がやっちゃうもんだから、見ててエバがかわいそうで」

「でも、お腹の子のお父さんじゃない」

「それはそうなんだけど……」

珍しく世之介の口調が強い。

よほど緊迫した状況なのだろうと、あけみはずぶ濡れの服を受け取り、代わりに新しいTシャツを手渡した。

「とにかく着替えて何か腹に入れたら、また病院に戻るよ。じゃないと、エバが一人で本当に除け者にされそうだし。まあ、俺がいても、あんまり役に立たないんだけど」

「そんなことないよ。向こうも二人でしょ。だったらエバくんの隣にいてあげないと」

「だよな」

「あ、そうだ。ご飯の準備してないのよ」

「なんでもいいよ。カップラーメンとか」

「じゃ、すぐチャーハン作る」

台所に駆け戻るあけみを追って世之介が廊下へ出ると、心配そうに大福さんたちが待っていた。

「ごめんね、心配かけちゃって」

世之介の言葉に、「何かできることがあれば、なんでも言ってよ」と礼二さん。

「ありがとうございます」

礼を言いながら世之介が階段を見上げれば、一歩と谷尻くんもまだ階段に座り込んでいる。

「正直に言うと、かなり危ない。医者がそう言ってました。でも咲子ちゃんもお腹の赤ちゃんも頑張ってる。そうも言ってました」

世之介は正直に二人に伝えた。

食堂に入った世之介は、「やっぱりもう行くよ。途中で弁当か何か買ってく。エバも何も食べてないだろうから」と、台所のあけみに声をかけた。

取るものも取りあえずとばかりに世之介が玄関へ戻る。慌てて台所を出てきたあけみの手には玉ねぎで、「ねぇ、ほんとに何かできることないの?」と、心細い声を出す。

「病院着いたら連絡するから」

世之介はせっかく着替えたにもかかわらず、また雨の中、車に駆け込んだ。

どしゃ降りの中、車庫を出ていく世之介の車を玄関から見送るドーミーの住人たちである。

「あけみさん! 横道さんの携帯が鳴ってます!」

その瞬間、聞こえてきたのは谷尻くんの声で、「え!」と、あけみが食堂に駆け戻れば、確かに鳴っているのは世之介の携帯である。

「また忘れてった……」と、さすがに呆れて力が抜けたが、表示にエバの名前があり、あけみは思わず電話に出た。

「もしもし、エバくん? 私、あけみ。世之介たった今、病院に向かったんだけど、携帯忘れてて」

慌てて説明するあけみに、

「ああ、そうなんですか。すいません。じゃ、こっちで待ってます」とエバが謝る。

「だ、大丈夫なの? 咲子ちゃんは。だ、大丈夫よね?」

あけみがそう尋ねた途端、耳に聞こえてきたのはエバのつらそうな声で、

「頑張ってます……。咲子も、お腹の赤ちゃんも。でももう……、俺、何をしてればいいのか。

脳に酸素がいかなくて、生まれたとしてもなんらかの後遺症が残るって医者は言ってて……。俺、何をしてやればいいのか」

「エバくん大丈夫だから。すぐに世之介がそっちに行くから。エバくんは咲子ちゃんのそばにいてあげれば、それでいいから」

思わず涙声になったあけみの背中を、大福さんがまたさすってくれる。しばらくエバをなだめてから電話を切ったあけみが、

「ねぇ、ほんとに何か私たちにできることないのかな？」と繰り返せば、

「とにかく無事を祈るしかないよ」との礼二に、

「祈るんだったら、もうお百度踏むとか」と続けた大福さんは真顔である。

「お百度なんて……」

言いながらも、もしそれ以外にないのであれば、と本気で思い始めるあけみである。

「お百度って何ですか？」

その時、一歩が階段を駆け下りてくる。

「お百度って、お寺や神社に百回お祈りするのよ。参道と本堂と行ったり来たり」

一歩にそう説明したのは大福さんである。

「それ、効くんですか？」と一歩。

「効くっていうか、昔からの風習で、まあ、病気平癒を願ったのが始まりだとは言われてるけど」

「どこでもいいんですか？」

さらに一歩が階段を下りてくる。

まさか本気で行くとも思えなかったが、

「ダメよ。外、どしゃ降りなんだから」

と、あけみは口を挟んだ。

とはいえ自分も、もし他に手立てがないのであればと思っていた口で、

「まあ、場所はそこの神社でいいんだろうけど」と、付け加えてしまう。

「百回繰り返せばいいんですよね？」

いよいよ階段を下りてきた一歩が、サンダルをつっかけて出て行こうとする。

「ちょ、ちょっと！」

慌ててあけみがその肩を摑み、「行くなら、私も行くから」と、二人分の傘を出した。

しかし一歩は、ここでグズグズしているうちにも、咲子たちに何かあるかもしれないと思うのか、もう待ちきれぬとばかりにあけみの手を振りほどいて外へ飛び出す。

「ちょ、ちょっと待って！」

そう呼び止めながら、あけみは背後の大福さんたちに、「ごめんなさい。今日、晩ごはん作れない」と謝った。

「いいよいいよ、そんなの」とは礼二で、

「行ってください。夕食は自分たちで何とかしますから」と大福さんも、そんなあけみの背中を押してくれる。

あけみは雨の中を一歩を追って駆け出した。どしゃ降りのバス通りに一歩の姿はすでにない。

考えてみれば、ドーミーで暮らすようになった一歩の部屋に、初めてズカズカと入り込んだのが咲子だった。

一歩が趣味でギターを弾くことも、絵本作家になりたいと思っていることも、みんなに教えてくれたのが咲子だった。

あけみはバス通りを走った。傘は差しているが、すでに顔も腕もずぶ濡れである。

鬱蒼(うっそう)とした樹々の中に立派な鳥居がある。真っ暗な境内を覗き込むと、傘も差さずに一歩が手を合わせている。

あけみは駆け寄ると、その隣で同じように手を合わせた。

すぐに拝殿を離れようとする一歩に傘を渡そうとするが、「もう、どうせずぶ濡れなんで」と受け取らない。

雨の中を鳥居まで戻り、またそこで引き返してくる。

あけみもそれに続いた。鳥居の下で小石を一つ拾ってきて、「こうやって並べておこう」と拝殿の足元に置く。

手を合わせる一歩の顔は真剣だった。二礼二拍手一礼の礼儀も知らないようで、濡れた両手を見ているだけで痛くなるほど強く握り合わせている。

また拝殿を離れる一歩を追って、あけみも戻る。

「あけみさーん！」

大福さんの声が聞こえたのはその時だった。

「あけみさんの携帯が鳴ってて。エバくんからだったから持ってきましたー」

と参道を駆けてくる。見れば、その後ろには礼二と谷尻くんの姿もある。

「ごめん。世之介のことばっかり言ってて、私まで携帯忘れて……」

受け取ると、あけみはすぐに折り返した。エバの番号だったが出たのは世之介で、「さっき病院に着いた」と聞こえてくる。

「ごめん。ちょっと外に出てて。どう咲子ちゃん？」

「良くない……」

「え……」

あけみの声まで雨に打たれる。

「でも頑張ってる。咲子ちゃんもお腹の子も」

「あの……ごはんは？　何か食べたの？　エバくんにも何か食べるように言ってよ」

何もこんな時に、と自分でも思う。だがそれ以外に何も言葉が浮かばない。

「またかけるよ」と世之介が電話を切る。

「うん」と答えたあけみは、

「頑張ってるって。咲子ちゃんも、お腹の赤ちゃんも」と、みんなに伝えた。

まず動き出したのは一歩だった。足元の小石を拾い、雨の中また拝殿へと戻っていく。

そのあとをすぐにあけみも追った。しばらくすると、そんなあけみの耳に玉砂利を踏んでくる大福さんたちの足音がする。

あけみは一歩の隣で手を合わせた。後ろに大福さん、礼二、谷尻くんが立っている。

「頑張れ、咲子ちゃん」とあけみは祈った。

「頑張れ、頑張れ」と。

●

ここは長崎郊外のとある小さな漁港である。もうずいぶんと昔の風景なのだが、美しい浦々や真っ青な空に時代感があるわけもなく、岸壁に打ち寄せる波も大きな雲も、今となんら変わらない。

ただ、よくよく目を凝らしてみれば、港の駐車場に並んでいる車やバイクは、現代のコレクター垂涎（すいぜん）の旧型ばかりで、浦の石段を建築資材を担いで上がっていくのは近所の工務店が飼っているアオという馬である。

さて、このアオが鼻息荒く上がっていった坂道の途中に、一軒の家がある。南斜面の見晴らしのいい土地で、庭先からは港が見下ろせる。この家の縁側でごろんと横になり、客用の座布団を枕に気持ちよさそうに昼寝をしている妊婦がいる。さっきからうとうととしているのだが、港の魚を狙うトンビたちが鳴くたびに、その浅い眠りから引き戻される。

そんな彼女の様子を眺めているのかいないのか、庭の石垣にいつものように野良の姉弟猫が並んでおり、こちらは港でたらふく魚をもらって食べてきたのか、満腹満足の表情での毛づくろいに余念がない。

さて、この縁側でうとうとしている妊婦、名前を横道多恵子（たえこ）という。

そう。世之介の母であり、まさに今そのお腹の中で、燦々（さんさん）と陽（ひ）を浴びて（おそらく）母親と同じようにうとうとしているのが世之介である。

「多恵子さ～ん、多恵子さ～ん」

そんな縁側に聞こえてきたのは同じ浦の主婦仲間、直美（なおみ）の声である。さっきアオが上がっていた急な石段をハーハーと荒い息をしながら上ってくる。

多恵子は重い体を、よっこらしょ、と起こした。

勝手知ったるで庭に入ってきた直美が、

「あら、寝てたの？　そろそろ撮影始まるわよ」と言う。

「あら、もう？　うちのはお昼過ぎからだって言ってたけど」

「午前中に練習風景を撮影して、みんなでお昼食べてるところも撮るんだって」

「あら、そうなの？　じゃあ、お弁当持ってかないと」

「その手伝いに来たのよ」

身重で動きの遅い多恵子を縁側に置いたまま、勝手に直美は台所に上がりこんでいく。

さて、撮影というのは、地元テレビ局によるペーロンの撮影である。では、ペーロンとは何か？　簡単に説明すれば、ここ長崎の浦々で行われる競漕（きょうそう）行事で、漕（こ）ぎ手、舵（かじ）取り、太鼓打ち、銅鑼（どら）叩きと、二十名ほどの男たちがペーロンと呼ばれる長細い船に乗り込み、浦々の代表チームが集まって競漕をする年中行事である。

ちなみにこのペーロンの語は、白竜（パイロン）、飛竜（フェイロン）……とにかく中国から渡ってきたものが訛ったもので、ここ長崎では十七世紀の半ばには根付いていたというから歴史も長い。

このペーロン大会で、毎年のように優勝候補として注目されているのが、多恵子の夫（もうすぐ世之介の父となる）洋造（ようぞう）が青年団団長を務めるこの浦のチームである。

そしてこのチームの活躍を去年から一年かけて地元のテレビ局が取材しているのである。その選手たち用の弁当を抱えて、多恵子たちが港に到着すると、岸壁はユニフォーム姿の男たちとテレビ局の撮影隊、さらに撮影見物に集まってきた浦の女たちでごったがえしている。

重箱を提げた多恵子たちが婦人会の人たちの元へ向かえば、早速副会長が近寄ってきて、「多恵子さんたちのお弁当はテレビ局の人たちに食べてもらってね」と指示をする。

お揃いの黄色いランニングシャツに、黄色いハチマキをした浦の男たちは、公式試合でもないのにやる気十分である。

多恵子が漁協の事務所に重箱を運んでいると、その男たちの中から洋造がこちらに駆け出してくる。

「多恵子！　多恵子！」と呼ぶので、何かと立ち止まれば、「俺、名前決めたよ」と、唐突に言う。

「名前って、この子の？」と、多恵子は自分の腹を撫でた。

「みんな男の子だろうっていうから、まだ男の子の名前だけだけど」

「何？」

「世之介。世に、之に、介」

洋造が指で宙に書いてみせる。

「……世の中の人たちを助けてあげられるような、そんな大きな人間になってほしいって意味を込めて」

「世之介。……横、道、世、之、介」と、多恵子は口にした。すると、まるで返事をするように将来の世之介がお腹の中を蹴ったのである。

「それではみなさーん、船の方にお願いしまーす！　私たちカメラもボートで追いますので、並走する撮影を先にお願いしまーす！」

岸壁にテレビディレクターの声が響く。

「じゃ、ちょっと行ってくるよ」

ハチマキを巻き直した洋造が、多恵子ではなく、多恵子の腹に向かって言い、

「みんなー、乗船！」と、チームメイトの元へ駆け戻っていく。

洋造を見送った多恵子は、またなんとなく腹を撫でながら、「……世之介」と呼んでみた。すると、またコツンと腹を蹴ってくる。

「あんた、そこからどんな風景が見えてるの？」と、多恵子は腹に笑いかけた。

「……名前、本当に世之介でいいの？　世の中の人たちを助けるような人になれるの？　ちょっ

と荷が重くない?」と。

何やらニヤニヤしている多恵子の元に寄ってきたのは婦人会の副会長で、「何よ、多恵子さん、そんな幸せそうな顔して」と笑う。

多恵子は、「別になんでもないです」と急いで弁当を事務所に運んだ。

再び外へ出ると、みんなが岸壁の上にずらりと並んで、沖で始まったらしい撮影を見学している。

多恵子もその列に加わった。大きな腹を抱えて岸壁をよじ登ってきた多恵子を、「あんたも、危ないわね」と、直美が引っ張り上げてくれる。

「どこ?」と、多恵子は目の前の海を見渡した。

「ほら、あっちから出てくるよ」

岬の向こうから洋造たちが上げる威勢の良い掛け声が潮風に乗って聞こえてくる。

「ヨーイヤーサー!」

掛け声に合わせてペーロンのスピードが上がり、スピードが上がるにつれて、銅鑼や太鼓が打ち鳴らされる。キラキラした海と、どこまでも澄んだ青空とを縫い合わせるように、洋造たちが漕ぐペーロンが進んでくる。

「お父さーん、ガンバレー!」

横で直美が公式試合さながらの声援を送ると、岸壁に笑い声と拍手が起こる。

「ほら、多恵子さんも応援してよ」

直美に言われ、多恵子は大声を出そうとまず深呼吸した。

「お父さーん！　ガンバレー！」

多恵子はそう声を張りながら腹を撫でた。初めて洋造のことを、「お父さん」と呼んだ瞬間だった。

どれくらい沖合での撮影が続いただろうか、すでに見飽きたらしい婦人会の年長者たちは岸壁を離れ、漁港の事務所でお茶を飲んでいる。

多恵子と直美はなんとなくそのまま撮影を見るともなく岸壁に座り込み、幼稚園に通っている直美の息子の話をしていた。

この幼稚園は女子校の付属らしく、保育科の生徒が研修を兼ねて子供たちの世話に来るらしいのだが、直美の息子がこのお手伝いの女子高生に惚れてしまい、「僕もお姉ちゃんと同じ学校に行く」と言って聞かないのだという。

「あの学校は女の子じゃないと行けないのよって言えば、男の子と女の子の何が違うのかってうるさいし。もし入学できたとしても、その頃、そのお姉ちゃんはもう卒業してるって言えば、もう明日入学するって癇癪起こすし」

直美の話に笑いながら、いつも青洟を垂らしている周平も、もう恋の悩みかと多恵子は頼もしくなる。

沖での撮影もそろそろ終わるらしく、右に左に行ったり来たりしていた洋造たちの船と撮影隊のボートがゆっくりとこちらに近づいてくる。

「さて、私たちも戻ってお昼の準備しないと」

直美と一緒に立ち上がり、岸壁の上から降りた瞬間である。

多恵子はスーッと血の気が引いて、思わず直美の肩を掴んだ。

「大丈夫？」

慌てる直美に、「うん、大丈夫。ごめんなさい」と謝ろうとしたのだが、その口がもつれてしまい、次の瞬間、下腹を突き上げるような激痛が走る。

「うぅ……」

呻(うめ)きながら多恵子はしゃがみ込んだ。

「大丈夫？　多恵子さん？」

直美が背中をさすってくれるが、さらに痛みが増してくる。

「痛ッ、痛い……」

顔から血の気が引いているのがはっきりと分かった。何かを掴んでいないと、そのまま自分がどこかに引きずり込まれるようだった。

下半身が重く不快な感覚に包まれたのはその時で、おそらく服を染める血が見えたのだろう、とつぜん立ち上がった直美が、

「誰かー！　助けてー！　誰かー！」

と、漁協に向かって叫んだのである。

多恵子の目に、漁港の事務所から駆け出してくる婦人会の人たちの姿が見えた。

しっかりと肩は直美が抱きかかえてくれているが、すでに下半身はどこかに抜け落ちてしまっているような感覚だった。ただ、もう下半身はそこにないのに、激しい痛みだけが襲ってくる。

「どうしたの?」

「いやだ……。血じゃないの……」

「病院! 誰かすぐ車!」

「早く、洋造さん呼び戻して!」

婦人会の人たちの声が遠くなる。多恵子は意識を失った。

勤め先の商工会議所で仕事を終えると、洋造は毎晩のように職場の近くにあった喫茶店に寄っていた。

いわゆるジャズ喫茶で、ナポリタンなども美味かったので、学生の客がたむろしていた。

そんな中、ネクタイを締めた洋造は少し浮いた存在だったが、この店に通っていたのは、ここでアルバイトをしていた多恵子に一目惚れしたからである。

元はといえば、洋造が勤める商工会議所にコーヒーの出前を届けに来たのが多恵子だった。その時、勘定のやりとりでみせた多恵子の笑顔を、洋造は忘れられなくなったのである。

洋造は一年通った。一年通って、初めて多恵子と二人きりになれた瞬間があり、勇気を出して映画に誘った。

その際、焦ってしまったこともあり、「網走番外地シリーズ」と「キングコングの逆襲」の二択にしてしまった。

当然、多恵子の反応は悪く、すぐにもう一択出さなければと焦ったのだが、「じゃ、キングコングで」と、なんと多恵子がこの初デートには最悪な二択から選んでくれたのである。

初めてのデートで「キングコングの逆襲」を観た帰り、二人はデパートのレストランに寄った。休日の昼間で子供連れも多く、中には両親がどんなに説得しても、大きなテーブルの下から出てこない男の子もいた。

そんな騒がしい店内で、洋造は自分の気持ちを伝えた。できれば結婚を前提にお付き合いしたいと。

多恵子からは少し時間が欲しいと言われた。それでも近いうちにまた映画を観に行くことは承諾してくれた。

「もし子供が生まれたら、男の子でも女の子でも、僕は大学に入れたいんです」と洋造は言った。隣のテーブルで、おもちゃを奪い合って父親にしこたま叱られた兄弟が大泣きしている時だった。

「……僕は高校しか出ていないので、自分の子供は大学に入れてあげたいんです。それこそ東京の大学になんか行ってくれたら、どれほど嬉しいだろうかと思うんです。そこで勉強して、いろんな人と出会って。僕はそう考えただけで、もう嬉しいんです」と。

少し時間をくれ、と言っていたはずの多恵子が、「私でよければ、お付き合いして下さい」と言ってくれたのは、この日バス停で別れる間際だった。のちに分かることだが、洋造の子供に対する言葉が決め手となったらしい。ふいにもらえた返事に、洋造は思わず涙をこぼした。

分娩室と書かれた部屋から、白衣を血で汚した看護婦が出てくる。

廊下のベンチに座っていた洋造は思わず立ち上がり、また声をかけようとしたのだが、看護婦の方から先に、「詳しい話はのちほど先生からありますので、もう少しこちらでお待ち下さい」とすぐに遮られた。

洋造はペーロンのユニフォームのままである。さすがにジャンパーは羽織っているが、黄色いハチマキはそのままで、汗でぐっしょりと濡れている。

多恵子が運び込まれたのは、日ごろから通っている小さな産婦人科である。すでに日も暮れ、待合室には洋造しかいない。普段は気にもならない消毒液が入ったホーローの洗面器が、なぜかとても洋造を不安にさせる。

病院のドアが荒々しく開いたのはその時である。洋造の母を迎えに行ってくれていた浦の人々が、うろたえるその母ナツを支えるように入ってくる。

「洋造……。多恵子さんは？」

浦の人たちに支えられるように入ってきたナツが、震える声で尋ねる。

「頑張ってる。……多恵子も、お腹の子も、一生懸命、頑張ってる」と洋造は答えた。

すると、スリッパも履かずに待合室に上がってきたナツがその着物の胸元から位牌を取り出し、待合室のテーブルに並べる。

「おばさん、何してんの?」

慌てた浦の人が止めようとするが、ナツは意に介さない。

ナツが並べたのは、洋造が五つの頃に亡くなった夫の位牌をはじめ、これまで戦争や病気で亡くなってきた横道家の先祖たちのものである。

洋造はただ啞然(あぜん)として、母ナツを見つめていた。

ナツは丁寧に位牌を並べ終わると、その前に正座し、強く手を合わせた。あまりにも強く合わせているせいで、その手がプルプルと震え出している。

「お父さん、多恵子を助けて下さい。お腹の子を助けて下さい」

ナツがテーブルに額をこすりつけるように拝む。

「……ご先祖様。多恵子をお助け下さい。お腹の子をお助け下さい」

一心に手を合わせるナツを呆然と見つめていた浦の人たちが一人二人とその背後に正座し、見よう見まねで手を合わせ始めたのはその時である。

ナツをはじめ、浦の人たちは決して信心深いわけではない。浦にある菩提(ぼだい)寺の和尚とは日ごろから仲は良いが、あまり酒癖がよろしくなく、葬儀や法事のあとの飲み会などでは必ずと言っていいほど、その家の若い娘が顔を赤らめるような話をするものだから、浦の人たちは和尚のことを裏で「エロ坊主」と呼んで笑っている。

そんな不信心者たちばかりなのだが、今日ばかりはナツとともに「南無妙法蓮華経(なむみょうほうれんげきょう)」だの「南無阿弥陀仏(なむあみだぶつ)」だの「般若波羅蜜多時(はんにゃはらみたじ)」だの、自分の知っている念仏や経文をとりあえず唱え、

「多恵子さん、頑張れ。腹の子、頑張れ」と応援してくれているのである。

そんな浦の人たちの祈りが届いているのかいないのか、分娩室から聞こえてくるのはさっきよりも苦しそうな多恵子の叫びである。

洋造は分娩室からの声に耳を塞ぐようにして、ナツの隣に正座した。

同じように手を合わせ、

「親父、ご先祖様。これまで仏壇に手も合わせず、ごめんなさい」

と、まず大声で謝り、

「……でも、親父、ご先祖様。今日ばかりはお願いします！　多恵子を助けてやって下さい。お腹の子をお救い下さい。普段墓参りに行かず、本当にすみません。これからは盆暮れに必ず行きます。だから、どうか、多恵子を助けてやって下さい。お腹の子を、お救い下さい」

気がつけば、涙声でそう繰り返していたのである。

思い出されるのは、多恵子から妊娠を告げられた日のことである。

桜が満開の季節で、天気もよく、誰もが心を奪われた一日だった。

洋造がいつものように仕事を終えて商工会議所を出ると、なぜかそこに多恵子が立っていた。会議所の玄関前に、立派な桜の木があった。多恵子は舞い散る花びらの中に立っていた。

「どうした？」

驚く洋造に、

「パパ」と、多恵子が微笑む。

「え？」と洋造は目を丸めた。

「……ええ？」

もう一度、確かめるように声を上げると、

「そう」と多恵子が頷く。

人目も憚らず、洋造は桜吹雪の中で多恵子を抱きかかえた。抱きかかえてすぐ、腹の子がつぶれやしないかと心配になって離した。

「本当に？」と洋造は改めて尋ねた。

「ええ。今日、病院でちゃんと診てもらいました」

もう声が出なかった。人間というのは嬉しさの度を超えると、こんな心持ちになるのかと、洋造は初めて知った。

急に世界がぐんと広がって見えるのである。いや、まるでもう一つとっても素晴らしい世界が目の前に生まれたようだったのである。

分娩室のドアが突然開いたのはその時だった。待合室で一心に念仏を唱えていた洋造たちは一斉に口を噤んだ。

出てきたのは、血に汚れた白衣を着た医者である。医者は何事かと、迷惑そうに待合室に座り込んでいる洋造たちを見渡す。

医者にギロリと睨まれ、洋造たちは手を合わせたまま、さらに緊張した。

いつもは絵本に出てくる酔っ払ったタヌキのような先生が担当してくれているのだが、今日は違う医者だった。

タイミング悪く、今日に限ってそのタヌキ先生が大阪で暮らす一人娘の結婚式に出かけており、不在なのである。そして代わりに市内の大学病院から臨時でやってきた医者がギロリと浦の者たちを睨みつけるのである。

もちろん臨時の先生も立派な経歴を持ったベテラン医師である。大学病院からだといって、学生に毛の生えたような頼りない若者が来ているわけでもない。

ただ、悪気はないのだろうが、その態度というか言葉遣いが、洋造にはどこか冷淡に見えて仕方がない。

酔っ払ったタヌキのような医者の方が、時には頼もしく見えることもあるのだと、さっきから心配半分腹立ち半分でいたのである。

待合室で手を合わせている洋造たちを一瞥したその医者が、何も言わずに分娩室に戻ろうとする。

洋造は慌てて立ち上がり、「先生！　先生！」と、あとはもう這うようにしてその白衣を摑んだ。

「あなたが旦那さんですか？」

「はい、そうです。多恵子の夫です」

「旦那さん、はっきり言いますね。奥さんですが芳しくありません。私たちも最善は尽くしますが、お約束はできません」

医者がそれだけ言って、また分娩室へ戻ろうとする。

ああ……、と、背後で誰かの悲壮なため息が立つ。

洋造はすがるようにその腕を摑んだ。

「芳しくないってどういうことですか？　お約束はできませんってどういうことですか！」

気がつけば、医者の胸元に摑みかかっていた。

その声は上ずり、呼吸が乱れる。

決して楽観していたわけではないが、まだ心のどこかで、「ああ、よかった。心配したよ」と数時間後には病室で微笑み合っている多恵子と自分を想像していた。

それなのに、何かを約束ができないと医者が言う。その何かも言わずに、また自分の前から姿を消そうとしている。

洋造は医者の白衣を放さなかった。

医者ももう無理に振り払おうとはせず、洋造に揺らされるままになっている。

「先生！　先生！」

「旦那さん、落ち着いて下さい。ちゃんと話しますから」

「落ち着けるわけないじゃないですか」

医者の言葉に、洋造はやっと白衣を放した。

「……原因はまだ特定できませんが、切迫した状況です。現在、奥さんに意識はあります。ただ、このままの状況が続けば、奥さんか、お腹のお子さん、どちらかに命の危険が及びます」

このあたりでまたナツが念仏を唱え始めた。その声は震え、涙声に近い。

しかし医者は冷酷に続ける。

「……もし、二人とも無事だったとしても、お生まれになったお子さんの命はそう長くないかもしれません」

「そんな……」

「ただ、私たちも精一杯のことはします。できる限りのことはしますので」

洋造は最後まで医者の話を聞いていられなかった。知らず知らずに膝から力が抜けていき、その場に跪(ひざまず)いていた。

そんな洋造を置いて医者が分娩室へ戻ろうとする。

「先生！」

洋造は土下座していた。

「……先生。助けてやって下さい！　私の子を助けてやって下さい！　どんなに短くったっていい。もし人の半分しか生きられないんだったら、私が人の二倍、この手でその子を抱きしめますから。もし人の十分の一しか生きられないんだったら、人の十倍、私がその子とキャッチボールしますから。……お願いします。たとえ、たったの一日しか生きられないとしても、私が……、一生分その子の名前を呼び続けますから。だから……お願いします。……先生、お願いします」

分娩室に戻ろうとしていた医者が、洋造の元へ戻ってくる。そしてその肩を叩き、

「私たちも精一杯のことはします」と、さっきと同じ言葉を繰り返す。

洋造は床を見つめたまま、「お願いします」と呟いた。

背後から浦の人たちの声がする。

「頑張れ、多恵子。頑張れ、洋造の子。待ってるからな。頑張れ、頑張れ」と。

その頃、分娩室では多恵子がこの世のものとは思えないような激痛と闘っていた。

下腹部が重い岩の下敷きになっているような痛みが走る。奥歯を噛み締め、嗚咽(おえつ)を堪えていると、今までの痛みが嘘のように引く。

ただ、乱れた息を整える間もないうちに、今度は全身から血が抜けていくような、体がベッドマットを抜けて、どこまでも落ちていくような感覚に襲われ、多恵子は思わず悲鳴を上げる。

横に立つ看護婦が、「横道さん、頑張って。大丈夫ですよ。大丈夫ですから」と、強く手を握ってくれるが、いくらその手にしがみついても、体が落ちていく感覚は治まらない。

多恵子は自分が意識を失うのが分かった。その瞬間、ドアの向こうから洋造の声が聞こえた。

「先生、お願いします。先生、お願いします!」

洋造がそう繰り返している。

あれは何度か映画デートを繰り返したあとだった。

ペーロン大会があるので、応援に来てくれないかと洋造に誘われた。

洋造の生まれ育った町の名前を多恵子は知っていた。訪れたことはなかったが、バスで海水浴へ向かうその途中に、その町名を冠したバス停があり、小高い県道のバス通りから小さな港を囲む集落が見下ろせた。

なぜか多恵子はこの集落を見下ろすたびに懐かしさを感じていた。もちろん訪れたこともなく、洋造のことも知らない時である。

今思えば、洋造とこの集落で暮らすことを予知していたとしか思えない。

誘われたペーロン大会は日曜日だった。

洋造の母親や親戚たちもいるというので、多恵子はまるでお見合いのような格好だった。

バス停で降りると、洋造が待っていた。いつになくおめかしした多恵子に驚きながらも、

「来てくれてありがとう。みんな、待ってるよ」と迎えてくれた。

小さな港はペーロン大会の関係者や観客たちでごった返していた。

まず洋造の実家に挨拶に行った。聞いていた通り、こちらも港同様、家族や親戚たちでごった返しており、落ち着いて挨拶という雰囲気でもない。

それでも洋造から腕を引かれ、家の中に上がり込むと、応援用の大きな大漁旗を運び出そうとしている洋造の母、ナツがいた。

「お母ちゃん。連れてきたよ。こちらが多恵子さん」

と、洋造が乱暴に紹介する。

あまりにも慌ただしい紹介に、多恵子がオタオタしていると、大漁旗を襖（ふすま）に立てかけたナツが、まずほっかむりをとり、

「あんたが多恵子さん？　いらっしゃい」

と、その場に座り込む。

多恵子も慌てて正座した。

「洋造がお世話になっております。どうぞ、どうぞ、よろしくお願いいたします」

ナツに手を取られた。長く漁師町で働いてきた女の手だった。分厚くて、硬い手のひらだった。

「……うちは男親がおらんもんですから、何かと心細い思いをさせるかもしれませんが、私が多恵子さんのことは守りますから。男親がおらん分、私が精一杯のことはさせてもらいますから」

そんなナツの手のひらから、はっきりと伝わってくる。彼女が洋造という息子を大切に育ててきたという自信と愛情が。

多恵子はナツの手を強く握り返した。

「こちらこそ、どうぞよろしくお願いします」

二人の頭の上では、大漁旗が広げられ、昼食用の弁当やお茶のやかんがあっちからこっちへと手渡されていた。

とても落ち着ける状態ではなかったのだが、それでも多恵子はなぜか、ああ、私の幸せはここにあるんだ、と直感できた。

大会開始時間になると、ナツたちに連れられて多恵子も岸壁に出た。

岸壁はすでに各所ペーロンの応援団たちが陣取っている。派手な大漁旗がはためき、太鼓やラッパが鳴り響いていた。

多恵子は岸壁に立った。磯の香りが濃かった。港内に並んでいたペーロンが一艘(そう)ずつ岸壁を迂(う)回(かい)して外海へ出ていく。その一艘に多恵子は洋造の姿を見つけた。お揃いのハチマキをして、みんなで力強く櫂で漕いでいる。

「洋造、頑張れ！」

横でナツが声を上げた。

「洋造さん！　頑張れ！」

思わず多恵子も続いた。

声に気づいた洋造が、櫂を握ったまま腕を上げる。水しぶきが眩しいほどキラキラと散った。


半醒半睡の中、多恵子はどうしてこんな時に、初めてペーロン大会を見にきた時のことを思い出すのだろうか不思議だった。

さっきよりも少しだけ痛みが治まってきたのは、痛み止めの注射が効き始めたためらしいことは、医者と看護婦の話で分かった。

ただ、すぐ横に立っている医者や看護婦の声が、時に遠い海の方から、時に耳元で怒鳴られているように聞こえてくる。

すでに多恵子には意識がないと思っているのか、医者たちの話す内容には遠慮がなく、

「万が一の時はどちらを助けるか、旦那さんに確認してもらえ」

「私がですか？」

「私は手が離せないだろ！」

という恐ろしい会話が聞こえる。

多恵子は薄い意識の中で、それがどういう意味なのかを必死に考えようとする。万が一というのがどういう時なのか。どちらを助けるかの、どちらというのが、誰と誰を指しているのか。ただ、ちゃんと理解しようとした途端、恐ろしくなる。

それでも多恵子は堪えた。ここで自分が負けたら、このお腹の子を救えないと。どこまでも落ちていきそうな恐怖感の中、必死に腕を伸ばし、何かに摑まろうとする。

「先生。お願いします……」

多恵子は絞り出すように声を出した。

まだ意識があったことに医者が驚く。

「……先生」と多恵子はまた声を絞り出した。

「……先生、私のことはいいですから、万一の時は必ずこの子を助けて下さい。……この子をね、待ってる人がいっぱいいるんです。この子が生まれてくるのを、どこかで待ってる人たちがいっぱいいるんです。この子と一緒に笑ったり、泣いたりするのを待ってる人たちがいるんです。……だから先生、お願いします。この子の方を助けてあげて。この子をそんなみんなに会わせてあげて。きっと人生のいろんなところで、この子を待ってる人たちがいるんです。だからどうか、この子をその人たちに会わせてあげて」

きちんと伝えられたのかどうか、多恵子には分からなかった。ちゃんと声になっていたのかどうか。ちゃんと医者が聞いてくれたのかどうか。

薄れていく意識の中で、洋造たちが漕ぐペーロンが沖合を疾走していく。どこまでも続く水平線に銅鑼や太鼓の音が響いている。

●

すでに深夜だが、ドーミーの食堂は明々(あかあか)と蛍光灯に照らされていた。普段なら電化製品の電源ランプだけが、蛍のようについている時間である。誰もいないその食堂にトイレから戻ってきたのはあけみで、トイレに立つ前にも確認した携帯に、世之介からの着信がないかまた見てみる。しかし着信はない。

あけみは椅子に座り込んだ。自分がここで待っていても仕方がないのは分かっているが、それでも咲子の病院にいる世之介から何らかの連絡がないと寝るに寝られない。

ドーミーの住人たち総出のお百度参りから戻ってきたのは二時間ほど前である。

結局、最後まで雨は止(や)まず、傘をさしていたとはいえ、帰宅したみんなはずぶ濡れだった。順番に風呂に入り、出てきた順に、あけみが作ったチャーハンを食べた。

ただ、食べ終わっても、誰も部屋へ戻らなかった。

とはいえ、ここで顔を突き合わせていたからといって咲子の状態が好転するわけでもない。

そう礼二が口火を切ると、一人二人と部屋へ戻り、今あけみだけが残っている。

あけみは壁時計を見た。五分ほど早めているので、ちょうど深夜一時を回ったところである。

もう一杯だけお茶を飲んで部屋に向かおうと立ち上がった時、玄関が開いた。

あけみが廊下へ駆け出せば、外の雨から逃れるように世之介が入ってくる。

「どう？」

あけみは様子を窺うように声をかけた。

「病院には泊まれないから一旦帰ってくれって」

「エバくんも？」

「いや、エバだけ残ってる」

世之介の表情からあまり状況が良くないことが分かる。

「何か食べる？　ラーメンならすぐ作ってあげられるよ」

「うん、大丈夫。ありがと」

そう答えながら世之介が階段を見上げる。つられてあけみも視線を向ければ、物音に気づいたらしい一歩が立っている。

「さっきまでみんなでお百度参りしてたのよ」と、あけみは言った。

「……バカみたいだけど、何かできればと思って」と。

「お百度って、このお百度？」

世之介が手を合わせてその場で行ったり来たりする。

「そう、そのお百度」

「どこで？」

「そこの神社」

「みんなで?」

「そう、みんなで」

二人は食堂に入った。冷蔵庫から麦茶を出す世之介の肩に、あけみはバスタオルをかけた。

「それで、咲子ちゃんの様子は?」

思い切ってあけみが尋ねると、麦茶を一口飲んだ世之介が、

「咲子ちゃんの容態はなんとか持ち直してきたらしいんだけど、赤ちゃんの方が……」

と、椅子にへたり込む。

あけみは返す言葉もなく、世之介の肩にかかったバスタオルで、その髪を乱暴に拭いてやった。

「俺も行こうかな」

世之介がそう呟いたのはその時である。

「行くってどこに?」

思わず尋ねたあけみに、「お百度」と世之介が答える。その目は真剣で、すでに立ち上がりかけている。

「こんな時間から? 私たちが全員でお参りしてきたから大丈夫よ。少しは寝といた方がいいよ。エバくんからいつ連絡が来るかもしれないんだし」

あけみは止めようとするが、世之介はもう動き出している。

「ちょ、ちょっと……」

玄関へ追いかけたあけみは、靴を履く世之介の横で思わず自分も靴を履いた。

「だったら、私も一緒に行くよ」

「だってあけみちゃんはもう……。いいよ、一人で行ってくるから」

「どうせここで待ってたって眠れないもん」

決まれば動きが早いのはあけみも同じである。突っ立っている一歩に、「ごめん。台所と食堂の電気消しといて」と告げて、あとは世之介の背中を押すように玄関を出る。

「いいって、一人で行くから」

「いいから。それよりこっちの傘持って。そんな小さいビニール傘ダメよ」

雨の中、なんだかんだと言い合いながら出ていく二人の会話が、玄関で見送る一歩の耳にだんだんと遠くなる。


「世之介、まだ起きてるの？」

襖の隙間から漏れる光に目を覚ましたのはあけみである。

枕元の時計を見ると、まだ朝の六時前で、カーテンを閉め切った部屋はまだ真っ暗である。世之介と二人でお百度参りして戻ってきたのが、ついさっきである。

「ごめん。起こした？」

襖の向こうから世之介の声が返ってくる。

あけみはベッドを下りると、襖を細く開けた。

布団の上にあぐらをかいた世之介が、テーブルで何か書き物をしている。誰かへの手紙らしく、テーブルには書き損じた便箋がいくつも丸まっている。

「手紙？　こんな時間に？」と、あけみは改めて尋ねた。

「うん、ちょっと」と世之介がペンを置く。

あけみはカーテンを少し開けた。雨は上がっているようだったが、まだ空は厚い雲で覆われている。

「もう少し寝といた方がいいよ」

あけみが声をかけると、何やら書き上げたらしい世之介が、

「うん、寝る」

と答えながら丁寧に折った便箋を封筒に入れる。

あけみはまた襖を閉めてベッドに戻った。寝支度をする世之介の物音をしばらく聞いていたが、いつの間にかまた眠ってしまったようだった。

あけみが世之介の声に起こされたのは、それからすぐのことだった。

「生まれた？　咲子ちゃんは？　うん、分かった。とにかく良かった。すぐ行くから。エバ、大丈夫だから、しっかりしろよ」

あけみは夢を見ているのかと思った。夢の中で、世之介は満面の笑みを浮かべている。ああ、無事に赤ちゃんが生まれたんだ、とあけみは喜んだ。しかし世之介が微笑むその場所が病院であることに気づき、ああ、やっぱり夢なんだ、と飛び起きる。

襖が開いたのはその瞬間だった。

「ごめん、あけみちゃん。病院行ってくる」と、世之介が立っている。

あけみは頷くのがやっとだった。

「赤ちゃん、生まれたよ。女の子。まだこれからのことは分からないけど、生まれてきてくれた」

そのまま部屋を出て行こうとする世之介に、「咲子ちゃんは？」と、あけみは尋ねた。

振り返った世之介が、

「咲子ちゃんは意識もあって、まだはっきりとは言えないけど、医者ももう心配ないだろうって」と答える。

「私も行った方がいい？」

「何かあったら電話するから」

部屋を出た世之介が洗面所で顔を洗う水音がした。ちゃんと拭いたのかどうか、今度は足音が玄関に向かう。

その時、誰かが階段をかけて下りてくる足音がした。

「おう、一歩か。お前、起きてたの？」

下りてきたのは一歩らしく、靴を履きながらの世之介の声がする。

「……今、生まれたよ。女の子。まだ危険な状態で、先のことは分からないらしいけど、今、一生懸命頑張ってるって。頑張って生きようとしてるって」

はっきりと世之介の声がする。

あけみは布団の中で思わず手を合わせた。

「頑張れ。頑張れ」と。

雨が上がり、東の空が明るくなっている。

大きな総合病院である。廊下にずらりと並んだ小窓から差し込んだ日が、リノリウムの床に並んでいる。

ガランとしたその廊下のベンチで深く項垂れているのはエバである。

咲子は睡眠剤で眠っており、生まれた赤ん坊はそのまま集中治療室へ運び込まれ、父親であるエバは、まだその子を抱くことはおろか、顔を見ることも、その声を聞くことも許されていない。医者や看護師からは、あとはしばらく様子を見るしかないので、自宅で待機するように言われているのだが、だからと言って帰れずにいるのである。

エバは自分の両手のひらを見つめた。「もうちょっとだけ待っててね。すぐにこの手で抱いてあげるからね」と心の中で呟く。

夜間用の出入口が開いたのはその時だった。

顔を上げれば、駆け込んできたのは世之介で、ベンチにいるエバを見つけるなり、

「大丈夫だよ。大丈夫」

と、エバにというよりも、自分に言い聞かせるように繰り返す。

「赤ん坊はまだ集中治療室に。しばらくそこで様子を見るって」

エバはベンチから立ち上がった。

「咲子ちゃんは？　心配ないんだろ？」

「医者はそう言ってます」

「良かった……。大丈夫だよ。赤ちゃんも絶対に大丈夫」

肩を叩く世之介の手が重かった。エバはまたベンチに腰を下ろした。

横に座った世之介が、「咲子ちゃんのお兄さんたちは？」と訊いてくる。

「連絡はしたんですけど、医者が自宅で待機するように言ってるんだったら、自分たちは家で待つって」

言いながら、エバはつい語気を荒らげた。

医者の言う通りにするという義兄たちに間違ったところはない。それはエバ自身にも分かっている。だが、なぜか寂しくなる。なぜか腹も立っているのである。

そんなエバの気持ちを察したのか、

「エバ、いいか。お兄さんたちを悪く思っちゃダメだぞ」

と、世之介がまた肩を叩いてくる。

「……お兄さんたちだって、きっと眠らずに咲子ちゃんやお腹の子のことを心配してたはずなんだから、いいか、人って本当にそれぞれなんだよ。心配のし方、喜び方、怒り方、悲しみ方……、本当に人それぞれなんだよ」

エバとしても、そんなことは分かっているつもりである。それでも腹が立ってしまうのである。

「分かってますよ！」

思わず世之介に八つ当たりするようにエバは怒鳴った。

その肩にまた世之介が手を置く。

エバは払おうとするのだが、その手が重くてどうしても肩を揺らせない。

「エバ、前に俺に頼んだことあったろ？」

「頼んだこと？」

「ほら、名前だよ。生まれてくる赤ん坊の名前を考えてくれないかって」

「ああ」

エバは思わず肩を落とした。ついでに深いため息まで出てくる。

確かに頼んだが、何もこんな時に……、と、世之介の無神経さが恨めしくなる。その赤ん坊が今、生きるか死ぬかの瀬戸際なのだ。

「永遠ってどうかな？　永遠って書いて『とわ』」

エバは顔を上げた。そして横にいる世之介を見つめた。

「まあ、いろいろ理由はあるんだけどさ……」

そう言いながら世之介がポケットから封筒を取り出す。

「……口で説明するのも照れくさかったから、手紙にしてきたんだよ。あとで、落ち着いたら読んでくれよ」

世之介が封筒を押しつけてくる。

「これ、いつ書いたんですか？」と、エバは尋ねた。

「今さっき」

「今さっき？」

「いや、ずっと考えてたんだぞ。お前に名前をつけてくれって言われた日から、わりと真剣にずっと。で、いろいろ候補も挙がったんだけど、やっぱりこれしかないって」

エバは封筒を受け取った。

「永遠……」と口にしてみる。

「そう。永遠。……江原永遠」と、世之介がそのあとに続く。

「……どうかな？」

世之介に訊かれ、エバは改めて我が子の名前を心の中で呟いてみた。

「……永遠、頑張れ。永遠、頑張れ」と、気づけばそう繰り返していた。

「永遠、江原永遠」

「もちろん、あれだぞ。候補の一つとしてだからな。別にこの名前にしなくても、ぜんぜん大丈夫だから。ただ、候補として、俺が考えたのは、これって話だから」

黙り込んでしまったエバを前に、世之介が慌てる。

おそらく反応が悪いと勘違いしたのだろうが、エバからすれば、集中治療室で今、必死に闘っている自分の娘は、もう「永遠」以外の誰でもない。

なぜか、ずっと彼女を待っていたような気がした。咲子から子供ができたと告げられた時よりももっと前、咲子と出会った時、いや出会う前、カメラマンになると決意した時、いや、そのもっと前から、ずっと待っていたような気がしてならない。

永遠に出会えることを。この手で永遠を抱きしめてやる日のことを。ずっと待ち続けていたような気がしてならない。

「永遠は、今、一生懸命頑張ってます」と、エバは言った。

「うん」と、世之介が強く頷く。


年季の入った万国旗や提灯(ちょうちん)が夜風に靡(なび)いている。蒸し暑い夏の夜ではあるが、高層ビルに囲まれたこのビアガーデンは、ものすごいビル風が吹き抜けていく。そんな突風に、枝豆のザルやプラスチックのコップが飛ばされ、あちこちのテーブルから悲鳴が上がる。

とはいえ、店員たちは慣れたもので、華奢(きゃしゃ)な女の子が平気で大ジョッキを六つほど両手に抱え、「お待たせしましたー」と客席に運んでいく。

そんな店員さんをぼんやりと目で追っているのは世之介である。約束した室田がまだ到着しておらず、かといって、一人で先に始めてしまうのもあれなので、退屈しのぎにバイトの女の子を眺めたり、万国旗の国名を当てたりしているのである。

「ごめん、ごめん！　遅くなった」

そこへやっと室田がやってくる。ここの常連らしく、途中で店長らしき男に注文まで済ませ、席に着くなり、「とりあえず大ジョッキにした」と事後報告である。

「お疲れ様です」

世之介が迎えると、

「お前の連載、最近もずっと評判いいよ。この前なんて、事業部の部長に珍しく呼び止められて、何かとビクビクしてたら、お前の連載のこと褒められた」と、長く待たされた甲斐もある話をしてくれる。

そのあたりで早速、大ジョッキがくる。運んできたのはさっきの女の子で、大ジョッキ二つくらいだと物足りなそうである。

枝豆、唐揚げ、ポテサラ、焼き鳥と、古き良きビアガーデンの定番メニューを注文すると、その室田がふと思い出したように、

「で？　どうなんだよ、エバだっけ、お前の後輩の子の様子」と表情を変える。

「頑張ってますよ。保育器の中で一生懸命。この前も会いに行ったんだけど、こんなにちっちゃいんですよね」

世之介は一旦手でその大きさを表そうとしたが、目の前に箸や紙ナプキンの入ったカゴがあり、「……そうそう、まだこれくらい」と、愛おしそうにカゴを抱いてみせた。

「医者は？　なんて言ってんの？」

「命に関わる大きな山は越えたって。あとはゆっくりと見守っていくしかないって。障害が残るかもしれないし、そうじゃなくなる可能性だってまだ十分にあるって」

世之介が抱いていた小さなカゴを室田が優しく受け取る。

とりあえずジョッキを合わせて乾杯した。

連載が順調に進んでいるので、近いうちにお祝いをしようと言いながら、室田も世之介もなんとなく時間が取れずに延び延びになっていた会である。

世之介は大ジョッキの半分ほどを一気に飲み干した。五臓六腑（ごぞうろっぷ）に染み渡るとはこのことで、体中から力が抜けていく。ここ最近、知らず知らずのうちにずっと体が緊張していたのだろうと今さら気づく。

「お前、なんかちょっと疲れてんな」

まじまじと室田に見つめられ、「そうですか？」と世之介は自分の顔をさすった。

「目の下、クマあるし」

「ああ、最近寝つき悪いんですよね」

「その子が心配で」

「まあ、それもありますね。なんていうか、俺よりもあけみちゃんが深刻で、前に二人でくだらない話したんですよ。『サザエさん』とか『ちびまる子ちゃん』の家って、いかにもこれが普通の家族ですってイメージだけど、にしては病人が出てこないなんて」

「それがどうした？」

室田じゃなくても、この話がどう前の話に繋がるのか分かるはずがない。

「いや、だから。自分たちがそんな不謹慎な話をしたから、エバと咲子ちゃんの子が、こんな目に遭ったんじゃないかって」

「ええ？」

室田でなくとも、ええ？　であるが、話している世之介は真剣である。

「いや、もちろん、そんなことないって俺もあけみちゃんも分かってますよ。でもほら、こういうのって、そういう風に考えちゃうと、なかなか抜け出せないっていうか」

「じゃあ、自分たちのせいでこうなってると思ってんの？」

「いや、そこまで思ってないですけど」

「けど？」

「やっぱりほら、気になるから、二人して毎日早く目が覚めちゃうもんだから、毎朝、神社にお参りに行ったりして……まあ、毎朝ってのは大げさですけど、目が覚めちゃうと、もう行かないと落ち着かないっていうか」

毎朝ってのは大げさですけど、と世之介は言葉を濁したが、実際には毎朝、世之介とあけみは神社に詣でている。あけみに至っては毎朝どころか夕方にもお参りに行っているという話を、世之介は大福さんから聞いてもいるのである。

「そりゃ、可愛い後輩のことだから心配なのは分かるけどさ。お前たちが寝不足になって体を壊したら元も子もないだろ」

室田が枝豆を口に放り込む。

「そりゃそうなんですけど」

「肝心のエバくんたちはどうしてんの？　大丈夫なのか？　体とか壊してない？」

「いや、親になるって、やっぱりすごいことなんだなって、改めて思ってますよ」

とつぜん世之介が感心しきりとばかりに唸りだす。

「……エバも咲子ちゃんも、もう完全に腹を括ってるっていうか、自分たちの娘がこの先どうなろうと、何が起ころうと何が起こるまいと、もう全力でこの子を守るっていう覚悟ができてるっていうか、その気迫がヒシヒシと伝わってくるんですよね。父親なんて、俺の後輩ですよ。あのエバですよ。その上、母親が、あの咲子ちゃんですよ。室田さん、知らないと思いますけど、あの素っ頓狂なお嬢様ですよ。それがもう、二人して頼もしいっていうか。保育器の前で誰よりも力強いっていうか、保育器を守ってる風神雷神みたいで、もう神々しいんですよ」

世之介はつい興奮して一気に喋った。

黙って聞いていた室田が、「でもさ、その話でふと思ったけど、お前の今回の連載の写真からも、なんか、今、お前が言ったようなもんが伝わってくるんだよな」と呟く。

「……ほら、たとえばさ、前に載せた気仙沼の家族の写真とか」と。

「ああ、あれは俺もお気に入りですもん。たまたま入った食堂にいたんで、頼み込んで撮らせてもらったんですけどね」

「うん、ああいうのはいいよ。普通に家族でラーメン食ってるだけなんだけど、なんていうか、『ああ、この子はきっとこの日のこのラーメンのこと一生覚えてんだろうなー』って顔してんだよな」

「そうなんですよ！」

「お前はさ、そういう瞬間を上手く切り取るよな」

「ほんとですか？　なんか急に褒められると、ちょっと調子狂うんですけど。あ、でもそっか。今日はそういう会なんですもんね」

「そうだよ」

「じゃ、せっかくだから、遠慮せずに褒めてもらおうかな」

ビールを飲み干し、通りかかった店員に大ジョッキを二つ注文する世之介である。


気持ちよく流れる深夜の東京外環道から草加インターへとハンドルを切るのは世之介である。速度を落とし、冷やしすぎた車内の空気を入れ替えようと窓を開けた途端、排ガスと熱風が吹き込んでくる。

向かっているのは、ファミレスチェーンの「ログハウス」本店である。

恒例の新メニュー写真撮影の日なのだが、今夜撮るのはきのこ料理がフィーチャーされた秋メニューである。

早めに準備しなければならないのは分かるのだが、さすがに熱帯夜に「今年もあったかい、きのこのクリームシチュー」は感じが出ない。

とかなんとか考えているうちに、その「ログハウス」に到着である。

見れば、すでに閉店した店先にエバの姿がある。

まだしばらく休んでいいと世之介は言っているのだが、

「俺が病院に張りついてたからって、状況が良くなるわけでもありませんからね」

と、世之介よりもエバは冷静である。

車を降りると、そのエバが駆け寄ってくる。

「お疲れ様です。先に照明だけ準備しておきました」

「おう、お疲れ。っていうか、本当に大丈夫なのかよ。いいんだぞ、まだ休んでて」

「だから言ったでしょ。俺がこの仕事休んで病院にいたら永遠が良くなる、っていうんなら、休みますよ。でも、そうじゃないんだから」

「いや、そうだけどさ」

「それに、今日明日のことじゃないんです。永遠はそういう子なんです。それを俺たちはもう受け入れたんです。だから、親である俺たちはもっとこう、どーんと大きく構えてないといけないんですよ」

そう言って、エバが埼玉の夜空に向かって胸を張る。

「あのさ、その前にちょっといい？」

世之介は思わず口を挟んだ。

「……その、永遠ちゃん。それって、決定でいいの？」

「え？」

「だから、その、お前がさっきから永遠ちゃん、永遠ちゃんって」

「いいに決まってるじゃないですか。っていうか、もう保育器にもデーンと書いてありますよ。江原永遠って」

いやもちろん世之介としても、適当につけた名前ではない。

もっと言えば、エバに頼まれて以来、ずっと頭から離れず、気がつけば、爪を切りながらも、「江原あけみ、江原いけみ、江原うけみ、江原えけみ、江原おけみ」などと、目の前にいる人の名前をもじって口にしながら、何かピタッとくるものが出てこないかと、ヘンなラップシンガーみたいになっていた時期もある。

なので、江原永遠は、ある意味、世之介の最高傑作である。

ではあるのだが、どちらかというと内弁慶というか、本番に弱いタイプというか、いざ、「では、それで決定」と言われてしまうと、「いやいや、大丈夫？　本当に大丈夫？」と尻込みしてしまうのである。

「それに、失礼な話じゃないですか！」

今になって尻込みする世之介に、憤っているのはエバである。

「……もうつけちゃったもんに、今さら自信ないみたいなこと言われたって」

エバの言い分に間違ったところはない。

「いやいや、自信ないわけじゃないよ。ただ、本当にいいのかなーって」

「だから、その言い方ですよ。もっと胸張って下さいよ。名付け親なんだから」

「いやだから、それが重いって。エバちゃん」

「もう決めたんです！　俺の娘は江原永遠！　役所にももう出生届出したんです！」

「ええ？」

そのあたりで店先の騒動に気づいたらしい「ログハウス」の大町（おおまち）店長が、

「お疲れさま〜。そんな所で、何揉めてんの？」と顔を出す。

「いやいや、揉めてないですよ」

世之介は収めようとしたのだが、

「横道さんが、俺の娘の名前にいちゃもんつけてくるんですよ」と、エバの方は収まらないらしい。

「いちゃもん？　そりゃ横道さんが悪いよ。永遠ちゃんなんて、可愛いじゃない」

すでに聞いているらしい大町店長にそう言われ、

「いやいや、いちゃもんなんてつけてませんって。そもそも、その永遠ちゃんってつけたのが僕なんですから」

「え？」

そりゃそうである。大町店長でなくても、「え？」である。


「運転、代わりましょうか？」

仕事帰りの世之介の車の中である。助手席からそう声をかけながらも、大町店長が夜食兼朝食として作ってくれたホットサンドを美味そうに頬張っているのはエバである。

今回は撮影点数が多く、すでに空も白みかけている。

ハンドルを握りながら、そのホットサンドを世之介も食べようとするのだが、さすがに垂れてくるケチャップが気になって口元まで運べない。

そこで先般のエバのセリフなのである。

「いいよ、帰ってから食べるから」

結局、諦めた世之介はホットサンドを紙包みに戻した。それを受け取ったエバが、「出来立てが美味いのに」と、分かり切ったことを言う。

「エバ、アパートに送ればいいのか？」

ハンドルを握り直した世之介は尋ねた。東の空が薄い桃色に染まり始めている。

「はい。アパートでお願いします。もう病院泊まれないんですよ。病院の先生も長期戦になるから、あんまり根を詰めるなって。どうしても永遠と一緒にいたいと思ったら、いつ来てもいいからって言ってくれてて。それで俺もちょっと安心して」

「で、医者はなんて言ってんの？」

「前と変わらないですよ。先のことはまだなんとも言えない。後遺症が出てくる可能性は高くて、身体的なことなのか、臓器や病気かもしれない。でも何事もなく育つ可能性だってなくはないって」

エバが遠い朝焼けの空を見つめている。

「大丈夫だよ」と世之介は言った。

ただ、言ってすぐ、今の言い方だと、自分が伝えたかった真意が伝わっていないと気づいた。

「エバ」と、世之介は呼んだ。

「はい？」

エバはさすがにもう眠そうである。

「大丈夫じゃなくても大丈夫だよ。もし永遠ちゃんが大丈夫じゃなくたって、絶対に大丈夫だよ」

さっきよりも伝えたいことに近い感触はあるのだが、それでもまだ自信はなかった。

そのあたりのニュアンスがちゃんと伝わったのかどうか、エバは、「はい、分かってます」と力強くうなずき、我慢しきれずに大あくびする。


「世之介くーん。スイカ切れたよー」

包丁片手に縁側で声を上げているのは、二千花の父、正太郎である。

晴れ渡った夏日で、スイカ片手に庭に下りた正太郎は白いランニングに麦わら帽子である。残念ながら昔のように庭から海は見下ろせないが、その代わり眼下に並ぶ真新しい分譲住宅の屋根の上には、でっかい鎌倉の青空とでっかい鎌倉の雲である。

「世之介く……」

正太郎がもう一度呼ぼうとした瞬間、トイレに入っていたらしい世之介が、

「おお、初物初物」

と、ベルトを締めながらやってくる。

「よく冷えてるよ。やっぱり冷蔵庫より氷で冷やしたほうが美味いな」

正太郎が真っ赤なスイカにかぶりつく。

「いただきまーす」

世之介もまた、同じようにスイカ片手に庭に下りてくる。

かぶりつくと、シャクッと小気味よい音が立つ。甘い果汁とひんやりとした果肉が口の中に広がる。

汁が洋服に垂れないように、二人とも妙な体勢である。大きく切られたスイカに顔を寄せ、逆に腰が引けていて、なぜか二人ともその脚がピーンと伸びている。

「何よ、二人してヘンな格好して」

台所から出てきた路子が、そんな二人を笑う。

「いや、垂れるからさ」

正太郎がそう答えた端から、赤い汁がヒジから地面にポタリと落ちる。

「世之介くん、スイカ持って帰ってよ。うちにあってもおじいちゃんとおばあちゃんだけじゃ、あんな大きなの食べられないんだから」

「じゃ、ありがたく。でも、あれくらいのスイカなんか、うちで出したら五秒でなくなりますよ」

昨日、世之介は久しぶりにここに泊めてもらった。正太郎と深酒してしまったのである。

「あ、これ、食べますかね？」

世之介は食べ終えたスイカの皮を片手に、縁側に作られたカブトムシの飼育箱を開けた。最近、正太郎が育てているのである。

「実はダメだよ。水分多いから。皮だけ」

正太郎はそう注意したのだが、幸い世之介の食べ残しは、ちょっと誰かに見られるのが恥ずかしいほど実がない。

世之介は皮だけとなったスイカを飼育箱に置いた。早速、一番大きなカブトムシがその角でスイカを威嚇する。

「世之介くん、今夜も夕ごはん食べていけばいいのに」

しばらく世之介がカブトムシたちを眺めていると、路子が名残惜しそうに言う。

「いやいや、そろそろ帰りますよ。食後のスイカもご馳走になったし」

「そう？　今日もお休みなんでしょ？　うちはいいのよ」

「いやいや、帰りますよ。そうやって名残惜しそうに言ってもらえるうちがいいんですから。これが調子に乗って、『そうですかー？　じゃあ、今晩もご馳走にー』なんて言ってると、あっという間に厄介者扱いですからね」

「そんなことないわよ」

路子や正太郎もそうだろうが、世之介にとっても久しぶりに楽しい一泊二日の鎌倉だったのである。

カブトムシを見飽きた世之介は縁側にゴロンと横になった。視界が空だけになる。

「同じ空でも、武蔵野と鎌倉じゃ、やっぱりなんかちょっと違うみたいに見えますね」

世之介が呟くと、

「そんなもんかな？」と正太郎の声である。

路子はまた台所に戻ったらしい。

「はい、ちょっと違う気がします。夏だからかな？」

「季節、関係あるか？」

「ほら、海が映るんじゃないですかね、空に。夏の海ってやっぱりきれいじゃないですか」

「そんなもんかねえ」

庭先で正太郎も空を見上げている。

「……私たちに何かできることあったら、いつでも言ってくれよ」

正太郎がふいにそう言う。きっとエバや永遠のことである。

「そうやって気にかけてくれる人がいるってだけで、永遠に元気が集まっていくような気がします」

世之介は体を起こした。

「……この前、うちにタシさんってブータン人がしばらく泊まってたんですよ。その人が言ってたんですけど、人って前世で優しくした人に、今世では優しくしてもらえるらしいんです。としたら、永遠はきっと、前世の僕やお父さんやあけみちゃんや、あと、うちの下宿人の一歩とかにも、前世で優しくしてくれたんでしょうね」

世之介はしみじみと生まれ変わりの話をしたのだが、あいにく正太郎にはあまり響かなかったらしく、「まあ、前世でも今世でも来世でも、困った時はみんなで助け合わないと」と、世之介の鉄板ネタともいえる輪廻話をあっさりと締めてしまう。

世之介はまたゴロンと横になった。人の家ではあるが、なんとも落ち着く縁側である。

その後、正太郎相手にカブトムシや夏の花火大会の話をした世之介は、「そろそろ帰ります」と、やっと縁側から立ち上がった。

特に荷物もなく、「おばさ〜ん、帰りますねー。ご馳走様でしたー」と、奥に声をかけると、

「あら、じゃ、ほら、これ」と、路子が大玉のスイカを抱えてくる。

世之介は正太郎にも、「ご馳走様でした。美味い日本酒持って、また来ます」と別れを告げた。

玄関に向かって靴を履く。その様子を上がり框に座り込んだ路子がじっと見ている。

「スイカ、手提げか何かに入れる？　あ、そうだ。紀ノ国屋のバッグあるけど」

「大丈夫大丈夫。車までだから」

「そう？」

「また来ますね」

世之介が立ち上がると、なぜか路子が首を傾げて見つめている。

「なんですか？」

「いや、自分でも分かんないんだけど、なんかいつもと違うなって」

路子に言われ、世之介はスイカのタネでもついているのかと顔を触った。

「いやいや、何もついてないわよ」

路子が呆れたように笑う。

「じゃ、なんですか？」

「なんだろ？」

自分で言い出しておきながら、呑気な路子である。世之介は諦めてスイカを抱えた。路子もサンダルを履いて見送りに出てくる。

「じゃ、また……」と、世之介が言おうとした瞬間である。

「あ」と、路子が呟く。

「……私、今回、二千花のこと一度も思い出さなかったわ。世之介くんと二日も一緒にいたのに」と。

それが路子の違和感だったらしい。

世之介は、「え？」と言った。

それがいいことなのか悪いことなのか分からなかった。そして当の路子にもそれが分かっていないようだった。

# 八月　永遠と横道世之介

ギラギラとした夏の海である。ただ、同じ海といえども、湘南には湘南の、東北には東北独特な雰囲気があり、ここ九州は長崎の海はといえば、やはりどこか野性的なのである。

その理由はどこにあるのか。

岸壁に立ち、そんなことを考えているのは数年ぶりの帰省となる世之介である。

まず、太陽が近い。夏の日差しが降り注いでいるというよりも、おでこが太陽に触れているようである。あと、潮風が濃い。湘南の風が塩ラーメンなら、ここ長崎はやはりトンコツなのである。さらに、漁港の魚を狙う野良猫が凶暴である。ライバルのトンビに果敢に戦いを挑んでいく。

そんな頼もしい地元の海や猫を眺めながら世之介がテトラポッドに跳び移ろうとすると、

「おーい、世之介。精霊船に提灯つけるの手伝えよー」

と、聞こえてくるのは従兄（いとこ）の清志（きよし）の声である。

「ほーい」

世之介はテトラポッドから手を振った。

見れば、すでに喪主である清志は黒紋付袴姿である。当然、真夏なので、遠くからでも汗だくなのが分かる。

昨年の夏、清志の父親が喉頭がんで他界した。晩年は苦しい闘病生活だったせいか、亡くなったその顔はどこかホッとしているようだった。父親が営んでいるタクシー会社は清志が引き継いだ。タクシー会社といっても、配車係を清志の母が一人でやっているような会社だが、それでも立派な財産を残してくれたのである。

ちなみに清志は、若い頃こそ小説家になるなどと東京で頑張っていたが、わりと早い段階で夢を諦め、地元に戻って看護師さんと結婚してからは、絵に描いたような子煩悩な父親になっている。

「暑くないの?」

岸壁に立つ清志の元にやってきた世之介は、当然のことを尋ねた。

「暑いよ」

当然清志もそう答える。

少し離れたタクシー会社の駐車場では、派手な装飾を終えた精霊船を囲んで、担ぎ手である親戚やタクシー会社の人たちが、出発前の酒宴の真っ最中である。

ちなみに精霊船というのは、ワゴン車ほどの大きさの木製の船で、亡くなった人を極楽浄土へ送るものである。

中国から伝わった伝統らしく、その船は派手な造花や提灯で、デコトラも顔負けという装飾を施され、お揃いの法被姿となった者たちが市内の港まで押していく。

その際、やはり中国からの伝統らしく、盛大に花火を上げ、爆竹を鳴らす。

ちなみに、今回の花火代どれくらいだったの？　と尋ねた世之介に、「とりあえず五十万円分は買った。途中で足りなくなったら、お前ひとっ走り買ってきてくれよ」とは清志で、まあ、このあたりが相場である。

「しかし、清志兄ちゃんの腹。これで髷（まげ）でも結ってたら、昇進した相撲とりだよ」

世之介は黒紋付袴姿の清志の腹を叩いた。

「なー。俺もなんとかしなきゃと思うんだけど、そう思いながら豚まんとか食っちゃうんだよなー」と清志も認めて、力士のように腹を叩いてみせる。

「……そう言えば、お前の親父さん、もう酔っ払ってて、港まで歩けなそうだぞ」

見れば、確かに世之介の父洋造が真っ赤な顔で缶ビールを手伝いの人たちに配って回っている。

「……あ、そう言えば、世之介お前、もう会った？　智子（ともこ）姉ちゃんたちも来てるぞ」

「ああ、会ったよ。健（けん）ちゃんもデカくなったねー。最後に会ったのが、まだ小学生ん時だから、これくらいだっけ？」

清志が言っている智子姉ちゃんというのは現在福岡で暮らす彼らの又従姉である。

世之介は自分の胸の辺りを撫でるようにして、まだ小学生だった健ちゃんの身長を示した。

「なー、デカくなったよー」

清志も同意するが、その表情が少し硬い。

「どうしたの?」と世之介は尋ねた。

「いや、ああいう自閉症の子はさ、子供の時はあれだけど、やっぱり体がデカくなると、ちょっと怖いな」

「え?」

「いやいや、別にあれだぞ、偏見とかじゃないぞ。でもほら、今、昔みたいに暴れ出したりしたら、ちょっと俺でも止められるかなって」

健ちゃんを怖いと言う清志を、世之介はまじまじと見つめた。

「……ほら、だって、昔からよく急に大声出して暴れてたろ? ああいうふうに今でもなるのかなって」

「なるんじゃない。年齢関係ないと思うよ」

「だろ? だとしたら、どうすればいいのかなって。やっぱりさ、ちょっと人と違うと、どう接していいのか分からないじゃん。怖いっていうか」

世之介は改めてまじまじと清志を見つめた。

どう接していいのか分からないじゃん。怖いっていうか。

と、清志は本気で言っているらしい。

「清志兄ちゃんもつまんないこと言うねー」と、世之介は笑い飛ばした。

「なんで? 別に偏見とかじゃないぞ。でもさ、人と違ってると、どう接していいか分からない時あるじゃん」

世之介に笑われた清志が口を尖らせる。

「そういう時はさ、相手の目を見てあげるんだよ。相手の目だけをじっと見るの」

「目？」

世之介の言葉を清志がおうむ返しする。

「そう目。目なんてさ、そうそう人と違わないから。多少、外見や様子が人と違ったところで、『ああ、この人も俺と一緒だ』って思うよ。そしたら怖いことなんてなんにもないし、もし暴れ出したら、グッと抱きしめて、『落ち着け。安心しろ。大丈夫大丈夫』って呼吸を合わせてやればいいんだよ」

清志だって根っからの差別主義者ではない。親戚の子を普通に可愛がってあげたいのに、その可愛がり方が分からないだけなのである。

世之介はそんな清志の前で大きく背伸びした。ついでにぐるりと生まれ育った海の町を見回す。夏の日で白い岸壁が眩しい。青く澄んだ港内に小型船が静かに入ってくる。視線を沖合に転じれば、海は空を映し、空は海を映す。岬の木々が風に葉音を立て、水平線には大きな入道雲である。

いい所だなーと、思う。

年々、そんな思いが強くなる。

二千花に見せてあげたかったなーとも思うし、あけみにも、ドーミーの住人たちにも、エバにも、今、必死に保育器の中で闘っている永遠にも、早くこの景色を見せてあげたいなーと思う。

その海を美しく夕日が染め始めたころ、いよいよ清志の父親をのせた精霊船「西方丸」の船出時間となった。

景気づけ、とばかりに飲み始めていた酒が、いつの間にか賑やかな酒宴になっており、お揃いの法被姿の男たちの中にはすでに出来上がって千鳥足の者もいる。

その代表が世之介の父洋造で、「こりゃ市内まで歩かせるのは無理だ」という親戚一同の判断で、不名誉にも自宅待機を命じられてしまう。

出発早々にそんなドタバタはあったものの、いざ出航してしまえば、あとはもう銅鑼が叩かれ、五十万円分の爆竹や花火で「そこ退け、そこ退け」とばかりに、デコトラのような西方丸は進んでいく。

もちろん世之介も法被にねじり鉢巻で、その口にくわえた蚊とり線香で、慣れた手つきで次々と爆竹に火をつける。

「どーいどい！　どーいどい！」

精霊流し特有の掛け声をあげながら、通行止めされた県道の真ん中で、打ち上げ花火を何十発も上げていれば、世之介でなくとも踊り出したくなるような高揚感である。

ちなみにこの夜、長崎市内は各地から集まってくるそんな数百の精霊船で、ちょっとした暴動か内戦のような様相を呈する。

街全体に地鳴りのような爆竹が鳴り、花火の煙が空を覆い、亡くなった大切な人たちを弔うのである。

そんなわけで、この時間、市内の大通りに合流する県道は精霊船の大渋滞となる。

「世之介、花火、足りるかな？　あとダンボール二箱くらいしか残ってないんだけど」

憑かれたように打ち上げ花火を夜空に上げている世之介の元に駆け寄ってきたのは、汗だくすぎて、せっかくの黒紋付袴姿が温泉旅館の浴衣みたいに着崩れている清志である。

「……この渋滞の隙に、ちょっと新地の花火屋まで走って、追加で買ってきてくれないかな」

「えー、俺やれないじゃん」

「花火なくなったら、どうせやれないだろ」

清志の正論に、精霊船の後ろからついてくるリアカーを確認すると、確かにこのままでは港に着く前に花火が底をつきそうである。

「じゃあ、ひとっ走り行ってくるよ」

清志から財布を預かると、世之介は渋滞した道を駆け出した。

市の中心地に近づくにつれ、爆竹や花火の白煙と大勢の見物人たちの熱気で、まるで異世界にでも迷い込んだようになる。

世之介はふとその中に吸い込まれそうな錯覚に襲われて、慌てて足を止めた。

本来なら路面電車が走る大通りである。すでに日は落ち、あちこちで上がる花火や爆竹が、精霊船を押す汗だくの参加者や沿道の見物人たちの汗ばんだ顔を赤く照らしている。

港に続く坂道では、どこかの金持ちの家の大きな精霊船が龍のようにグルグルと回り出し、沿道から大きな歓声が上がっている。

二千花が亡くなった翌年の夏、世之介はここで二千花の精霊船を出した。急遽決まったことだったので、一般的な大きさの船を作る時間はなく、結局、世之介が手作りしたのは、大宴会に出される舟盛りの舟くらいの精霊船だった。俗に刺し身舟と呼ばれるタイプだが、たとえば船の担ぎ手が少ない家や、ひっそりと大切な人を送りたいという家は、この手の小さな船を出す。

急遽、二千花の船を出すことになったのは、二千花の両親が「長崎の精霊流しを一度見てみたい」と言ったからで、彼らがそう願ったのは、以前、二千花が、爆竹や花火で亡き人を送る長崎の精霊流しを見てみたいと言っていたという話を世之介がしたからである。

二千花の精霊船は小さな船だったので、世之介と二千花の両親、三人で送った。

最初は、ちょっとした暴動というか内戦のような爆竹や花火に、二千花の両親は引き気味だったのだが、慣れというのは恐ろしいもので、港に近づくころになると、二千花の父親など、爆竹の束を両手で鳴らしながら、普段は情緒豊かな石畳の道を駆け回っていた。

楽しかったなーと、世之介は思い出す。

あんなにはしゃいでいた二千花のお父さんは初めて見たし、あんなに笑っていたお母さんも初めてだった。

もしかすると、ああやって三人で二千花の精霊船を流していなかったら、今のような関係は築けていなかったような気もする。

世之介は改めて爆竹の鳴り響く景色を見渡した。ふと、先日の二千花の母、路子の言葉が蘇る。

「私、今回、二千花のこと一度も思い出さなかったわ。世之介くんと二日も一緒にいたのに」

あの時は少し寂しく響いたその言葉が、なぜか今、とても前向きなものに思えてくる。

「あー、あぢぃ」

ドーミーのベランダで、暑さに悲鳴を上げているのは世之介である。

大きな盥（たらい）に水を張り、足をつけているのだが、それくらいでは今年の東京の暑さは緩和できそうにもない。

「こんなとこで『あぢぃ、あぢぃ』言ってないで、部屋に戻って冷房入れればいいじゃない」

汗だくで洗濯物を取り込んでいるのはあけみで、日に晒（さら）された洗濯物も熱ければ、近くで「あぢぃ、あぢぃ」とうるさい世之介もまた暑苦しい。

「仕事に行ったら行ったで、冷房で北極みたいに寒いスタジオに一日中いるし、夜は夜であけみちゃんが南極くらいエアコンの温度下げるし、昼間くらい自然の中で過ごさないと体壊すって」

「大げさねー。あれが南極だったら、今ごろ南極の氷河なんて全部溶けてるよ」

「いやいや、昨日なんて、俺、雪山で遭難する夢見たからね」

「いいじゃない、涼しそうで」

どうでもいい。誰がどこからどう聞いても、どうでもいい会話である。

「ああ、あぢぃ、あぢぃ」

また始まった世之介の恨み言から逃れるように、あけみが洗濯物を抱えてベランダを出ようとすると、「ドーミーさん、お荷物でーす」と、いつもの宅配便のお兄ちゃんの声である。

「はーい！」

急に声色を変えたあけみが、

「たぶん、枝豆だよ。谷尻くんの実家から」

と、跳ねるように玄関へ駆け下りていく。

枝豆如きで、と思いはするが、去年の夏、山形にある谷尻くんの実家から送られてきた枝豆が、殊のほか甘くて美味しかったことをふと思い出す。

今日は久しぶりの休み。枝豆を茹でて、このベランダで冷えたビールなんて最高である。

世之介もまたベランダから屋内に入ろうとすると、まさか見えているわけでもないだろうに、

「濡れた足のまま入らないでよ」

というあけみの声が玄関から聞こえてくる。

すでに廊下に足跡をつけていた世之介は、「はーい」と、しれっと答えながら、その辺にあった雑巾で足を拭いた。

あけみの勘は的中で、届いた荷物はやはり谷尻くんの実家からの枝豆である。

早速ダンボールを開けたあけみが、目にも鮮やかな枝豆を取り出しながら、

「茹でる前からこんなに青々してるんだもん、茹でたら美味しいだろうねー」と舌なめずりする。

「俺が茹でるよ」

「今から？　この暑い中？　夜でいいじゃない」

「いやいや、今から茹でて、茹で立てをベランダで冷えたビールと一緒に頂く」

「おお、いいですねー」

世之介の発言にそう賛同したのは、また帰るタイミングを失っていた宅配のお兄さんである。

「お兄さん、仕事、何時まで？」と世之介は尋ねた。

「八時すぎですかね」とお兄さん。

「じゃあ、帰りに寄ってよ。茹でた枝豆のおすそ分け」

「いやいや、いいですよ。お気持ちだけ」

「いいよいいよ。こんなにあるんだよ」

世之介がしつこく言うと、横からあけみが、

「そういうのダメなんだって。会社で決まってるのよね？　配達先から物を貰っちゃいけないって」と教えてくれる。

「え、そうなの？　枝豆も？」と、世之介は驚いた。

現金とか商品券とかはダメだろうけど、さすがに枝豆くらいとは思いもする。

「本当にお気持ちだけで。ありがとうございます」

そう言って宅配のお兄さんが汗だくの顔をタオルでこすりながら出て行こうとする。

「あ、じゃあさ、ガリガリ君、持って行きなよ」と世之介は引き止めた。

「ガリガリ君だってダメよね？」と、あけみが笑えば、

「じゃあ、ガリガリ君、一本だけ」と、宅配のお兄さんも苦笑いである。

その後、ダンボールを台所に運ぶと、世之介は早速大釜で枝豆を茹でた。

暑くて拭いても拭いても汗が流れ出てくるのだが、指についた粗塩を舐めると、さらに汗が出る。

「そういえば、去年、この枝豆でひじきの煮物作ったよね？」と、世之介は食堂で洗濯物を畳むあけみに声をかけた。

「ひじき？　作ったっけ？」

おざなりなあけみの声に、

「作ったよ。美味しくてさ、俺、大福さんと取り合った記憶あるもん」と世之介。

「今年も作ろっか？」

「また大福さんと取り合いだな」

「っていうか、成長しないっていうか、代わり映えのしない夏だねー」

「ほんと、巻き戻して見てるみたい」

「あ、でも、今年の大福さんは主任だもん。大出世よ」

「あ、そうだ」

とかなんとか言い合っているうちに、目にも鮮やかな枝豆が茹で上がる。ザルにあげると、世之介は天然の粗塩を豪快にふった。

「くだらない話していい？　ふと思い出しちゃって」

との世之介に、

「くだらない話？　通常運行じゃない」とはあけみである。

「昔さ、コモロンって友達がいて、そいつんちのアパートのベランダで、やっぱり枝豆食べながら、よくビール飲んでたんだよね。そしたら向かいのマンションで子供が喉に何か詰まらせて大変なことになってて、急いで助けに行ったんだよ。それが亮太」

「ええ？　そうなの？」

「それがきっかけで桜子と付き合うようになったんだもん」

実際には、望遠鏡を覗いていたら何やら麺を啜っている美人が見え、ついつい出来心でそのマンションを見に行き、その時にたまたま亮太がビー玉を喉に詰まらせた、というのが真実なのであるが、記憶というのは実に都合のいいものである。

「おー、完璧」

熱々の枝豆を一つ摘んだ世之介は、その絶妙な塩加減に自画自賛である。冷蔵庫から缶ビールを取り出し、ザルに山盛りの枝豆を抱えて二階のベランダに戻る。

途中、一歩の部屋を覗くと、相変わらずベッドに寝転んでいる。

「お前の夏も代わり映えしないねー」と世之介は声をかけた。

体を起こした一歩が、「去年の夏、いませんでしたけど」と言い返してくる。

あ、そうか、と思いはしたが、暇人の一歩の相手より、今は冷えたビールと茹でたての枝豆である。

「じゃ、今のは来年の分の小言ってことで」

そう言うと、世之介はベランダ用の麦わら帽子をかぶってかんかん照りの外へ出た。

夏というものは、毎年違う。強い日差しも、海の輝きも、蟬の声も、暑かった日の激しい夕立も、そしてひんやりとした夜気も。

どれもこれも去年と同じようで、でもどれもこれも一つとして去年と同じものはない。

夏の風景がそんなふうに見えるようになったのは、いつごろからだろうか、と二千花は思う。よく分からない。でも。

去年の夏とは違う。何もかもが違って見える。そう思うようになっていた時、その横にはもう世之介が立っていたような気がしないでもない。

夏といえども、鎌倉の夜は早い。

駅前の商店街はすでに店じまいを終え、星空の下、白い波が打ち寄せる静かな海にも、線香花火をするカップルがちらほらと残っているだけになる。

世之介が暮らすアパートの窓明かりはまだいくつかついているが、肝心の世之介の部屋は真っ暗である。

二千花は玄関前に停めてあるベスパに跨がった。世之介が隣人に安く譲ってもらったというバイクである。

すぐそこから波音がする。夜風がアパートの背後の山の木々を揺らしている。

「横道くん」

遠慮がちに声をかけたのだが、すぐに世之介の部屋に小さな明かりがつく。枕元のスタンドらしい。

「横道くん」と、二千花はもう一度呼んでみた。

すぐに窓が開き、世之介が顔を出す。街灯の下でバイクに跨がっている二千花に驚き、

「え？　退院？」と声を裏返す。

「まさか」と二千花は笑った。

そろそろ余命も尽きる患者が退院などできるわけがない。

「……こっそり抜け出してきちゃった」

「病院を？」

「そう」

「おお、グレてるねえ」

「でしょ。病院一の問題児。ねえ、これでドライブしない？」

二千花はバイクのアクセルを吹かす真似をした。

一瞬、世之介の顔が曇り、やっぱり病院に戻るようにと注意されるかと思ったが、

「いいね。行こう行こう。どうせ暑くて眠れないし」と、誘いに乗ってくれる。

部屋から出てきた世之介から二千花はバイクの鍵を奪った。

「俺が運転するよ」

と、世之介は二千花を羽交い締めにして引きずり降ろそうとしたのだが、それでも頑としてハンドルを放さなかった。

「いいからいいから。安心して、ほら、後ろに乗って」

二千花がシートで尻を滑らせ、後ろを空けると、「本当に大丈夫？」と、心配しながらも世之介が跨がってくる。

二千花はエンジンをかけた。遠い潮騒が消え、赤いテールランプが世之介の部屋のガラス窓を照らす。

「ほら、私の腰に腕回して」

二千花は世之介の腕を取って、自分の腰に回した。背中に当たる世之介の胸が熱い。

「行くよ」

「レッツゴー」

走り出した瞬間、ハンドルが大きく傾く。「ああっ！」と、世之介も声を上げはするが、基本的には信頼してくれているようで、背後でじたばたすることもない。

二千花はハンドルを戻すと、スピードを上げた。走り出してしまえば、出だしの危なっかしさが嘘のようである。

家々の並んだ狭い路地を抜けると、目の前に海が広がる。ゆるい坂道を二千花はさらにスピードを上げる。まるでこのまま、満月を浮かべた夜の海に吸い込まれそうである。

「気持ちいいねー」

海沿いの通りを走り出すと、世之介が声を上げた。昼間は渋滞ばかりの通りだが、この時間、車はほとんどなく、満月だけが二人を追いかけてくる。

「このまま茅ケ崎の方まで行ってみる？」

二千花が叫ぶと、「いいねー」と、同じように世之介が風に向かって叫び返してくる。

「横道くんって、サザンとか聴いてた？」

「俺？　実はあんまり。もちろん『いとしのエリー』とかカラオケで歌って、みんなに『下手くそ！』ってピーナツ投げられたりするけど。ちなみにユーミンとかもあんまり聴いてなくて、ある意味、日本の夏も冬も堪能できてないのかも」

「じゃあ、何聴いてたのよ？」

「洋楽かなぁ。あ、でも、全然詳しくないよ。専門的な知識もないし。ほら週末にビルボードトップテンみたいなラジオ番組あるじゃん。あれで満足なミーハー洋楽ファン」

「確かにミーハーだ」

「そう。筋金入りのミーハー。二千花ちゃんは？　どんな音楽好きだったの？」

「私もどっちかっていうと洋楽」

「たとえば？」

「レゲエとか」

「ああ、っぽいねー」

「そう？　でも、凜子姉ちゃんの影響」

「ああ、なんか真夏なのに毛糸の帽子かぶってる凜子さんが目に浮かぶ」

「あはは」

わざわざ夜中に病院を抜け出して、わざわざ海沿いの道をバイクで走りながら、どうしてもしなければいけない話ではない。

もっといえば、そろそろ余命も尽きる身の上で、どうしてもしなければいけない話であるはずもない。

ただ、こうやって世之介と潮風を浴びて、満月と追いかけっこしていると、なんというか、どんな会話でも、どんな言葉でも、それが、それ以外に変えようのないものに思えてくるのである。

稲村(いなむら)ガ崎(さき)から七里(しちり)ケ浜(はま)、江の島、鵠沼(くげぬま)、辻堂(つじどう)と走って、二人は茅ケ崎に入ろうとしていた。

「ちょっと喉渇いた！」

通り沿いに自動販売機を見つけた世之介が叫ぶ。

二千花はバイクを停めた。ちょうど海へ出る遊歩道の入口で、二人はそのまま砂浜に下りていった。明るい月夜で、波打ち際で跳ねる白波もくっきりと見える。

二千花は冷えたコーラを一口飲むと、砂浜で大きく背伸びした。もうちょっと伸ばせば、満月に指先が届きそうである。

「あー、気持ちいい」

思わずそんな声が漏れる。

「……私なんて恵まれた人生じゃないんだろうけど、それでもこんな人生の中に今日みたいな、こんな夜があったんだと思えば、なんかそれで満足かも。そんな夜だなー今日は」

気がつけば、そんなことを口にしていた。そして口にして改めて、本当にそうだと思う。

ふと横を見ると、コーラを早飲みした世之介が、「それさ、前にも似たようなこと言ってなかった?」と笑う。

「嘘? 言ってないよ」

「言ってたよ。ほら、春、真妙さんのお寺の桜をライトアップした夜」

「あ、確かに。言ったかも」

「あ、あと、あん時も言ってた。去年のクリスマス。プレゼント配り終えたあとに二人でラーメン屋入ったじゃん。横浜家系」

「ああ、行ったし、言ったね。こんな幸せな夜ない、とかなんとか。あん時、二人ともサンタとトナカイの格好のままだったよね」

「そうそう。手袋だけ外して」

「って考えたら、なんか私、一年中、言ってるんだね。こんな夜があれば、人生もう満足だって」

二千花はそう言うと、改めて夜の海を眺めた。ふと横を見れば、世之介も同じように海を見つめている。

どれくらい海を眺めていただろうか、ふいに世之介が、「あ、そういえば、今日の病院の夕食なんだった?」と尋ねてくる。

「どうして?」

「最近当たりが来ないって言ってたじゃん」

「ああ、だったら今日は鰺の南蛮漬け」

「おう、じゃあ、大当たりじゃん」

まるで自分が引き当てたように喜んだ世之介が、ふいに肩を摑んでくる。一瞬、何？　と声を出しそうになったが、その表情を見れば、世之介が何をしようとしているのかはすぐに分かる。二千花は目を閉じた。いや、閉じはしたが、にしても、とは正直思う。どう考えてもタイミングとしてはさっきだよね？　と。病院食の献立のあとじゃなくて、こんな夜があれば人生満足だなって、二人で夜の海を眺めたあとだよね？　と。

とはいえ、これがこの人なのだとも分かっている。だからこそ、こんな夜がたくさんできたのだということも。

目を閉じると、波の音が高くなった。触れ合った世之介の胸と、重ねた唇だけがとても熱い。

「横道くんって、ほんとキス上手いよね」

二千花は正直に褒めた。

「え！」

しかし相手はすごい驚きようである。

「ど、どうした？　褒めたんだよ」

「……え、嘘？　本当に？　なんか、若い頃からのゴールを、今、切ったって感じがする！　キスと車の運転、褒められたら、男の人生もう思い残すことないよ」

ロマンチックな夜の海である。しかし世之介はガッツポーズしたいところを必死で堪えている。甘い雰囲気のかけらもない。

ああ、でもやっぱりこれがこの人なんだと、二千花は改めて嬉しくなってくる。そしてこれが病院の外で二人で過ごす最後の日になるとは思いもしないで。

新宿御苑近くにある雑居ビルである。狭い階段を汗だくで四階まで上がっているのは世之介である。自身が所属している事務所に来たのだが、来るたびにこの階段の数が増えているような気がしてならない。

「お疲れ様でーす」

息も絶え絶えに世之介がドアを開けると、同じように汗だくの社長がランチを食べ終えてきたばかりらしい太鼓腹を撫でている。

「社長、その体でよくこの階段を上り下りできますね？　引っ越そうとか思わないんですか？」

とかなんとか言いながら応接セットの方に視線を向けると、先に到着していたエバがいる。

「ねー、社長」と、世之介は話を戻した。

「いや、俺だっていつも一階から二階に上がる時点で、もう引っ越そうって思うよ。でもこの階段を上り下りしなくなると、いよいよ運動不足になるしなーって二階から三階辺りで思って、結局四階に着くころには、『よし、この運動だけは続けよう』って思うんだよ」

途中から、ああ、この話、前にもしたことあったなと思い出した世之介は、すでにエバの前に座って、冷えた麦茶を飲んでいる。

「で、社長、どうなりました、エバの件」

麦茶を飲み干すと、世之介はあっさりと話を変えた。

「ああ、大丈夫そうだよ。これからは横道くんの代わりに、遠足、修学旅行、諸々の行事の専属カメラマンを江原くんでお願いできそうだよ。ただ、公立の小学校だから身元保証とか提出しなきゃいけない書類も多いけどね」

「ほんとっすか？　よかったー」

社長の言葉にガッツポーズのエバである。

「でも、横道さん本当にいいんすか？　俺に全部譲ってもらって」

「いいよ。永遠ちゃんのために稼がなきゃならないんだろ？」

「いや、そうなんすけど、でもなんかいいのかな……」

「俺がいいって言ってんだからいいよ。というか、お前もそろそろ独り立ちの時期だって思ってたんだよ」

「本当ですか？　それはもう涙出そうなくらい嬉しいですけど。……あの俺、必死でやりますから。これまで誰も撮ったことないような斬新な遠足の写真撮ってきますから」と、鼻息荒くなったエバに、「いや、それ必要ないから。斬新な我が子を見たい親いないから」と冷静なのは社長である。

ということで必要書類一式に署名を済ませた二人は、下りは楽な雑居ビルの階段を一段飛ばしで下り、通り向かいのコインパーキングに駆け込んだ。

「よし、一分前でギリセーフ！」

精算機の前で世之介は大げさに喜ぶ。

「……俺さ、何が嫌って、駐車場代ってのがなんか一番損してる気がするんだよな」

車に乗り込みながらの世之介に、「なんでですか？」と、エバも助手席に回り込む。

「同じ地面なのにさ、田舎だとタダで、こういう所だと金かかるって」

「そんなの当たり前じゃないですか」

「いや、そうなんだけどさ。なんか納得いかないんだよな」

とかなんとか言いながら、車は地価の高い駐車場を出る。

「エバ、病院寄るんだろ？　送ってくよ」

「はい。そのつもりで乗りました」

「永遠ちゃん、新宿の病院に転院して、もうどれくらいになる？」

「丸二週間ですかね？」

「やっぱり大きな病院って違う？」

「三鷹の病院にいる時は、うちの永遠だけが重病の赤ちゃんみたいで、ちょっと辛かったですけど、こっちの病院は他にもいますからね。ちょっと安心っていうのは違うけど、なんか、その子のお父さんたちとは目だけで話ができるっていうか」

「俺も永遠ちゃんの顔、また見て帰ろうかな」

世之介は大通りにハンドルを切った。

「咲子、喜びますよ。というか、横道さんがあまりにも頻繁に来るんで、病院内で、実は横道さんが永遠ちゃんのお父さん説出てますからね」

そう言って、あはは、と笑うエバを横目で見ながら、「頑張れよ。お前はいい父親だよ」と、ふいに思う世之介である。

「そうだ。また花園万頭、買っていこうかな。咲子ちゃん好きだろ?」

「いやいや、もういいですって。咲子も『あると食べちゃうから太る』って言ってましたし」

「咲子ちゃん、痩せすぎだよ。奥さんはね、ちょっとぽっちゃりくらいがいいんだよ。家庭が柔らかくなって」

「あけみさんのことですか?」

「ああ、そうだね。本人、認めないだろうけど」

「あはは」

とかなんとか言っているうちに、新宿の大病院に到着である。

地下のパーキングに車を停めると、世之介たちはエレベーターで一階へ上がった。

家庭的だった三鷹の産婦人科医院とは違い、広いホールは診察や会計や受付を待つ人たちでごった返している。世之介たちは慣れた足取りで六階の小児科へ上がった。

「ここ、歯科口腔外科ってのもあるんだな」

ふとそう口にした世之介に、「なんか、あの台湾での舌癌事件のこと、思い出しちゃいますね」と他の患者や見舞客の手前、エバが小声で囁き、笑いを堪える。

「あったなー。あれ、エバが俺のアシスタントに就いてすぐぐらいだっけ?」

「まだ半年ですよ。旅行会社のチラシの仕事で台湾行って。俺あれが初海外ですからね」

「楽しかったよなー」

「めちゃめちゃ楽しかったですよ。それなのに、帰りの空港でとつぜん横道さんの様子がおかしくなって」

そのあたりで六階に着く。当然二人は降りるのだが、乗り合わせた人たちも中途半端な台湾での舌癌事件の幕切れに、その視線が二人の背中を追っている。

「……もう搭乗時間なのに、横道さんが『やっぱりさっきの売店で翡翠（ひすい）のペンダント買ってくる』って言い出して。なんか、切羽詰まった顔してるし」

廊下を歩き出したエバは話しながら、場所もわきまえずゲラゲラと笑っている。

「……結局、二人で走って売店に戻って、翡翠のペンダント買って」

「いや、だからあん時はさ」と世之介。

「空港のトイレで鏡を見てたら、舌に黒い斑点があって、舌癌だと思ったんでしょ」

さらにエバが笑う。

「単なる血豆だったのにな。あはは。いや、でもさ、あん時は本当に焦ったんだって。その直前に空港の売店でさ、『翡翠っていうのは、持ち主の身代わりになってくれたりするんですよ。病気とか事故とか』って教えてもらったばっかりだったじゃん。あーと思って。あーもう絶対これ、そうじゃんって思って。あの翡翠買わないとダメじゃんって」

今になって、当時の焦りが蘇り、あわあわと説明する世之介である。

「それをずっと黙ってたのがウケますよね。俺その話聞いたの、日本に帰ってきてからですからね」

「だから言えなかったんだって。血豆だって分かるまで、怖くて」

「飛行機の中でも、日本に帰ってきてからもずっとあの翡翠を握りしめてたんでしょ。笑えるわー、血豆なのに」

「生きた心地しなかったからな。翌朝、病院行こうと思ってさ、鏡見たら、ないの。取れてんの」

「でしょうね。血豆だし」

「そうなんだよ」

病院だというのに、あくまでも不謹慎な二人である。すれ違った看護師さんの冷ややかな目に、やっと笑いを嚙み殺す。

さて、いつものように集中治療室に入ると、重々しいガラスの向こう側の保育器で永遠が眠っている。

「あ、眠ってますね。よかった」

ガラスに張りついたエバの鼻息で、ガラスが白くなる。

「……眠ってると、ちょっとホッとするんですよね。今、苦しくないんだろうなって」

「今日はこっち向いてるな」

「横道さんが来たから、サービスですよ」

そんな二人の声が聞こえたのか、ナースセンターにいた担当の看護師さんが、

「あら、またご一緒に？」と出てくる。

「いつもお世話になってます」と世之介は頭を下げた。

「さっきまで、お母さん、そこにいらっしゃったんだけど」と、辺りを見回す看護師さんに、

「今、買い物に出てます。さっきメールありました」と、エバが応える。

世之介は改めてガラスの向こうの永遠を見つめた。両手のひらに乗せられるくらい、その体はまだ小さい。ただ、まだそんなに小さいのに、永遠はちゃんとそこにいる。

♪ と、と、永遠ちゃん
永遠ちゃんの庭は
つ、つ、月夜だ
みんな出て、こいこいこい
おいらの友だちゃ　ぽんぽこぽんのぽん

「なんだよ、それ。証城寺の狸囃子（たぬきばやし）？」

急に隣で歌い出したエバを世之介が笑うと、「永遠ちゃんのテーマ曲です。なんか語呂が良くて、つい」と、エバが続ける。

♪ 負けるな、負けるな

和尚さんに負けるな
こい、こい、こい、こいこいこい
みんな出て　こいこいこい

その後、ぐっすりと眠っている永遠をどれくらい眺めていただろうか、さすがにこのままだと終わりが見えないと察したエバが、

「横道さん、そろそろ帰りませんか？」と我に返る。

「そうだな。またいつでも来られるしな」

どこまで買い物に行ったのか、結局咲子はまだ来ない。

「じゃ、また。咲子ちゃんによろしくな」

とかなんとか世之介が廊下へ出ると、エバもあとをついてくる。

「いいよ、ここで」

「じゃ、ここで」

「なんか、帰りの車でさっきの歌、歌いそう。『と、と、永遠ちゃん、永遠ちゃんの庭は』って」

「一回歌っちゃうと、もう止まらないですよ。無限ループ」

そう笑ったエバが、突然表情を変えたのはその時である。

「ど、どうした？」

慌てる世之介の前で、なぜかエバの目に涙が溢れてくる。その涙が今にも頬を伝おうとした瞬

間、エバが横にあった非常階段へと駆け出る。

世之介はすぐにあとを追った。

「ど、どうしたんだよ？」

「す、すいません。なんか急に」

エバはすでに涙声である。

「ど、どこにスイッチあった？　まさか狸囃子じゃないよな？」

世之介の軽口にエバも無理に笑おうとするのだが、うまくいかない。

「もういいや……。横道さん恥ずかしいけど、一回だけ泣いていいですか？　一回だけ、ここで大泣きしてもいいっすか？」

非常階段の壁に向かったままエバが言う。

「……一人の時に泣いたりしたら、きっと癖になるから。ずっと我慢してて……」

「……おう」

それ以外、言葉がない世之介である。

「俺めちゃくちゃ不安で。本当にどうなるんだろうって。俺なんかに永遠の父親が務まるのかって本当に怖くて……」

いよいよ我慢できずに嗚咽を上げ始めたエバの背中を世之介は黙って見守った。

ただ、言葉には出さなかったが、お前みたいに立派な父親、俺は一度も見たことないよ、とその背中に伝えながら。

「さあさあ、みんな早く支度してよー。レンタカー到着したよー！」

ドーミーの玄関で声を張り上げているのは礼二さんである。

「はーい」

「今、行きまーす」

食堂や洗面所や二階から声だけは返ってくるのだが、いくら待ってもどこからも誰も出てこない。

そうこうしているうちに玄関先に停まった大型ワゴン車から、もう待ち切れぬとばかりにドライバーの世之介も降りてくる。

「みんな、まだですか？」と世之介。

「みんな返事だけはいいんだけどね」と礼二。

「あけみちゃーん、まだ？」

世之介は食堂に声をかけた。

「はーい。すぐー」と本当に声だけはいい。

「車で待ってましょうか」

世之介は先に礼二と車に戻った。

「ごめんね、俺たちが誘ったのにドライバーさせちゃって」

運転席に乗り込む世之介を礼二が気遣う。

「ぜんぜん。運転好きですもん。それに鎌倉なんて目つぶっても行けますし」

「おお、やっぱり九人乗りは広いね」

後部座席に乗った礼二が、どこに座ろうか迷った挙句、運転席の真後ろに陣取る。

「なんか、すいませんね。レンタカー代とか全部出してもらっちゃって」

運転席から世之介が礼を言うと、

「俺たちが誘ったんだもん。当然だよ。横道くんとあけみちゃんは、今日一日、何も心配しないでのんびりしてよ」と、太っ腹な礼二である。

さて、今回のドーミー鎌倉小旅行、言い出しっぺは珍しく大福さんである。

ここ最近、永遠ちゃんのことで、横道さんとあけみさんが元気ないから、ここはみんなで元気づけてやりませんか。

と、礼二に持ちかけたらしい。

もちろん礼二にも異論はなく、ならば近所での食事というよりは、二人が行きたいところに連れてってやろうという話になった。

「だったら、私、鎌倉に行きたい」

そう答えたのはあけみである。

ちなみに鎌倉など行き飽きている世之介は、「えー、せっかくだから他の所にしようよー」とゴネたのだが、「この前、タシさんたちと行ったのは真冬だったし、せっかくだから夏の鎌倉に行ってみたい」と、珍しくあけみが折れなかったのである。

せっかく早めに借りてきたレンタカーの中で、待ちくたびれた世之介と礼二が、いよいよやることがなく、お互いの星座や血液型の話などをするようになった頃、やっとドーミーの住人たちが車に乗り込んできた。

まずは大きなサングラスでトンボのようになったあけみが助手席に座り、その後から大福さん、谷尻くん、一歩が、ぞろぞろと後部座席に乗り込んでくる。

「さてさて、それじゃあ、出発しますよ」

世之介はそう声をかけると、景気づけにクラクションを鳴らした。

車が走り出すと、あけみが後部座席を振り返り、

「大福さん、朝ごはんも本当にお任せしちゃっていいの？」と、早速みんなの腹の具合を心配する。

「朝ごはんは、最近荻窪(おぎくぼ)にできた香港料理の店でお粥(かゆ)です。鶏肉、ピータン、いろんな種類ありますから」

予定表を確認しながらの大福さんに、

「ああ、その店知ってる。私、行きたかったのー」

おそらくみんなの期待通りであろう歓声を上げるあけみである。

「朝ごはんはちゃちゃっと食べて、一路、鎌倉の海です。午前中は海や近くのカフェでまったり、昼食はミニ懐石を予約してますので」

予定表を読み上げる大福さんの声に、

「懐石料理なんて初めてですー」と喜んでいるのは谷尻くんである。

「……一歩くんは食べたことある？」

自分だけ初体験というのは心細かったのか、谷尻くんに訊かれた一歩が、「ばあちゃんの葬式のあと」と答える。

「それ、精進料理だよ。でもまあ、似たようなもんか」

世之介の言葉に、みんなが笑う。

「ちなみに晩ごはんは？」

朝もまだなのに、気の早い世之介である。

「夜は茅ケ崎のキャンプ場でバーベキュー。肉だけじゃなくてハマグリとか海老とか海鮮も取り揃えております」と礼二が教えてくれる。

「おー」

あちこちから歓声である。

昨夜までぐずついていた空も、今朝になって快晴となり、湿気もなく、東京の八月としては不思議なくらいの涼しい風が、全開にした窓から車の中を吹き抜けていく。

「あけみちゃんももう一杯飲む？」

トイレからテラス席に戻ったあけみに声をかけるのは、空いたビールグラスを振る世之介である。

「じゃあ、もらおうかな」

二人の目の前が湘南の海である。ログハウス風のカフェでは、客たちが色とりどりのトロピカルカクテルを飲んでいる。

「大福さん、運転大丈夫なのかな？」

店員にお代わりを注文すると、世之介は改めて心配になる。

「……だって、花見の帰りに運転してくれたけど、顔に似合わずスピード狂でわりと怖かったんだけど」

「せっかくゆっくりしてほしいって言ってくれてるんだから、今日は二人でみんなの言葉に甘えましょ」

「まーそだね。っていうか、心配してるわりには午前中からビールガンガン飲んでるんだけどね」

「そうよ」

あけみの笑い声を海からの風が連れていく。

「それにしても、うちの人たちは自由っていうか、一緒に来たわりには着いた途端にみんな自由行動だもんね」

あけみがそう言いながら、お通しのフライドポテトを食べようとするので、

「我慢しといたほうがいいよ。もうすぐ懐石だから」と世之介は止めた。

「あ、そうだ。危ない……」

「谷尻くんと一歩はそこの海岸にいるけど、大福さんたちはどこ行ったの？」と世之介は尋ねた。

「大福さんは鶴岡八幡宮（つるがおかはちまんぐう）で、礼二さんは銭洗（ぜにあらい）弁天って言ってたかな」

「一緒にどっちかに行けばいいのにね」

世之介は立ち上がると、ビールで膨れた腹を摩った。

「……もう一杯ずつ飲んだらさ、俺らもちょっと散歩しない？　少し腹減らさないと」

「そうだね。どこ行く？」

世之介は背伸びしながらぐるりと周囲を見渡した。

「あ、そうだ。すぐそこに梅月寺ってのがあるんだけど」

二千花の墓がある寺である。

「有名なの？」

「まあまあ。でも、そこに二千花の墓があるんだよ」

自分でも不思議だったが、そんな言葉が自然に出てくる。

「え？　二千花さんのお墓？」

驚いたのはあけみである。もちろん二人の間で二千花の話がタブーとなっているわけではないのだが、こうもすらっと世之介の口から出てくることもなかったのである。

「いいの？」

あけみに驚かれて、「いいって？」と逆に驚いたのが世之介で、

「だって、お墓参りでしょ」と、あけみ。

「うん。墓参り。……え？　いいよいいよ。なんで？　ダメな感じ？」

「いや、ダメな感じってこともないけど。私は」

「え？　じゃ俺？」

なんとなく何かが嚙み合わないままなのだが、ここで、じゃあ、やめようかというのもまた妙である。

結局、お代わりしたビールを飲み終えると、二人は高台にある梅月寺を目指した。

急な石段が続く道で、次第に息も上がって会話もなくなる。

日盛りの境内はガランとしていた。旺盛な蟬の鳴き声だけが響いている。

それでも境内は生い茂った樹々のおかげで日陰もあるのだが、墓地へ向かうとずらりと並んだ墓石がその夏日の直射を受けている。

「どこ？」

あけみに問われ、「ここ」と世之介は目の前の、よく磨かれた墓石を指した。

予想外に近かったせいで、驚いたあけみが少し飛び退く。

「あー、びっくりした」

「あはは。幽霊でも出たみたいじゃん」

「ごめんごめん。あ、でも幽霊にでもなって出てきてくれたら、ちょっとお話ししたいな」

「二千花と？」

「そりゃ、そうよ。知らない人に出てこられても困るでしょ」

とかなんとか言いながら、世之介は墓石に手を合わせた。横であけみも同じように手を合わせる。

「あれ、あなた……」

背後で声がしたのはその時である。振り返れば、梅月寺の和尚が立っている。

「あれ、和尚さん、お久しぶりです」

世之介がその場を離れようとすると、

「私、もうちょっとお参りしてから行くね」と、あけみがまた目を閉じる。

世之介は和尚の元に駆け寄った。

駆け寄ってきた世之介を、

「ここは暑いから、ちょっとあっち行きましょう」と和尚が日陰に誘う。

見れば、和尚の禿頭(とくとう)が直射日光で赤くなっている。

和尚について木陰に入ると、大きな石塔であけみの姿が見えなくなる。

「和尚さん、元気そうですね？　すっかりご無沙汰で」

改めて挨拶する世之介に、

「そろそろ、くたばってるとでも思ってましたか？」と和尚が笑う。

「いやいや、和尚さんって、昔からぜんぜん変わらないですよ。会った時からずっと……」

そこで言い淀んだ世之介に、

「ずっと、くたばりそうだった、でしょう？」とまた和尚が機嫌良さそうに笑い出す。

「いやいや、そんなことないですよ。和尚さんには頑張って長生きしてもらって、二千花たちを供養してもらわないと」

「この老いぼれを、そうコキ使いなさんな」

世之介はなんとなく墓地を見渡した。多くの墓石が夏日を浴びている。

「和尚さん……」

「ん？」

「……俺もいつか死ぬんでしょうね」

ふとそんな言葉が口から出て、世之介は自分で驚いた。もちろん日ごろからそんなことを考えているわけでもない。

「まあ、死ぬでしょうね」

ただ、和尚はあっさりしたものである。

「……でも、安心なさい。あなたが死んでも、世の中はそれまでと変わらず動いていきますよ。二千花ちゃんが亡くなってからもそうだったように。……でも、もうあなたになら分かるでしょ？　同じように見えても、やっぱり少し違う。二千花ちゃんがそこにいた世界と、最初からいなかった世界ではやっぱり何かが違う。それがね、一人の人間が生きたってことですよ」

世之介は眩いような墓地を見つめた。いくつもの墓石が強い夏日を浴びている。

確かにもう二千花はいない。でも、目の前に広がっているのは、二千花がいたことのある世界である。

「なんか、生きるっていいですね」と世之介は言った。

「ええ、生きるっていいんですよ」

和尚は赤くなった禿頭を掻いている。

「遅いよ。どこ行ってたんだよ。こういうのは若いのが率先して運んでくれなきゃ」

車から下ろした食材を、さも重そうに地面に置くのは世之介である。

そんな世之介の小言が聞こえているのかいないのか、歩調を早めることもなく近づいてくるのが谷尻くんと一歩で、ずっと海にいたらしく、その顔や腕は今夜の風呂や明日の朝が楽しみなくらい真っ赤に日焼けしている。

「道に迷っちゃって」

世之介が地面に下ろした食材の袋を、そう言いながら谷尻くんが持ち上げる。

「一歩、そっちにハマグリとかあるから、礼二さんの所まで持ってって」

世之介がそう頼めば、「礼二さんの所って？」と一歩が口を尖らせる。

「お前の、そういうとこ。ほんと直した方がいいぞ」

「そういうとこって？」

「だから、そういうとこ」

二人のこの手の言い合いにはすでに慣れた感のある谷尻くんが、「ほら、一緒に持ってこう」と、ここで誰よりも大人っぽい対応である。

場所は茅ケ崎のキャンプ場である。まだ日は高く、昼の懐石料理が腹に残っているので、三人の動きは緩慢である。

「谷尻くんたち、どこ行ってたの？」

炊飯場に向かいながら世之介は尋ねた。

「凜子さんの店に顔出してきました」

「凜子さん、いた？」

「いなかったです。東京の展示会か何かに行ってるって。タカシさんが店番してました」

世之介は改めて横を歩く谷尻くんを見た。すべてお下がりなのだろうが、ロンハーマンのTシャツに、パタゴニアのパンツ、指にはシルバーリングまでつけ、その上、連日のビーチ通いですっかり色が抜けてしまった茶髪は、もうどこからどう見ても一端（いっぱし）のサーファーである。

「谷尻くん、印象変わったね？」

世之介の言葉に、本人は自覚がないらしく、「そうですか？」と、すっとぼけたものである。

「変わったよ。俺、初めて会った時、今時まだこんな純朴そうな子っているんだって驚いたもん。もうこの存在感だけで奨学金もらえるんじゃないかって」

よく分からない譬えではあるが、谷尻くんには伝わったらしい。

「いやー、実は自分でもそう思うんですよね」

重い食材をひょいと持ち替えた谷尻くんが頷く。

「あーそう。やっぱり自分でもそう思う？」と世之介。

「電車とか乗ってると、ああ、この子、純朴そうだなーって思うことがあって。これまでそんな風に思ったことなかったですからね」

「自分が純朴だと違いが分かんないもんね」

そのあたりまで黙って二人の話を聞いていた一歩が、「なんすか、その会話」と笑い出す。

「いやいや、そうなんだよ。お前だってそうだよ。自分が引きこもってるから、同じ引きこもってるヤツ見ても、普通に暮らしてるようにしか見えないだろ」

そんな世之介の説に、一歩が危うく頷きそうになった時である。

「でも一歩くんってもう引きこもりって感じしないですけどね」と谷尻くんが言う。

「……だって、引きこもりの人って、茅ケ崎のキャンプ場でみんなとバーベキューなんかしないでしょ」と。

正論である。

「でもさー、今日はたまたまだよ」

そう反論したのは世之介であるが、よくよく考えてみれば、最近はその「たまたま」が頻繁な気もする。

「いやいや、でもさー」

さらに否定しようとして、世之介はふと気づいた。いやいや、これじゃまるで、一歩に引きこもりでいてほしいみたいじゃないかと。

炊飯場に着くと、まさに水を得た魚のようなあけみちゃんがその場を取り仕切っていた。

朝昼晩、今日はごはんの心配はしなくていいですからね、とドーミーのみんなから掛けられていた労(ねぎら)いの言葉が、きっとあけみには手足を縛るような呪文だったのであろう。

「あ、世之介たち来た？　やっぱり鉄板じゃなくて、網焼きにするからさ、葉物の野菜はとりあえず洗うだけで、切らないでね」

大福さんと礼二さんはすでにこの場をあけみに委ねたようで、アシスタントのようにその両脇に立っている。

見渡せば、あちこちでバーベキューの準備が始まっていた。

気の早い子供たちが花火に火をつけて、怒った母親から逃げ回っている。

「横道くん、この前の山ってどこだっけ？　今度一緒に登ってみようかって言ってたの」

機嫌良さそうに焼酎を飲んでいるのは礼二さんである。

「妙義山（みょうぎさん）でしょ、富岡の。でも、あんな山、僕ら素人には無理ですよ。せいぜい下道の奇石や神社巡りがやっとでしょ」

そう答えながら世之介が焼きマシュマロを運んでいくのは大福さんの元で、当の大福さんは、さっき世之介が作ったハンモックで気持ちよさそうに風を浴びている。

大福さんに焼きマシュマロを渡した世之介が戻ってくると、砂浜の方から、

「横道さーん、花火まだありましたっけ？」

と、谷尻くんの声である。

「あるよー。俺が持ってくよ！」

花火セットを取り出した世之介が、今度は砂浜の方へ駆けていく。

そんなあっちへ行ったりこっちへ行ったりの世之介を、ほんと落ち着かない人だねー、と呆れ

ているのはあけみである。

「横道さん？」

　ハンモックから大福さんの声である。

「今、海の方に行っちゃったよ」

　と、あけみが教えると、

「ああ、そうですか。いえ、このハンモックからどう降りればいいのかと思って」

　と呑気なことを言いながら芋虫のように蠕動（ぜんどう）している。

　大福さんを手助けして降ろしたあと、あけみはなんとなく海へ向かった。砂浜に下りた途端、

「横道さん！　危ないですって！　来ないで下さいって！」と花火ではしゃいでいる谷尻くんの声が聞こえてくる。

　日が暮れかけた波打ち際で、両手に噴射花火を持った世之介が、その谷尻くんや一歩を追いかけ回している。

「バカじゃないの」

　あけみは呆れて笑うと、冷えた砂に腰を下ろした。それから三人の花火をどれくらい眺めていただろうか、やっとあけみに気づいたらしい世之介がふいに駆け寄ってくる。

「あけみちゃんも花火やらない？　たまにやると面白いよ」

「火はもうコンロだけで充分」

「あー疲れた。あいつら相手にしてると本当に疲れるわ」

世之介がドタッと砂浜に寝転がる。

「なんか、こうやって世之介のこと見てるとさ……」

あけみはそこで言葉を切った。

「こうやって俺のこと見てると何？」

突然口を噤んだあけみに世之介が尋ねる。

「うん……世之介のこと見てるとさ、いや、調子に乗りそうだから、あんまり言いたくないんだけど……」

「え？　なんか褒めてくれんの？」

世之介が嬉しそうに体を起こす。

「いや、褒めるのとはちょっと違うんだけどね」と、あけみは笑い、「……でも、まあ、たまにはいいか」と続けた。

「そうだよ。たまには褒めてよ」

「いや、なんていうか、世之介を独り占めにはできないんだなーって。ふとそう思ったのよ」

「どういうこと？」

世之介でなくとも、どういうこと？　であろう。しかし、「いや、だから」と、あけみも説明しようとはするのだが、これがなかなかうまい言葉が見つからない。

「独り占めできないって、居酒屋とかで最後の唐揚げとか餃子（ギョーザ）が皿に残っちゃうやつ？　ほら、遠慮の塊的な。そういう話？」

「いや、そうじゃなくて、ほら、気がつくと、あっちこっちから『横道くん、横道さん、世之介くん、世之介』って、みんなが世之介のこと呼んでるじゃない」

残り物の唐揚げの方へ行きそうになった話をあけみは引き戻した。

「ああ、だから独り占めはできない？　……って、なんか俺すごい人気者みたいじゃん」

「ほら、そうやってすぐ調子に乗るでしょ」

二人がそんな話をしているそばから、「横道さん！　横道さん！　この花火、全部やっていいんですよね？」という谷尻くんの声が聞こえてくる。

「ほら」とあけみが笑うと、「みんなって、谷尻くんと一歩じゃん」と世之介も笑う。

「……でも、なんか今日、本当にそう思ったのよ。世之介のことは独り占めできないんだなーって。でもこれ、やっぱり褒めてないからね。女からしたら、あんたは最低のダメ男だって言ってるのと同じだからね」

あけみはそう言った。しかし、そんなあけみの気持ちを、「へえ」と軽く受けた世之介が、「でもなんで今日よ？」と訊き返してくる。

たしかになんで今日？　と、あけみも思いはしたが、

「さっき二千花さんとお墓で少し話せたからかな」

そんな言葉が自然と出てしまい、「え？」と仰け反るほど世之介が驚く。

「違う違う。別に二千花さんが出てきたわけじゃないよ」

「あーびっくりした。俺の前にもまだ出てこないのに、あけみちゃんの前には出てきたのかと

思って焦った」

慌てて幽霊説を否定するあけみに、世之介がホッとする。

「でも、本当に二千花さんが出てきてくれたら、いろいろ話せるんだけどなー」

「無理無理」

「なんで？」

「だって、二千花、出無精だもん」

あけみは今日初めてお参りした二千花の墓の様子を思い浮かべた。

周囲の墓に比べても、手入れの行き届いた墓だった。きっとみんなに愛された人なのだろうと思った。そしてそんな墓に手を合わせていると、ふとこんな風に思ったのだ。

きっと二千花さんには本当に世之介が必要だったんだろうなと。

もちろん私だって世之介は必要だけれど、そんなレベルではないくらい、もっともっと本気で世之介のことが必要だったのだろうなと。もちろん世之介がいなければ、私も寂しい。心が裂けるほど寂しい。でも、それでも、私はまだ立っていられるような気もする。それはきっと私だけじゃない。世之介のことを大好きな人はたくさんいるが、その誰もがそうではないだろうか。

でも二千花さんには世之介しかいなかった。本当に本当に、世之介のことが必要で、きっと亡くなる間際には世之介のことが世界のすべてだった。

そんな愛され方を世之介はしたのだ。だからこそ世之介はそんな愛に必死になって応えようとしたのだ。

「何何？　何？」

ふと気づくと、世之介が横から心配そうに覗き込んでいた。

「あ、ごめん、別に……」とあけみは慌てた。

「じゃーやめてよー。さっきの今でそんな風にじっと一点見つめられると、またなんか見えてんのかとか思うじゃん」

世之介が大げさに驚いてみせる。

「私、霊感ないじゃん」とあけみは笑った。

そんな二人の元に花火がなくなったらしい谷尻くんと一歩が駆けてくる。

「横道さーん、帰り、レインボーブリッジ通りますよねー？」

「通らないですよねー。第三京浜ですよねー」

などと言い合いながら。

「第三京浜だから通らないよ」

駆け寄ってきた谷尻くんと一歩に世之介が教えると、「ほら」「ほんとだ」などと言い合いながら二人がキャンプ場の方へ戻っていく。

「あれ？　なんの話だっけ？」

世之介に問われ、「あれ？　ほんとなんの話だっけ？」と、実際には覚えていたが、あけみはとぼけた。

二千花さんがどのように世之介を愛し、世之介がどのようにそれに応えたのか。そんな二人の姿があけみにも見えた、そんな話の最中だった。

「なんか、いい一日だね」

気がつくと、あけみはそう呟いていた。

「……みんなで私たちのために、こんな旅行、計画してくれて」

「でも、ちょっと詰め込みすぎだけどね」

と言いながらも世之介も嬉しそうである。

「私の人生なんてさ、わりと平凡な方だと思うけど、でもそんな中に今日みたいな日があったと思ったら、きっと満足だな。自分の人生に大満足。そんな一日かも。今日は」

しみじみと話すあけみに、「俺も」と、珍しく世之介もしんみりである。

しかし、珍しいなーとあけみが思っていると、やはり根がしんみり体質ではないらしく、

「でもさー、たしかに今日は大満足だけど、ちょっと思い返したら、これまでもわりと満足日あった気しない？」

と、妙な方向に話を持って行こうとする。

となると、あけみも負けず嫌いなところがあるので、

「そう？」と、早速思い出そうとしてしまう。

「じゃあさ、今日が夏の満足日だとしたら、順番に行こうよ。まず、秋。去年の秋」と世之介。

「去年の秋か……」

一瞬、首をひねったあけみだが、「……あ、あった」とすぐに手を叩き、

「ほら、秋はあれよ。ムーさんたちとゴジラ映画のエキストラ行ったじゃない。あれは楽しかった」と懐かしむ。

「ああ、あれは楽しかった。でもエキストラよりドーミーに戻ってからの反省会の方が面白かったけどね。でもあれは間違いなく満足日だね。秋の満足日に決定」

「じゃあ、冬は？」

興に乗ってきたあけみが尋ねる。

「冬は……」

と、しばらく頭をひねった世之介が、

「なぜか、初詣でトイプードルに絡まれた記憶が蘇ってきた」と笑い出す。

「あったねー。着物かじられてたよね？」

「凶暴だったよね、あのトイプードル」

「でも、なんで、それよ」

笑い出したあけみは、「私はもう絶対にタシさん。毎日楽しかったもん」と続けた。

「俺ら、堤下一族に勝ったもんね」

「そう？」

「いや、圧勝でしょ」

「じゃ、春は」

「春はついこないだじゃん」

「たしかに。近すぎて、選べないよね」

「こういうのってさ、やっぱりちょっと時間が経たないと、ダメなんだよ」

「ダメって？」

「だから、思い出になるものと、ならないものが選別されるの」

「そんなもんかなー」

「そんなもんだよ。だからあと半年も経ったら、これぞ春の満足日みたいなのが、ふっと出てくるんじゃない」

尤(もっと)もらしく説明する世之介の横顔を、あけみはまじまじと見つめた。

「何？」

そんな視線に焦った世之介に、「飽きたんでしょ、この話に」とあけみが笑えば、図星だったらしく、「あはは」と世之介も笑い出す。

きっと世之介の言う通りなのだろう。思い出になるには時間がかかるのだ。そして逆に言えば、時間をかければ、すべては思い出になっていくのだ。

にしても、一年が経つのは早いとあけみは思う。あっという間ではあったが、それでもこの一年で何か変わったはずだ。

大福さんは主任になった。谷尻くんはちょっとオシャレなサーファーになりかけている。一歩くんは相変わらず一歩くんだが、それでもバーベキューの荷物は率先して持ってくれるし、礼二さんは最近貯金が増えたと喜んでいた。そして世之介にとっては、何と言っても雑誌での連載が始まった記念すべき年である。

じゃあ、私は？　と考えて、あけみの脳裏に真っ先に浮かんできたのは、奮発して新型を導入したドーミーの換気システムである。

なるほど。私はドーミーで、きっとドーミーは私なのだ。

のんびりと始まって、のんびりと終わりそうな一年だが、それでもこうやってみんながみんなそれぞれに成長したのは間違いない。

のんびりしていようがいまいが、一日というのは始まっては終わる。そして気がつけば一年が経っている。それでも中には今日のように、「ああ満足。大満足」と言いたくなるような一日もあって、そんな一日が次はいつ来るんだろうかと思いながら、人は生きているのかもしれない。

時間というのは平等である。誰もが同じように持っている。そんな時間というものを信じてみてもいいんじゃないだろうか、とふと思う。そんな時間に身を委ねて、思いっきり甘えてみてもいいんじゃないだろうかと。

「ありがとね。あけみちゃん」

とつぜんそう聞こえた。

「え？」

驚いて横を向くと、世之介は海を見つめている。

「何よ、急に」とあけみは笑った。

「いや、ちょっと言ってみたくなっただけ」と世之介も笑う。

「気持ち悪いなー」とあけみはまた笑った。

「いや、ほんとになんか急にお礼が言いたくなったんだよ。あけみちゃんだけじゃなくて、いろんな人に」

そう言って、世之介はなぜかスッキリしたような顔をしている。

「横道さーん、そろそろ帰りましょうってー礼二さんがー。帰りの高速混むからってー」

そんな二人の耳に一歩の声である。

「ほーい」

世之介が手を振って応える。

ゆっくりと砂浜を歩き出した二人を、一歩が待っている。

「なんか一歩くんって最近顔つき変わったよね?」とあけみは言った。

「そう?」

「うん、変わったよ」

「どこが?」

「そう聞かれると、困るけど……」

……でもきっと世之介が変えたんだよ。

あけみが心の中でそう言った瞬間、ひんやりとした風が砂浜を吹き抜けていく。

そろそろ夏も終わりである。夏というものは、夏真っ盛りの、そのど真ん中でとつぜん終わってしまうものなのかもしれない。

きっとだからこそ哀しい。きっとだからこそ美しいのである。

# 十五年後

「大福店長、そろそろ武藤一歩さんのサイン会、終わりそうです」

若いスタッフに呼ばれ、「はーい、すぐ戻ります！」と絵本売り場で立ち上がったのは大福さやかである。

「お並びのお客さん、あと十名ほどです」

「ずいぶん時間かかったね」

「武藤先生が一人一人とゆっくりお話しされてましたから」

ショッピングモール内にある大型書店である。夏休みということもあってモール内はもちろん、大福が店長を務める書店も朝から大繁盛である。

「それにしても、武藤先生のサイン会、大盛況でしたね」

前を歩くスタッフが振り返り、「そりゃそうよ。大人気絵本作家だもん」と大福は笑顔で答えた。

「去年映画化された『クジラのララ』も大ヒットしましたもんね」

スタッフが言っているのは、一歩のデビュー作で、鎌倉の砂浜に打ち上げられたクジラが主役の絵本である。低予算の映画ではあったが、若いスタッフたちが手弁当で製作し、公開してみればメジャー作品に引けを取らないヒットとなったのが去年のことである。

二人が急いで戻ったサイン会場では、十人ほどの行列の他に、すでにサインをもらった客たちもその場でファン同士の交流をしており、アットホームなサイン会の雰囲気がそのまま残っている。

入口で立ち止まった大福は、ぐるりと会場内を見渡した。

金屏風(びょうぶ)の前、笑顔でサインをしている一歩の頭上には、大福が特別注文した横断幕がかけられている。

【絵本作家　武藤一歩さん『永遠(えいえん)と横道世之介』刊行記念サイン会】

サイン待ちの列の最後尾で賑やかな笑い声が起こったのはその時である。

何事かと思って大福が目を向ければ、並んでいるのはエバくん一家で、さっきまでモール内で迷子になっていたらしい咲子がやっと到着したと大騒ぎしている。

「相変わらず賑やかな一家ねー」

大福はそんなエバたちの元へ向かった。

「だってお母さんが迷子になって、携帯も繋がらないから、僕が迷子になったふりして迷子センターに行ったんだよ」

とは、小学四年になるエバの長男、幸之介である。そこへ母の咲子が、

「だったら『江原幸之介くん九歳が迷子になっております』って放送してもらえばいいじゃない。なにも『江原咲子様四十歳、お子様の幸之介くんがお探しです』なんて年齢までアナウンスしてもらうことないでしょ！」

小学生の息子相手に鼻息を荒くしている咲子としては呼び出しはまだいいとしても、年齢公表だけは本気で嫌だったらしく、

「……お母さんいつも言ってるでしょ。お母さんはね、もう年を取らないの。ずっと二十八歳のままなの！」

と、側から見れば、どうでもいいことをしつこく力説している。

ただ、幸之介の方はそんな母親の無体な言いがかりなどもう聞いてもおらず、

「ねえ大福さん聞いてよ。お母さんは迷子になるし、お父さんは駐車券を車に忘れて取りに戻るし、結局僕がお姉ちゃんの車椅子押して、サイン会の整理券もらったんだよ」と大きなため息である。

その時、車椅子に乗っている永遠が、両手を大きく動かす。

「何？」と、大福はしゃがみ込んで、その黒い瞳を見つめた。

不明瞭ではあるが、「でも、幸之介も、整理券の、場所、が、分からなくて、ずっと、グルグル回ってた、んだよ」と伝えてくる。

大福は、「そうなの？」と微笑んだ。

「私、は、ここで、もらえるって言ったのに。幸之、介が、イベント、の時、は、一階のサービ、ス、カウンターで、もらうって」

麻痺（まひ）のある永遠の話し方は、どうしても少し興奮気味に響いてしまう。

本来なら周囲からの視線も集まるのだが、その横では幸之介が、

「だって、この前の昆虫イベントの時はそうだったもん！」

と言い返すし、さらにその隣で、

「もう本当にやだ。お母さんずっと年齢非公開なんだから！」

とまだ咲子が怒っているので、永遠に集まるはずの周囲の視線も散漫になる。

「ちょっと、そこ、うるさいよ！」

そんな会場に声が響いたのはその時で、一斉にみんなで振り返れば、列の先で呆れたとばかりに一歩が笑っている。

いつの間にか並んでいたお客さんたちのサインは終わり、残すはエバたち一家だけになっていた。

一家の言い合いをのんびりと眺めていた父親のエバが、「あーごめんごめん」と、今さら急いで一歩の前に進み出る。そのあとをみんなも追う。永遠を乗せた車椅子を押す幸之介に、咲子と大福である。

「うるさいよ」

一家を出迎えた一歩が、改めて呟く。

「だっ、て」「だってね」「だってさ」

その途端、永遠、幸之介、咲子が同時に口を開くものだから、

「だから、うるさいよ」とまた一歩が窘める。

とりあえず静かになったところで、一歩が手元にあった絵本『永遠と横道世之介』を永遠に差し出す。

「永遠、新作、もう読んでくれた？」と。

本を受け取った永遠が不自由な手でページを捲ろうとして、すぐに横から幸之介が手助けする。

「これ、売れな、い、と思う」

明瞭ではないが、永遠がはっきりとそう言い切る。

「え？」

驚く一歩の声に周囲から笑いが起こる。

「……厳しいな。なんでよ？」と、思わず一歩が机に身を乗り出せば、

「だっ、て、盛り上がりが、ない、もん」と永遠。

「そりゃそうだよ。そういう話なんだもん」

「なんでも、ない一日の話ばっ、かり。なんでもない、春、の一日。夏の一日。秋、の一日。冬、の一日の話だけ。売れな、いよ」

「厳しいなー」

改めて永遠に宣告された一歩が頭を抱え、近くにいたお客さんたちにもさらに笑いが広がっていく。

「でも、この本は永遠がいなかったら描けなかった本だからね。永遠は出てこないけど、ある意味、永遠と世之介さんが主役の本なんだから」

一歩はそう言うと、「あ、そうだ。咲子さん、覚えてますか？」と、横にいる咲子に声をかける。

「……ほら、まだ永遠が咲子さんのお腹にいる時、咲子さん、僕に頼んだんですよ。私とこの子の話を絵本にしてほしいって」と。

「そうだっけ？　私、一歩くんみたいな大先生にそんなこと頼んだ？」

咲子はすっかり忘れていたようで首を捻っている。

「頼みましたよ。ドーミーの僕の部屋にずかずかと入ってきて、『今度、私と生まれてくる私の赤ちゃんのために絵本描いてよ』って。ほぼ初対面だったのに」

一歩がそう答えると、横からエバが、

「じゃあ、まだ一歩くんがドーミーに引きこもってた頃だ？」と口を挟み、

「そういえば、その頃じゃない？　サーフィン始めた谷尻くんを主人公に絵本描いてたの」

と、大福も懐かしい話を思い出した。

「あー、いたねー、谷尻くんって」とエバ。

「いたいた。今、どうしてんだろう？」

懐かしい名前に思わず一歩が顔をほころばすので、

「谷尻くんだったら、地元の山形で公務員やってるよ」と大福は教えた。

ついでに、「……元『ミス山形』と結婚して、もう子供もいるって」という情報も添えて。

「えっ！　奥さん、ミス山形なんだぁ」となぜか嬉しそうなエバに、

「やるねえ、谷尻くん」

と一歩も目を見開く。

とかなんとか場所もわきまえずに昔話に花を咲かせ始めた大人たちを、

「ねえ、サイン会いいの？」と、そのあたりで窘めたのが幸之介である。

そんなやりとりに周囲で眺めていた人たちからまた笑い声が上がる。

「あれ、今日あけみさんは？」

尋ねたのはエバで、

「今日は、あけみさんは自宅待機」と大福。

「なんで？」と尋ねるエバに、今度は横から一歩が、「このサイン会の後、僕がドーミーで雑誌の取材を受けるんですよ。それで待っててもらってるんです」と口を挟む。

「じゃあ、きっとあけみさんのことだから、今ごろドーミーを隅々まで磨き上げてるね」

咲子の言葉に、

「ドーミーはこちらの人気絵本作家さんの生誕地って言ってもいい所だから」

と、大福が茶化すように言うと、

「でも、本当にドーミーで暮らしてなかったら、俺、絵本作家になってなかったような気がするんですよね」と当の一歩も頷く。

「ねぇって！　サイン会しなくていいの？」

と、このあたりで、またしっかり者の幸之介である。

「あ、ごめんごめん」

息子の幸之介から窘められ、エバが手にしていた本をやっと一歩に差し出す。

「み、んな集まると、い、つもドーミーの食堂にいる時、みたいになる」

永遠の言う通りである。

エバの本にゆっくりとサインしながら、

「エバさん、またみんなで鎌倉に遊びにきてくださいよ」と一歩が誘う。

「来週いっぱいで今の仕事が一段落つくから、月末にでも四人で行くよ。永遠と幸之介の学校もまだ休みだし」とエバ。

「そういえば、エバさんがやってる『サンデー大手町』の巻頭グラビア、最高ですね」

「ほんと？」

「先週号の女優さんとか、大ファンですもん」

「ああ、桃華(ももか)ちゃんね。……彼女は、おっぱい大きかった」

子供たちに聞こえないようにこっそりと伝えるエバを、「最低ですね」と一歩が笑う。

「さっき最高って言ったじゃん」

そんな二人のニヤニヤ笑いを大福が呆れたように眺めていると、横から咲子が、

「あ、そうだ。大福さん、この前ありがとうね。いい本紹介してもらって、シンポジウムでも評判よかったのよ」と、マイペースに話を変えてくる。

「ああ、YouTubeで見たよ。相変わらず咲子ちゃんって話すの上手いね。上品だし、柔らかいし、他のパネリストの人たちもうっとりして聞いてたよね？」

大福が素直な感想を伝えれば、

「本当？ 嬉しい。でも、無理してんの。だって普段通りに喋ってたら、みんなドン引きするもん」と咲子が舌を出す。

YouTubeの動画には、自作のフリップを出し、「ハンディキャップがある人に対して世間の人が冷たいわけじゃないんです。ただ、何か手助けしたくても、そのための制度がないことが一番の問題なんです」と静かに訴える咲子が映っていた。

考えてみれば、咲子がとつぜん大学院で福祉関係の勉強をすると言い出したのは永遠が無事に小学校に入学したころ、そして世之介さんの七回忌が終わったころだったはずだ。

永遠の日々の世話もあり、大学院なんて無理だとエバくんは相当説得したらしいのだが、一度決めた咲子の意志は固く、その永遠のために勉強したいのだと一念発起したのである。

結果、大学院で国際社会福祉論を学んだ咲子は、そのままそこでハンディキャップを持つ子供たちのキャリア形成についての専門的な研究を続けた。当時、何よりも永遠の暮らしを優先させながらも、必死に学校の講義やゼミに食らいついていた咲子の姿を、大福は今でもはっきりと覚

えている。

最初は反対していたエバも、すぐにそんな咲子の応援に回った。

エバだけではない。咲子の両親や兄たちはもちろん、微力ながら大福自身も、あけみさんも、自分たちにできる何かを見つけて、そんな咲子を応援した。

ただ、今思えば、咲子を応援するということは、永遠のそばでその成長を見ていられるということだった。そう。永遠の成長をそのそばでずっと見ていられるという幸せな時間を手に入れられたのだ。

大学院を卒業した咲子は、いくつかのシンクタンクやボランティア財団で働いたあと、現在では都内の大学で客員教授として授業まで持っている。

そう。やり遂げたのである。

「ねえ、サイン会、いいの？」

ふと気づくと、幸之介が呆れたように大福を見上げていた。

大福自身、咲子との話に夢中になっていたが、一歩とエバはまだ桃華とかいう女優さんの話をしているし、見渡してみれば、サイン会会場ではあちこちでグループができて世間話に花が咲き、のんびりとした時間が流れている。

「あ、ごめんごめん」

大福は幸之介にまず謝ると、

「それではこの辺で、武藤一歩さんのサイン会を終わりたいと思います！」

とまず声をかけ、「……お越しいただいた皆様、そしてお忙しい中、サイン会を開いてくださった武藤一歩さん、今日は本当にありがとうございました！」と会をしめた。

そのタイミングで背後の若いスタッフが花束を持ってきてくれる。

大福は、「じゃ、このお花は永遠から一歩くんに渡してあげて」と、その花束を永遠に渡した。受け取った永遠が車椅子から花束を差し出す。

「ありがと」

両手で受け取り、立ち上がってみんなにお辞儀をする一歩に、会場から温かい拍手が起こる。


「こちらが、武藤先生が若いころ下宿されていたところなんですね」

旺盛な蟬の声の中、背後から声をかけられ、一歩は振り返った。立っているのは今日雑誌のインタビューをしてくれるライターさんである。

「ええ。ここが僕らのドーミーです」

「あの、もしよろしかったら、ここから会話を録音させてもらってもいいですか？」

「ええ、どうぞ」

一歩は改めて夏日を浴びるドーミーに視線を戻した。

暮らしていた当時でも古びた印象の建物だったが、それがさらに十五年分古びている。ただ、あけみに言わせれば、見かけや設備は古びているが、昔と変わらず埃ひとつ落ちていないはずだと胸を張る。

「こちらには久しぶりにいらっしゃったんですか？」

ライターに訊かれ、

「いえ、そうでもないんです。実は先週も、今日の取材のお願いついでに遊びにきましたし」と一歩は笑った。

「武藤さんがお住まいだったのは、今から……」

「十五年前です」

「ああ。今回の御本のタイトルにもなっている横道世之介さんが亡くなった年ですもんね。たしかその年の秋……」

「ええ。秋でしたね。はっきりと記憶にあるのは、その年の夏がすごく楽しくて、その楽しさの真っ盛りに、ふっとあの人がいなくなったような、そんな印象なんです」

「当時、大きなニュースにもなりましたもんね。代々木駅で線路に落ちた女性を助けようとして……」

「ええ。世之介さんと、韓国からの留学生の方が二人で線路に下りたんだけど、間に合わなかった……」

「武藤さんはあのニュースをどこでお聞きになったんですか？」

「ここです。……ここでいつもみたいに、みんなで晩ごはんを食べてる時に」

ドーミーの玄関が開いたのはその時である。出てきたあけみが強い夏日に目を細めながら、

「あら、そんな暑いところに立ってないで、早く中に入りなさいよ。そこにいると蚊に刺される

のよ」と手招きする。

「初めまして。よろしくお願いいたします」

名刺を差し出そうとするライターを、「まあまあ、とにかく中に」とあけみが引っ張り込む。

食堂から冷気が流れ出てきており、玄関に入っただけで汗が引く。

そこでやっと名刺を受け取ったあけみが、

「紗倉(さくら)さんね。よろしくお願いします。ほら、とにかく上がってよ。スイカ冷やしといたのよ。取材が終わってから出そうかと思ってたけど、暑かったから喉渇いてるでしょ」と、二人の背中を押していく。

言われるままに一歩とライターの紗倉は食堂の席に着いた。

早速台所の冷蔵庫からスイカを出し始めたあけみが、

「一歩。お茶かコーヒー、自分でいれてよ。冷たいのがいいんだったら、こっちに麦茶とアイスコーヒーあるから」と声をかけてくる。

「麦茶でいいですか？」と一歩は訊いた。

「はい、すいません。というか、いつもこうなんですか？」と紗倉。

「こうって？」

「下宿先っていうより、実家にいらっしゃるみたいだから」

「実家の方がもっとのんびりさせてもらえますよ。こんなにこき使われませんもん」

「武藤さんのご両親は？」

「父は今、大宅島の中学で校長をやってます。母もそっちに」

「たまには武藤さんも会いにいらっしゃるんですか？」

「それこそ今年のゴールデンウィークは、さっきサイン会でご紹介した永遠ちゃんたち一家と一緒に大宅島に行きましたよ」

「永遠ちゃんたち、賑やかなご家族でしたね」

「賑やか超えてますね、あの一家はうるさい」と一歩は笑った。

「あの、こんな言い方は良くないのかもしれませんけど、遠慮がないっていうか。永遠ちゃんのようなお子さんを育ててるご家族って、どうしても周りの人たちに遠慮されて端の方にいるようなイメージがあるというか……いやでも、そういうのが私たちの勝手な思い込みなんでしょうけど」

「最初はそうだったんですよ。確かに遠慮してた。でもあるときエバさんが言ってたんです。『こんなとき横道さんだったらどうするだろう』って。『きっと遠慮なんかせずに、永遠をどんどん真ん中に連れてくんじゃないか』って」

「今のセリフ、今回の『永遠と横道世之介』の中にも出てきますよね。すごくいいなって思いました」

紗倉の言葉に一歩は素直に礼を言った。

「……この作品で武藤さんにインタビューができて、私、光栄なんです。これまでの先生の作品の中でも特に好きな作品ですし、もう暗唱できるくらい何度も読んでるんです」

「暗唱ですか?」と、一歩は笑った。

「ええ、暗唱です」と紗倉も笑いながら本を取り出す。

まだ発売されてひと月も経っていないのに、かなり読み込んだ跡があるところを見ると、暗唱というのも満更嘘でもないのかもしれない。

「そういえば武藤先生のデビューのきっかけは? 何かの雑誌に応募されたりしてたんですか?」

「いや、そうじゃないんですよ。横道さんの先輩に南郷常夫さんって方がいて」

「有名な写真家の方ですよね?」

「ええ。その南郷さんが知り合いの編集者の方に僕を紹介してくれたんです。横道さんが亡くなってしばらく経ったころだと思います」

「普通絵本というのは文章を書かれる方と絵を描かれる方が別というのが多いじゃありませんか。でも武藤さんは絵も文章もお一人で書かれる。物語が先なんですか?」

インタビューらしくなってきた紗倉の質問に、「それが絵なんですよ。絵が先です」と一歩は答えた。

「……まず描きたい風景が浮かんできて、その風景をいくつか繋げていると、自然と物語ができてくるんです」

「じゃあ、今回の『永遠と横道世之介』も、描かれてるような平凡な春の一日の風景が浮かんで、夏の一日があって、秋になって、冬が来て、と」

「ええ、そんななんでもないような一日を繋げているうちに、あの人の顔が浮かんできたんでしょうね」

「横道世之介さん？」

「はい」

足元に枝豆の入った大きなダンボールがあることに一歩が気づいたのと、あけみがスイカを食堂に運んできたのが同時だった。

涼しげなガラスの大皿に熟れたスイカが並んでいる。

「さぁスイカどうぞ。ほんとに甘いのよ」

「じゃあ、遠慮なく」

と、一つ手に取った一歩は、腰かけたままの椅子を後ろに傾けて背後の棚を開ける。

「また食べながらそんな行儀悪いことして。また、すっ転ぶよ」

あけみに叱られるも、一歩は構わず棚から出した小皿を紗倉に渡した。

「じゃあ、私もお言葉に甘えて」

一歩はスプーンも出してやろうとしたのだが、ワンテンポ速く紗倉は手づかみである。

「手づかみなんですね」と一歩が笑うと、「あ、ごめんなさい」と、今さら紗倉がいったん口元からスイカを離すが、「スイカなんてかぶりつくのが一番美味しいじゃない」とのあけみの言葉に、「ですよね」と紗倉もまた齧りつく。

一歩はスプーンを棚に戻した。なぜだか今日のインタビュアーがこの人でよかったとふと思う。

「そう言えば、この枝豆って……」

一歩は足元にあるダンボールを覗き込んだ。中には大量の枝豆である。

「ああ、それ？　谷尻くんがまた送ってきてくれたのよ」

あけみがダンボールを引っ張り出し、中から青々とした枝豆の房を取り出す。

「……今年のも粒が大きくて、美味しいのよ」

「そう言えば、さっきサイン会で谷尻くんの話が出たんですよ。奥さんが元ミス山形だって」と一歩。

「そうよ。知らなかったの？」

「知りませんよ。今日大福さんが」

「大福さんは山形に行った時、向こうで谷尻くん夫妻にご馳走になったらしいもんね」

「へえ。っていうか、これ本当に甘い」

一歩は二つ目のスイカに手を伸ばした。

「一歩がここで暮らしてたころって、他に誰がいたんだっけ？」

あけみがふとそんな質問をする。

「だから、谷尻くんでしょ。大福さん、あと礼二さん」と一歩。

「それだけ？　もっと多かった気がしたけど」

「だって、そこに横道さんがいたし」

「ああそうだ。世之介がいたんだもんね」

そこであけみがふと声を落とす。

「……ここにいるとさ、ついこないだみたいだけど、あの一歩がこうやって有名な絵本作家になってインタビュー受けてるんだもん。月日はちゃんと流れてるのよね、なんて話をさ、たまに礼二さんともするのよ」

「礼二さん元気です？　最近会ってないけど」

「元気元気。『こんな年になっても、こんな下宿に居残っちゃって悪いねえ』なんて言ってるけど」

「それ、僕がいた頃から言ってますよね」

「そうそう、ずっと言ってんのよ。でもほら今年いよいよ定年じゃない。だから、さすがに出て行こうかな、なんて言ってるわ」

「出て行くって、礼二さんどこに行くんですか？」

「さあ、はっきりと決めてるわけじゃないんだろうけど。どこか景色のいい鄙（ひな）びた温泉宿で一生を終えたいなーなんて、夢みたいなこと言ってる」

「鄙びた温泉宿？　礼二さんが？　いやいや絶対寂しくなって逃げ帰ってきますよ。今や人気シェアハウスとなったこのドーミーでこれまで通りに暮らしてくのが一番合ってると思いますけどね」

「ねー。私もそう言ってんだけど」

「ずっと満室なんでしょ？」

「ええ。おかげさまで。繁盛してます」

そのあたりまで話して、一歩は、「あ、すいません」と一人置いてけぼりにしていた紗倉に謝った。

「……なんかここにいると、すぐこういうリズムになっちゃうんですよ。インタビュー中だったのに本当すいません」

「私こそスイカに夢中になっちゃってて……。でも、ここでの暮らしが楽しかったんだろうなーって雰囲気がすごく伝わってきます」

同じように横ですっかり落ち着いてしまっていたあけみも今さら気づいたようで、

「あら、ごめんなさい。私がこんな所にドカッと座り込んでるからいけないのよね」と笑いながら席を立つ。

食堂を出て行くあけみを見送ると、紗倉が改めて一歩に向き直る。

「ライターとしては、まず今回このような作品をなぜ描こうと思われたのか、そのきっかけや理由を尋ねるべきなんでしょうけど……」

紗倉がそこで言葉を切る。

「でしょうけど?」

「……ええ、でしょうけれども、サイン会で永遠ちゃん家族とお話しされたり、今こうやってあけみさんと過ごされたりしてる武藤さんを見ていると、その理由が私にも少しだけ分かるような気がするんです」

自信なさげだが、それでも紗倉が自分で小さく頷いてみせる。

「……今回、武藤さんが絵本で描かれた世界が、きっとそのまま、ここにあったんだろうなって。サイン会でも永遠ちゃんが言ってたような、なんでもない一日。春の、夏の、秋の、冬の、そんななんでもない一日がここにはあって、きっとそんな時間がここには流れていたんだろうなって」

紗倉の話を聞きながら一歩は食堂を見回した。一歩が暮らしていた当時からあった物もあれば、新しく増えた物もある。古くなったり新しくなったりしながらも、でもここにはいつもの食堂がある。

「横道世之介さんって、どういう方だったんですか？」

ふいに紗倉に訊かれた。

「……あ、すいません。簡単な訊き方しちゃって。インタビュアーとしては失格ですね」

そしてすぐに謝られた。

「いえ、そんなことないです。実は僕もそれが分かるんじゃないかと思って、今回この作品を描いたんです。だけど結局分からずじまいでした。でも……」

一歩はそこで言葉を切った。

「でも？」と紗倉が訊き返してくる。

「ええ、でも。……実はさっきサイン会で永遠に言われて、やっと分かったんです。あの人がどういう人だったのか」

あれは永遠から花束を受け取り、サイン会もお開きとなった時だった。「じゃあ、また」とエバたちが帰ろうとした時、「私ね、分かっ、たよ」と、永遠が声をかけてきたのだ。

「分かったって何が？」と一歩は尋ねた。

「世之、介さんって人が、どういう人だったの、か」

「え？」

一歩は思わず身を乗り出した。

「この、本を読、んで分かっ、た」

一歩はそれが知りたくて、本当に知りたくて、この本を描いたのだ。

「……その人はね、きっと、この本、に出てくる一日、みたいな人だったんだよ」

なんでもない一日。

春の、夏の、秋の、冬の。

そんななんでもない一日みたいな人。

なんでもないけど……。

そこにいた誰もが永遠の話を聞いていた。一歩はもちろん、エバも咲子も大福さんも。

そしてみんな黙っていた。


「ここに横道世之介という人が住んでいたんです」

一歩は改めてドーミーの食堂を見渡した。

……いや、ここだけじゃなくて、きっといろんなところに。横道世之介という人がいたんだと思います。この東京の、いろんなところに。そしていろんな人がいろんな形で、あの人に出会ったんだと思います。

出会った人はみんな、あの人がどういう人だったのか、よく分からなかったはずです。頼りないし、お調子者だし、聖人君子なんかじゃない。でも、そばにいると、ほっとした。だからきっと、永遠が言った通りなんです。

あの人は一日みたいな人だったんです。なんでもない一日。

だからこそ僕らはそんな一日がひどく平凡に見えて、大切にできなくて、でも失って初めて、その愛おしさを知った。

今回、絵本のタイトルに、あの人の名前を使わせてもらいたくて、長崎のご実家に連絡を取ったんです。

その時、横道さんのお母さんがこんなことを言ってました。

代々木駅のホームで、線路に落ちた女性を見た瞬間、きっとあの子は「もう、ダメだ」じゃなくて、「大丈夫、助けられる」って思ったのよねって。

おばさんはそう思えたあの子を、本当に誇りに思うって。

あの人がもうこの世にいないことが、本当に悲しいんです。本当に心から悲しい。

でも、僕は見方を変えることにしたんです。

僕たちは、残された僕たちは、あの人から学んだものをきっと引き継いでいけるって。……いや、引き継いでいきたいって。あの人が、その人生のすべてをかけて教えてくれた、生きるってことを。

玄関で物音が立ち、一歩は目を向けた。どこかへ出かけていたらしいあけみが、「あー暑い暑い」と靴を脱いでいる。一歩はなんとなく玄関へ向かった。

「まだインタビュー中でしょ」

あけみはタオルで顔の汗を拭いている。

「……豆ごはんが美味しくできたから、野村のおばあちゃんに持ってってたのよ。おばあちゃん、来月九十三歳よ」

「ついこないだ卒寿のお祝いだったのにね」

二人の会話に引き寄せられるように紗倉も食堂を出てくる。

「ごめんなさいね。お仕事中にまたバタバタしちゃって」

謝るあけみに、紗倉は、「いえいえ。こちらこそお邪魔しちゃって」と謝りながら玄関から廊下、そして二階へ続く階段へと目を向けている。その紗倉の視線が玄関の壁まで戻って、止まる。

「それは?」

そう声を漏らした紗倉の視線には下宿人たちの〈在宅〉〈不在〉を示す札がずらりと並んでいる。

現在そのほとんどは赤い〈不在〉なのだが、その中で横道世之介と書かれた札だけが、緑色の〈在宅〉になっている。

「ああ、これ?」あけみが笑いだす。

「……誰がやったのか、世之介が亡くなったあと、気づいたら、こうなってたのよね。それでもう、このままでいいかって」と。

「結局、犯人、分からなかったですもんね。横道さんの札を誰が〈在宅〉に変えたのか」と一歩も口を挟む。

「単に世之介が、あの日、変え忘れて出かけたんだろうってみんな言ったんだけど」

「でも横道さんって、一度も忘れたことなかったんでしょ？」

「そうなのよ。世之介ってさ、人一倍忘れ物も多い人だったけど、なぜかこの札だけは律儀に変えてたんだよね」

「で、だったら誰が変えたんだろうって話になりましたもんね。僕や谷尻くんたちも聞かれたけど身に覚えがないし。大福さんに至っては、『その朝には間違いなく横道さんの札は赤い〈不在〉になってた』って」

「そうそう。だったら本人がこっそり来たんじゃないかなんて話になって大笑いしたわよね」

懐かしそうに当時のことを話す二人に、

「それで十五年間ずっとこのままなんですか？　在宅の？」と紗倉が口を挟んでくる。

「そうなのよ」

呆れたようにあけみが頷く。

「……でもまあ、在宅ったって、世之介がこんな所にじっとしてるわけないんだけどね。それこそ風にでもなって、あっちに行ったり、こっちに行ったり、落ち着きなくやってるわよ」

その時である。

風のなかった真夏日に、急に玄関から吹き込んできた風が、階段をかけ上がると、そのまま燦々と日を浴びたテラスへと抜けていったのである。

エバへ

エバに手紙を書くのは初めてのことだと思います。いざ書き出してみると照れくさいものです。今、この手紙を病院からいったん戻ったドーミーで書いています。隣の部屋ではあけみちゃんが寝ています。

前にエバから頼まれたろ？　生まれてくる子供の名前を考えてほしいって。

実はあれから色々と考えていました。

結論から言うと、「永遠（とわ）」ってどうだろうかと思ってる。

江原永遠

もちろん一候補としてでいいので考えてほしい。理由はいくつかあって、それをここに書きたいと思います。

今、病院で咲子ちゃんとおなかの子が頑張っています。本当に頑張っています。そしてきっとエバ、お前も頑張ってるんだと思います。

医者から、無事に生まれてくるかどうか、生まれてきたとしてもどれくらい生きられるか、もし生きられたとしても後遺症が残る可能性が高いと言われたと聞きました。

もちろん元気に生まれてきてくれるのが一番いい。でも、もしそうじゃなかったとしても、人にはその人それぞれが持っている時間と世界があるんじゃないかって、最近思うんです。その時間が長くても短くても、世界を股にかけたような一生だったとしても、小さな町で終える一生だったとしても、それがその人にとっての完璧な人生で、そこに優劣はないんじゃないかって。その中で笑い合えていること。それが一番大事なんじゃないかって。

人に言うのは照れくさかったから、これまでは誰にも言わなかったことがあります。

若い頃からプライベートで撮ってきた写真には、実は一つテーマがあるんです。言葉にすると、少し恥ずかしいけど、自分なりに永遠を感じた瞬間をずっと撮ってきました。

最初は「永遠」ってなんだろうと思いながら撮ってました。もちろん今でもその答えは分かりません。でも最近ふと思うんです。永遠を感じてシャッターを切るとき、俺すごくリラックスしてるなって。永遠ってリラックスしてるときに見えるものなのかもしれないって。そしてリラックスしてるときっていうのは、きっと恐怖心がないってことなんだって。

これから生まれてくるお前の子が、ずっとリラックスして生きてくれたらと心から願います。お前の子だけじゃなくて、世界中の人たちがみんな、そうであればいいなと心から思います。

なぜか今、この手紙を書きながら、お前に心から感謝しています。

いや、お前だけじゃなくて、これまでの人生で出会ってきた人たちみんなに、感謝しているような気がします。どんな形であれ、俺と出会ってくれた人たちに、心からありがとうって伝えたいような気持ちです。

きっとこんな気持ちにさせてくれたのは、お前の子のおかげです。今、必死に頑張ってるお前の子のおかげです。

だからこそ生まれてくるその子にも味わってほしい。こんな幸せを知ってほしいと思うんです。

もしかしたら、生まれてきた子は他の子よりも大変な人生を送るかもしれません。

でも、そばにはお前や咲子ちゃんがいる。役には立たないだろうけど俺たちだっている。

何より俺は思うんです。誰かのために生きるって、素晴らしいことだって。

誰かのことを思える時間を持てるって、何よりも贅沢なことだって。

エバ、お前ならきっとやれるよ。俺が保証する。

人生の時間ってさ、みんな少し多めにもらってるような気がするんだ。自分のためだけに使うには少しだけ多い。

だから誰かのために使う分もちゃんとあって、その誰かが大切な人や困ってる人だとしたら、それほどいい人生はないと俺は思います。

エバ、がんばれ。

がんばれ！　がんばれ！

でも、どうしてもがんばれなくなった時には俺のまぬけな顔でも思い出せ（笑）。

大丈夫だから。

絶対に大丈夫だから。

横道世之介

初出「毎日新聞」２０２１年11月17日～２０２３年１月20日
単行本化にあたり、加筆・修正を行いました。
本作品はフィクションであり、実在の人物、団体等とは一切関係ありません。

吉田修一（よしだ　しゅういち）

長崎県生まれ。1997年に「最後の息子」で文學界新人賞を受賞し、デビュー。2002年『パレード』で山本周五郎賞、「パーク・ライフ」で芥川賞、07年『悪人』で毎日出版文化賞と大佛次郎賞、10年『横道世之介』で柴田錬三郎賞、19年『国宝』で芸術選奨文部科学大臣賞、中央公論文芸賞を受賞。その他の著書に『おかえり横道世之介』『ブランド』『ミス・サンシャイン』など多数。

永遠（えいえん）と横道世之介（よこみちよのすけ）　下

印刷　2023年 5月15日
発行　2023年 5月30日

著　者　吉田修一（よしだしゅういち）

発行人　小島明日奈

発行所　毎日新聞出版
〒102-0074
東京都千代田区九段南1-6-17 千代田会館5階
営業本部：03(6265)6941
図書編集部：03(6265)6745

印刷・製本　中央精版印刷

乱丁・落丁本はお取り替えします。

ISBN978-4-620-10865-0